的猫

猫蛊手记

Fighting!
Bad cat!

CTS PUBLISHING & MEDIA
湖南文艺出版社
HUNAN LITERATURE AND ART PUBLISHING HOUSE
博集天卷
CS-BOOKY

图书在版编目（CIP）数据

猫蛊手记 / 微笑的猫著 .—长沙 : 湖南文艺出版社，2012.7
ISBN 978-7-5404-5585-9

Ⅰ . ①猫…　Ⅱ . ①微…　Ⅲ . ①长篇小说—中国—当代
Ⅳ . ① I247.5

中国版本图书馆 CIP 数据核字（2012）第 093656 号

上架建议：青春小说

猫蛊手记

作　　者：微笑的猫
出 版 人：刘清华
责任编辑：丁丽丹　刘诗哲
监　　制：蔡明菲　潘　良
策划编辑：邹和杰
版式设计：利　锐
封面设计：天行健设计
插图绘制：赵小皮
出版发行：湖南文艺出版社
（长沙市雨花区东二环一段 508 号　邮编：410014）
网　　址：www.hnwy.net
印　　刷：北京京都六环印刷厂
经　　销：新华书店
开　　本：880mm × 1270mm　1/32
字　　数：223 千字
印　　张：9
版　　次：2012 年 7 月第 1 版
印　　次：2012 年 7 月第 1 次印刷
书　　号：ISBN 978-7-5404-5585-9
定　　价：28.00 元
（若有质量问题，请致电质量监督电话：010－84409925）

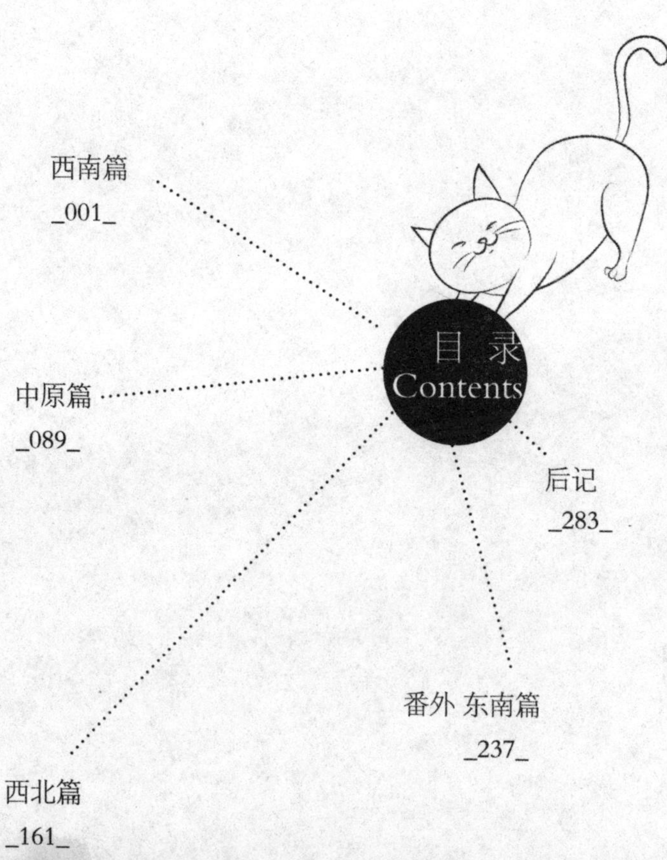

目录 Contents

西 南 篇

复苏年代。

李长生教授也从噩梦中醒来，平反了。平反后做通了学校的工作，组织考古小分队远赴西南边陲。

李教授六十岁，伏枥之老骥，××大学历史研究所硕果仅存的最后一人，在上级面前拍了胸脯："一绝不要国家一分钱，二绝不占用正常学习时间，充分利用暑假。"

他在新组建的历史系里精挑细选了十个人，有男有女，行李包打好，浩浩荡荡准备出发，连火车票都买了，结果被一场壮行酒放倒了九个——据说是那盆炒螺蛳不新鲜。

李教授嗜食螺蛳，拉得几乎脱水，躺在医院里打吊针，挨个儿看着学生们蜡黄的小脸，嗟叹："出师未捷身先死，长使英雄泪满襟！"

幸存的是个男生。

但此君不安心吃饭，意图调戏饭馆女服务员，被服务员她爸也就是炒菜师傅高举锅铲追出去两公里，慌不择路一脚踩空，骨折了。

于是一位前来蹭饭的小朋友脱颖而出了。

夏明若小朋友，眉清目秀，为人友善，一个人吃掉了半盆螺蛳而毫发无伤，精钢铸就的肠胃。

李教授两眼无神地望天花板，“哀怨”二字赫然镶嵌在他的脑门上，同病相怜的学生小史帮着他数药片，叹息不已。

夏明若颠儿颠儿地来探病：“李恩师哎——”

李教授有气无力地招呼：“坐……”

夏明若假惺惺嘘寒问暖说：“老师呀！今天怎么样啊？身体是否安康啊？”李教授翻翻白眼说：“夏明若，真不巧，你刚刚在走廊上对着挂水的同学们幸灾乐祸，说青霉素还不如鸡汤，又说刘伯承护国讨袁时子弹穿眼而过做手术都不打麻药，你们拉个小肚子还得浪费祖国宝贵的医药资源，等等，我全都听见了！”他说，“夏明若，我现在突然有个主意。”

夏明若把水果罐头放下，问：“什么？”

李教授说：“听说你从十四五岁就开始帮 ×× 科学院考古所干活，后来才考了我们历史系。他们所在之前受到上级保护，好歹开展过几次田野考古行动，你觉得你经验积累得如何？”

夏明若想了想，眯起眼睛一笑，毫不客气地自称领队应该没问题。

“好，有志气！”李教授招呼他靠近些，“那就请你当个领队，你代替我去云南吧。”

夏明若连笑容都不变，说：“恩师，我突然想起来我还有点儿事，我先走了。”

李教授一声咳嗽，小史立刻把夏明若扑倒在地上。

“你别挠我，哎哟，史卫东你这个吃里爬外的……”夏明若手忙脚乱地和小史纠缠，“恩师，我不骗你，我真有事，四川盆地那边发现了几颗疑似人类的骨骼化石，报告刚刚打上来，我们得和古生物所的一起去看看，弄不好还能填补考古史空白呢。”

李教授下床，趿拉着拖鞋、捂着肚子往护士值班室跑，一分钟后跑回来：“奇怪了，夏明若，你们钱老师电话里怎么说四川最近没发现化石呢？”

夏明若拼命推着小史，小史作狮吼虎扑状。“哦，那我记错了，是新疆！”

“不巧我也问了，”李教授说，“新疆似乎也没有。”

夏明若说：“是辽宁。”

“小史你先出去一下，我和夏明若谈谈。”李教授说。

夏明若叽叽歪歪说：“我真有事，我妈病了，我妈甲亢，糖尿病兼甲亢，血糖20.36。”李教授命令小史带上门。五分钟后小史把脑袋探进去，见里面其乐融融，那两人明显已达成某项不可见人之共识，夏明若咧着嘴贱笑，李教授慈爱地抚摸着此人狗头，赞曰：“好，好。”

夏明若问：“就我一个去？除了我还有谁？”

“没有了，就你。”李教授说，“但考古所有几个人在那边，其中有我的学生，我事先已经联系过了，他会来接你。”

夏明若点点头算知道了。

小史上下打量夏明若，悄悄对李教授说：“就算云南那边有人接应，但您真打算派这货去？”

李教授示意他附耳过来，语重心长道：“野外生存，会遇见很多不确定的食物。你我吃了都会死，他吃了没事。”

小史恍然大悟，夏明若则继续与李教授讨论本次活动的细节，直到护士进来赶人。

两天后，考古单人小队要上火车了，夏明若却差点儿迟到，一路气喘吁吁，手里还抱着只大花猫，看起来足有二十斤重。

“……”小史凝视着他，“我说，夏明若。”

夏明若搂着猫深沉地问：“什么事，史卫东？”

小史说：“我向毛主席保证云南饿不死你，不用带口粮。”

绿皮车刺刺地冒着蒸汽，火车站欢声雷动，送行的人们挥舞着彩旗，大概是因为有个远赴缅甸演出的歌剧团也同乘了这趟车。夏明若和小史兴冲冲寻找那歌剧团的女台柱子，发现是个腰围至少有四尺的白胖大妞，失望至极，只好回头在拥挤中找座位。夏明若边打背包边回应小史：“这猫不能吃，能吃我早吃了。”

小史问：“为什么不能吃？”

夏明若把猫塞进旅行袋，“咕嘟”咽了口凉水，神秘地竖起一根手指：“因为那不是一只普通的猫。”

拖着病体前来送行的李教授这时没好气地说：“因为那不是一只猫，那是一只蛊。”

小史说：“啊？”

李教授指着夏明若说：“别问我，问他。”

夏明若特别得意，拉开旅行袋拉链，捧着猫脸问：“老黄，革命导师我可以指点这个迷茫的青年吗？”

大猫打个呵欠，懒洋洋看了小史一眼。夏明若于是庄严地咳嗽一声：“那么史卫东同志……”

小史突然站起来说：“你们坐，我先回去了。”夏明若抱住他的腿哀求：“哥哥，你听听嘛，话说了一半我憋着难受，憋到云南我就死了！”

小史寸步难行，只好妥协：“好吧，好吧，一只蛊。”

一只猫蛊。

这要从夏明若他爸说起。

夏老爸明里头是无线电厂职工，暗里头是神秘文化爱好者，下班没啥事就鼓捣迷信的干活。十年后创办了国内第一批气功培训班，鼎盛时一人在台上发功，台下三千人接功，齐声颤抖着宣称“师父啊咱终于开了天眼了”云云。

就是这么一个介乎骗子和江湖术士之间的人物，竟然还是个作家，专攻地下文学。

由于刚刚经过“文革”的冲击，国内知道蛊的人少得可怜，出于启蒙人民的考虑，夏大师呕心沥血，批阅三载，完成了《怎样科学养蛊》这部科普巨作，共计五千余字。刨去抄袭《怎样科学养猪》一文三千字以外，夏大师在书中倾注了他的思想。

比如蛊到底是什么。

蛊，据说是苗寨特产，从虫，从皿，所谓器久不用而虫生。也就是说蛊是一种虫，是被传得神乎其神、令人闻之色变的毒虫。

夏大师则把它科学化了，他说蛊就是作用于人体的有毒寄生虫。于是，中蛊就有两种情况：不小心吞食了寄生虫或不小心吞食了虫卵。

那么如何解蛊毒？自然是吃肠虫清。

夏大师解决了这个终极问题后开始着手实践。

按照《本草纲目》的传统做法，夏大师找来蚊子、苍蝇、蟑螂、臭虫、屎壳郎等毒虫数十种，放进一只腌菜缸子，等着这些虫大的吃小的，最后剩一只活的，蛊就炼成了。

结果时间到了跑去看，虫没有了，剩一只耗子。

夏大师对缸底的大洞视而不见，一个劲儿号叫：“嗷嗷嗷！成了！

我炼成了！”这时半路杀出了自家的猫，喵呜一口把耗子吃了。

于是夏大师便炼成了世界上最大的一只蛊，属猫科动物，哺乳类。

蛊是有了，但如何施蛊又是个问题。按照夏大师的理论，只有两种方法：一、吞猫；二、吞小猫。

第一不可能，猫二十来斤呢，还那么多毛。第二也不可能，是只公猫。

夏明若挺真诚地问小史：“你说怎么办呢？”

小史也挺真诚地冲他微笑，然后指着祖国大西南的方向说：“您去了就别回来了，就留在那边祸害吧，让哥们儿清静几年。”

李教授还没从肠胃病里恢复过来呢，两条腿虚得直打战，偏还要拉着夏明若说个没完没了。

夏明若说：“您快回去吧，别累着了，我保证完成任务。”

李教授说：“不行啊，我还有好多事情要交代。”夏明若拍拍他的肩：“您就信任我一回行不行？”

李教授看看这个学生的眼睛，突然松了口气微笑起来：“行啊，信你一回。”

他下了车，站在人群中与夏明若挥手告别，不时被人推搡一下，胖胖的身体看起来有些笨拙，有些可怜。

夏明若探出半个身子在车窗外喊：“恩师再见！恩师我会想你的！”

李教授也踮起脚：“路上当心！”

夏明若把手圈到嘴边：“知道了！您回去吧！”

那胖老头儿挥手示意你去吧，然后目送着火车远去，几乎快看不见了，他又跳起来，冲到栏杆边上喊：“考古是科学！不是挖宝！你给我记住了！”

夏明若把行李塞在床铺底下，偷偷摸摸把猫抱出来，问它：“老黄，刚才好像老头儿又叫了一声什么。”

老黄喵了一声，在他怀里蹭蹭，又打了个呵欠，扭头看着窗外，铁路沿线是一望无际如明镜般的水稻田，在太阳下闪着光。

夏家的猫第一个蹿出昆明站，夏明若背着接近五十斤的装备艰难地追：“老黄！老黄慢点儿，别乱跑！”

老黄才不管他，一溜烟小跑，乐滋滋的。

夏明若大怒，咬牙快跑几步，一把揪住老黄的后脖子，刚想喘口气，却看见驶向博物馆的大破公共汽车绝尘而去，只好又接着玩儿命狂奔，不久便被行李压垮，扑通一声倒在大马路上。

街上人呼啦啦围过去：“死了没？死了没？”

夏明若猛然抬头，伸手：“车——！”

“还活着。”众人松了口气。

夏明若艰难地撑起身子，几乎被压扁的老黄残喘着从他身下爬出来。

人们把夏明若从地上搬起来，有个知识分子模样的问：“小同志，你要去哪儿？”

夏明若说：“省博物馆。”“嗯？”那人说，“巧了，我也正要去博物馆开会，来来，我帮你拿行李。”

说着推了辆自行车来，不容人客气便把大包小包连带着老黄全捆在车架上，夏明若忙不迭道谢。

知识分子模样的中年人问：“你也去博物馆开会？”

夏明若摇头：“去找人。”

中年人刚想问找谁，迎面便走过来一个人，远看像捡破烂的，近看才发现年纪轻轻，是个落拓又好看的青年（这么一说真挺矛盾的）。

这青年高个子长腿，拎着网兜、扛着蛇皮袋、背背挂挂不知道多少行李，正埋首走路，一抬头见了夏明若便猛退数步，嚯一声大叫：“他妈的竟然是你！”

夏明若赶忙揉揉眼，一看：“他妈的！”

那人说：“你奶奶的！”

夏明若说：“你舅舅的！”

中年人低头：“咳……”

青年对中年人毕恭毕敬喊了声：“孙明来老师。”

孙明来问他：“楚海洋，你这是要去哪儿？”

楚海洋看看夏明若，然后斜眼望天：“我突然不想去了。”

夏明若也眼白多眼黑少：“哟，这才几天不喝稀的，就摆上谱儿了，我看啊，去了也是个累赘。”

楚海洋说：“我都懒得理你！”

夏明若说：“我又不认识你！”

楚海洋说：“你谁啊？断奶没？”

夏明若说：“你爸满月时我还去喝酒来着，你爸小名儿都是我给起的！狗娃！狗娃哎！”

楚海洋说：“啊呸！不揍你你都不认识谁是你爸爸！”

孙明来说：“咳！”

夏明若找帮手，跳到他身后问：“孙老师，这人是谁？”

孙明来说：“你们都吵半天了还来问我？科学院考古所的楚海洋同志呗。”

楚海洋这才想起来还没有介绍师长，便压着夏明若的头对孙明来一鞠躬：“这位是省博物馆的孙明来老师。”

夏明若喊声“老师好”，便强仰着脖子与楚海洋拼蛮力。

孙明来也没有办法，苦笑：“我会议要迟到了，你俩到底怎么说？”

夏明若把自己的行李卸下：“老师您先去吧，别担心我们了。”

孙明来迟疑说：“真没事？”夏明若摇头。

“……那好吧，”孙明来骑上车，走了十来米又对他们喊，“别吵架！”

夏明若和楚海洋异口同声道：“哎！”

结果孙明来一掉头两人就打起来了。

穿开裆裤的交情也有好与不好两种，这两位明显就是属于不好的。楚海洋的脸盆突然从天而降，夏明若还没注意就眼前一黑，几乎被钉入地下三尺。

街上人群又聚拢：“死了，这下肯定死了。”

楚海洋长吁一口气，拍拍手上的灰，扭头看见猫：“哎哟，老黄！”

老黄跳到他怀里喊：“喵呜！”

楚海洋说：“你看看你，都胖成什么样儿了？肚子都贴地了，也不怕被人逮去吃。唉，也不怪你，谁让你没选对主人家。明年跟着我混吧？”

老黄眼中对自由的无限憧憬被一只苍白而孱弱的手掐断了，夏明若站直身体，不说话，阴森森的。

老黄从楚海洋怀里奋力挣脱，跑了。

楚海洋说：“你压迫一只猫干吗？真没出息。”他挠挠头说：“少爷，等什么呀，走吧。”

夏明若吊着眼梢说：“怎么着？求我了？嘿！我还真不去了。”

楚海洋自顾自走了，夏明若勉强站了一会儿，小快步追上。他在火车上看了地图，知道此行艰难，应该是先去云县，再往拥翠山一带走，路上至少要十天，上山还要三天，嘴硬虽然爽快，但活儿还是要干的。

省城到云县还没通车，两人决定先到楚雄地区再想办法，谁知到汽车站一问，说是往楚雄的车已经开了，下一班得等明天，楚海洋只好把夏明若带回宿舍。

楚海洋他们这一批从科学院所赶来的年轻考古学者，共计七人，都在博物馆一间空屋里睡办公桌，中间用布帘子一拉，就算隔出了男女宿舍。厕所在五百米外，一来一回挺锻炼人。

夏明若一去，引起了轰动。

夏明若小时候在大杂院里有个外号，叫“别信”，意思是这孩子说话不靠谱儿，就是一张脸骗人，所以说什么你都别信。楚海洋不知道吃过他多少亏，以至于养成了口头禅：“你怎么跟我们院夏别信一样！”“得了，别蒙人了，你当你是别信啊！”

如今别信本尊驾到，楚海洋的同事们自然争相参观。

有个二十来岁梳大辫子的姑娘问夏明若：“你干吗带着猫来？”

夏明若问她：“你想抱抱吗？”

姑娘急切地点点头，夏明若把猫递给她，然后笑嘻嘻说：“这猫有毒。”

姑娘吓得一撒手，楚海洋连忙在夏明若头上凿个栗暴，把猫抓回来放在姑娘手上：“你别信。”

一旁站着个民族学者叫小朱的，一听来了劲，问：“真有毒？”

夏明若说：“你给舔一口试试。”

说着便要拉小朱的手，小朱哎哎哎叫，楚海洋一边替夏明若铺褥子，一边说：“小朱你别信，别信。”

孙明来开完会来请科学队的人吃饭，问夏明若：“你多大了？”

夏明若说：“和海洋同岁啊。”

孙明来求证，楚海洋还是说："别信。"

夏明若发作了，要掀桌，楚海洋用筷子点着他："你掀，有种你掀，我告诉你往后路上还不一定能吃上饭。"

夏明若叼着个馒头，夹了几筷咸菜气鼓鼓坐台阶上看夕阳去了。

孙明来说："这小同志多有趣啊！"

楚海洋哭笑不得说："有趣？这是瘟神，送都来不及！"

吃罢了饭，一群人各自做各自的事，孙明来拉着楚海洋，塞给他十斤粮票。楚海洋说："您开什么玩笑，我不要。"

孙明来说："嫌少是不是？拿着！路上省着点儿用。"

楚海洋急了："我哪能要您的呢，我们有。"

"你就安心拿着吧。"孙明来说，"我答应要带你们去，现在却走不开，算是对不起老李的托付了。总之你们先走，我三天后和小朱一起出发，肯定能追上你们。"

楚海洋问："小朱？"

"嗯，他要去拉祜族自治县，正好顺路带去。"孙明来说，"咱们此去是探查，不发掘，不用带太多人。再说老李说的这个事情，暂时还是不要让太多人知道的好。现在的环境谁也说不清，人心隔肚皮，老李他又刚平反，凡事都要留个小心。"

楚海洋点点头，孙明来吩咐他早点儿睡，两人便散了。

楚海洋迷迷糊糊睡到五点半，死拽活拉把夏明若弄起来，背了行李往汽车站走，正好赶上。

赶上也没能买到座位票，两人挺委屈地盘在发动机盖上，身边堆满了竹篮、扁担、麻袋、鸡鸭鹅。老黄蹲在夏明若的头顶，毛茸茸的尾巴扫得他直打喷嚏。对面还有个抱着孩子的年轻妇女，毫不避讳地撩起衣襟哺乳，弄得两个年轻人尴尬不已。楚海洋低声开玩笑说："你还知道不好意思？反正你也是你妈奶大的，对了，我也是你妈奶大的，我妈没奶。"

谁知让那少妇听见了，冷冷地看着他们。夏明若立刻与楚海洋划清界限，指着他对少妇说："大姐，这就是一臭流氓。"

司机肤色黝黑，胡子拉碴，人倒和气得很，说一口四川方言。他打着方向盘问楚海洋："要去云县？"

楚海洋说："嗯，从楚雄转车过去。"

司机看了他一眼没说话，中途休息时却对他俩说："我看你们还是别去的好。"

夏明若问："为什么？"

司机说："听人家说那边路又坏了，只能走哀牢山。但最近暴雨多，山里都是土路，十条倒有九条塌过方，事故出了不少。别说是汽车，连骡马都不敢走。"

夏明若一吐舌头："妈呀。"

楚海洋笑问："准备退缩了？"

"放屁！"夏明若对司机拍胸脯，"有车，咱们有11路。"

司机叹口气："你们这些娃娃。"

山高路陡，又是大雨倾盆，汽车一路颠簸，从天色蒙蒙亮始发，下半夜才到楚雄。

司机抹去满头冷汗连连说毛主席保佑平平安安，这样的天气汽车竟然一次都没抛锚。楚海洋要帮他卸货，司机摆手说，"别磨蹭，快去打听往云县的车还开不开。"

楚海洋此时饥渴难忍，却也不敢耽搁，吩咐夏明若看行李后就去敲车站值班室的门。有个老头儿披着衣裳出来说："不开喽，塌方喽！"

楚海洋急了，夏明若背起包抱起猫："走呗，怕什么？"

"你省省吧，凭你，一年都走不到，真当自己是红四方面军哪？"

司机点了支烟兴冲冲过来："快，快，我兄弟答应天亮带你们过去。"

楚海洋大喜："真的？"

"哎！"司机说，"其实我兄弟正巧遇着几件怪事，你们是城里来的文化人，都是念过大学的，给他说说就行。"

司机的兄弟是个运货的，开一辆"解放牌"大卡车。

夏明若乐滋滋把行李扔进车斗，爬上副驾驶座要和楚海洋挤，楚海洋说："滚一边去，别坐我边上，臭流氓。我 ×，你还蹬鼻子上脸了啊？别摸我！……也别摸驾驶员师傅！"

夏明若硬挤了半个座位，不多会儿就睡着了。

司机姓张，本地人，很健谈，神秘兮兮地对楚海洋说："哎哟，小同志，我长这么大，第一次看见鬼哟！"

楚海洋心里想笑，问他："什么鬼？"司机说："娘娘鬼！"

"我们这儿的老人都知道娘娘坟。这坟可大了，几十亩地！里面埋的全是宝贝！"

楚海洋问："哪来的娘娘？""汉朝的娘娘，皇后！"

楚海洋笑了，东西汉都是中原文明，要真是皇后，应该在咸阳原里埋着呢，说是古滇国的娘娘还有几分靠谱儿。

"娘娘鬼，可了不得，穿一身大白衣裳，飘过来飘过去，可吓人了！"

楚海洋敷衍他，问他哪儿看见的。

司机说："拥翠山呗。哎哟我的妈，听说老狗就是被活活吓死的。"

楚海洋突然不笑了："娘娘坟在拥翠山？"

司机点头。

“你真看见了？”

司机脸红了红：“其实吧，是寨子里的人看见的。”

“老狗是谁？”

“坏东西，坐过牢，五十多了还娶不到老婆。”

楚海洋好一阵不说话，过会儿把话题引开，与司机扯些鸡零狗碎。

不知过了多久，司机摇醒他：“大学生，下车了。”

楚海洋迷迷糊糊揉揉眼，司机说：“我的车只能到这儿。”

楚海洋问：“不开了？”

司机点头说：“我是给前面送物资的，通行证只划到这个地方，不能再往前了。再说前头就是塌方地段，我过不去。”

楚海洋把睡成死猪一般的夏明若推开，下车查看，老黄也如首长视察般跟着，只见土路就依悬崖而建，悬崖下是深达千米的河谷，澜沧江激流滚滚，仿佛就如深壑中的一条白线，而前方道路约半公里处，透过白蒙蒙的雾，看见中间横着数块两人多高的巨石，车子是无论如何过不去了。

楚海洋问司机：“那物资怎么办？”

司机说：“我在这里等，兵站会派人来取。”

楚海洋他们自然不可能陪着等，便就此与司机告别，步行前进。夏明若一边走一边喊饿，楚海洋递了块压缩饼干给他，说：“你他妈真烦啊，老头儿怎么选中了你呢？”

夏明若一听干脆不走了，坐在路边逗猫玩。楚海洋也只好休息，他从一旁的山崖上用小锅接了泉水，加明矾沉淀后煮开，自己喝了一口，被夏明若抢着喝了几口，然后将剩下的灌进水壶。

夏明若小心翼翼往悬崖下看，一阵眩晕后感慨："壁立千仞！精彩，精彩！"

楚海洋说："这儿的路是解放后才开凿的，以前人们上山，靠的都是藤条。"

夏明若豪爽地笑："藤条，我擅长啊。"

楚海洋说："你等着吧，用藤条的时候多着呢，拥翠山是没路的，到时候我可不管你。"

不一会儿他便催夏明若上路，说是要天黑前赶到渡口宿营。夏明若磨磨蹭蹭背包，都说懒人有懒福，一队马帮依次钻过巨石的间隙，伴随着铃声叮当，缓缓走近。

夏明若欢叫一声扑过去，领头马驮了两袋茶饼，散发出浓郁的茶香味儿。

楚海洋懂几句少数民族语言，当即便与马帮头领——当地人叫马锅头——商量，给人一包纸烟，把行李捆扎在马背上。

夏明若也想往马上爬，楚海洋拦住他说："你今天骑了明天就不会走路了。"

夏明若问："为什么？"

楚海洋说："尽是山路，你没那水平很容易摔着。再说这里的少数民族不用马鞍，就放一块毛毡子，一天下来你的尾椎骨都要磨没了。"

夏明若只好跟着马走，楚海洋抱着猫走在他身后，夏明若问他："到渡口还有多久？"

楚海洋对照着科学院内部的手绘地图，目测说："二十公里。"

夏明若又要往马上爬："磨平了屁股总比走断了腿好。"

"你还考古呢，回家养养鸟，浇浇花，听听戏，不是挺好？"楚海洋说。

“那不就是我爸干的事？”夏明若被马脊骨硌得龇牙咧嘴，仍然坚持，“不行，我至少要青出于蓝胜于蓝吧……哎，海洋！”

他指着河谷对面的大山说：“那悬崖上黑黑的是什么？悬棺？”

山谷中雨雾弥漫，楚海洋举起望远镜看了半天，才说：“可能是吧，你视力真好。”

“这儿也有悬棺？”

楚海洋说：“在一些少数民族的思想中，凶死者的鬼魂是特别凶恶的，必须埋葬在特殊的地点——一般都是远离寨子的荒山上——才能使他们远离人间，不能为害生人。前阵子小朱在佤族地区考察时，也看到过悬棺，并且那些骨殖都被砍去了头。”

夏明若抢过望远镜也看了一阵，突然垂下头在楚海洋耳边问：“拥翠山有大墓？”

楚海洋愣了愣，点头：“有可能。”

夏明若左摇右晃望天说：“发掘我可不擅长啊。”

“没让你挖。”楚海洋把猫也放在马背上，“而且有百分之八十的可能已经让别人挖了。”

“盗墓贼？”

“对。”楚海洋说，“所以我们要快点儿过去看看，如果真被盗了，得上报国家，进行保护性发掘。”

“得！”夏明若说，“到头来还是要我挖。上回那个什么越王坟，挖得我连死的心都有！这事儿就不该我们管，云南考古所养来干吗的？”

楚海洋不听他啰唆，这才发现路越走越窄，等拐上一个岔道，便仅剩尺把来宽。并且这队马帮也是要过江的，一路都在下行，土路泥泞又湿滑，还要提防山上的落石，险象环生。

楚海洋把夏明若扯下马，强迫他随队步行。天黑前一行人马抵达江边，便在江滩上露宿。

马锅头是彝族，能磕磕绊绊讲两句汉语。他让自己儿子多造一锅饭，又给楚海洋和夏明若一人倒了一大碗水酒，便坐下来与他们谈论些当地的风土人情。

彝老爹吧嗒吧嗒抽水烟，十分健谈，还给他们演示了怎样用羊骨头卜卦，怎样是吉，怎样是凶。楚海洋很用心地应对。后来当问起拥翠山的情况，老爹却摇头说不清楚。

饭快熟了，香味四溢，夏明若围着火塘直摇“尾巴”，口水流成了河。彝老爹看他好玩，便先给他盛了满满一大碗。夏明若端起碗来就吃，吃完就睡，干净利索，楚海洋对其所表现出来的动物性本能深感佩服。

虽然是大夏天，但谷底却冰冰凉，江滩上半夜开始起雾，清晨后逐渐散去，马队吃了早饭，开始渡江。

夏明若原本要跟着马队坐渡船，楚海洋却非要用溜索。

“我怕高。”夏明若赖在渡船上。

“你不懂。”楚海洋把他强行拉走，系紧在溜索上，“他们是没办法才走水路，野外赶路是宁翻山，不泅水，水里是最危险的。”

果不其然，两人已经到了江对岸，马帮的渡船还在江心打转，骡马在船上不安地嘶叫，几个船工奋力控制着平衡，看来水底的确密布暗流和旋涡。

“我没说错吧？”楚海洋得意道。夏明若却一转身跑了，只剩下老黄高举爪子“喵喵”两声，以示赞赏。

楚海洋垂头丧气地说：“谢谢鼓励。”

一个小时后马帮也过了江，两人继续与他们同行，路上又是一天。

晚上借宿在大山里一户彝族老乡家，男男女女睡一屋，屋顶上一个大洞，抬眼就是星空，床铺旁边则是牲畜栏，那气味就别提了。但什么都比不上战斗机般大小的蚊子嗡嗡朝着你身上撞来，好在这两人野外生存惯了，相当皮实，权当专程给边疆送血液来了。

第二天起身徒步走了七八公里，终于遇见了一辆往云县去的拖拉机。

夏明若把行李往拖斗里随手一扔，靠着车板哼江南小调："一根紫竹直苗苗，送与哥哥做管箫……箫中吹出鲜花调，问哥哥呀，这管箫儿好不好？……"

又教同车的两个彝族小姑娘唱："问锅锅（哥哥）呀，则（这）管箫儿好勿（不）好……"

老黄也随着歌声摇头晃脑，"喵喵"叫。

小姑娘望着夏明若咯咯笑，夏明若也笑着扯闲话说："阿诗玛啊你们上学没？几年级了？去过北京没？我就在北京上学，到了北京就来找我，我带你们去看天安门。"

楚海洋从路边地里偷了几个地瓜（小朋友们不要学），停车休息时用泥裹着烤得香喷喷的，分给拖拉机司机一个，彝族小姑娘一人一个，夏明若一个，虽然语言不通，但不能阻止他们共同享受烤地瓜。

路上风光宜人，大山青翠欲滴，拖拉机突突前进，微风则夹杂着泥土的清香徐徐吹来，还看见数只野猴子从树梢上吱呀呀跃过，可惜路况实在差，真要把人骨架子都颠散了。

夏明若下车时踉跄了好几步才学会走路，楚海洋看看表，说是又错过了宿头，县招待所是绝对不有空床的了。夏明若满不在乎，找了家还没打烊的面摊儿坐下，说："连夜上山不就得了。"

楚海洋想想也行。

谁知面摊儿老板却做个张牙舞爪的姿势："去拥翠山？要不得，山里有豹子！"

楚海洋一听他说话，便问："您好像有点儿北方口音啊？"

"可不是。"老板说，"祖上胶东人，抗日战争时，我爷爷入缅作战，打鬼子打到这儿来的。"

"英雄，"楚海洋竖起大拇指，"老英雄。"

老板被哄得一高兴，在他们面碗里又多加了几勺辣子，夏明若都被辣哭了，眼泪汪汪地问："山里真有野兽？"

老板就掰着手指头数，野熊、豹子、野猪，还说前些天刚刚有好些人进山都没回来，乡上报告县里，县里就派人去找，结果就找着一个，被吃得只剩下骨头了。

"好些人进山？"

"哎，都是外地人，我们本地人——除了采药为生的——都是不大敢进拥翠山的。"

"为什么？"

"山里可邪门儿了。"老板问夏明若，"小哥，还要不要辣子？"

夏明若慌忙摆手，老板接着说："闹鬼，一到晚上鬼火飘啊飘的，十几里外都能看见。"

正说话，面摊儿前又坐下一人，老板立刻拉着他对楚海洋说："问他，他最清楚，他是那个乡里的人。"

那人是个二十出头的青年，有些摸不着头脑："问什么？"

"鬼火啊！"老板说。

"可别问了，吓死我了。"青年说。

楚海洋问："你看见了？"

“我真巴不得我没看见！”青年说，“你们这些人一个个不要命似的往山里跑，到头来都喂了野兽，害得我们满山里地找尸体。”

夏明若问他：“鬼火什么样？”

“蓝的绿的呗，”楚海洋替他回答，“你看得还少啊？”

“问问而已嘛，”夏明若低头吃面，“万一这边的磷火是花的呢。”

“那叫焰火。”楚海洋没好气，继续问那青年，“进山的都是些什么人啊？”

青年停了吸溜，两只手在油腻的抹布上蹭了蹭，用狐疑的目光上下打量二人：“跟你们一样，背大包的。”

楚海洋亮证件，“× 科院考古所”六字金光耀眼，青年眯着眼睛看那公章，确定是真的态度立刻变了。“妈呀，总算把公家的人给盼来了。他们都是来盗墓的，想偷娘娘坟里的宝贝。”

娘娘坟里有宝贝，原来早已经不是秘密了。

本来是应该留在县城等孙明来一行的，但楚海洋和夏明若不敢耽搁，第二天一早儿就下了乡，接着与老黄哭别（因山中有野兽，老黄同志由乡政府代为照管），随后上路，直奔拥翠山。

拥翠山并不高，最高峰海拔两千八百米左右，没有雪线，但山如其名，可谓原始森林标本，藤蔓丛生，仅在前山有一条采药人踏出的小径。

昨天的那个小青年为他们带路。这青年姓陈，汉族，本乡粮站的会计，他个子不高，又黑又瘦，爬起山来比猴子还灵活。夏明若不善于爬山，一开始还能跟上，时间一长就只剩叫唤的份了。

楚海洋趁机催促小陈：“太好了，快走！就把他丢在这儿。”

小陈举着长砍刀在前方开路：“真的？”

“真的，”楚海洋指着后头说，“妖怪变的。”

话音刚落就听到“妖怪”的一声惊叫，楚海洋没好气地退回去：“怎么了？”

夏明若低头发了会儿呆，然后从地上捡起样东西。

“枪？”小陈也赶过来，“没事，没事，我们这儿山里人有猎枪。”

夏明若把手举高些，手中俨然是一挺冲锋枪。

楚海洋和小陈齐齐后退，楚海洋大吼：“别信！冷静，冷静。”

夏明若坏笑起来，缓缓用枪口对准小陈：“你的，带路。”又瞄准楚海洋，“你的，八路的干活？花姑娘的哪里有？”

楚海洋冲过去一巴掌狠狠拍在他脑门儿上，夏明若捂着头嗷嗷叫，楚海洋劈手夺过枪：“没子弹，还是苏联产的……这进山的都是些什么人啊？”

小陈说：“民兵？”

“前线的正规军都配备不上这种枪。”楚海洋四处看了看，拨开灌木丛后发现了一道不明显的干涸的拖行血迹，沿着血迹走了两三百米便是悬崖，崖下是滚滚的澜沧江。

“可能是盗墓贼内讧，然后把死者扔下去了。”楚海洋说，“我们快走。”

小陈倒怕起来：“还……还去啊？”

“废话！”夏明若说。

小陈其实不知道娘娘坟的确切位置，走了几小时自己也糊涂了，先围着半山腰一棵大树转：“好像是这儿看见鬼火的……”又围着块大石头转：“似乎又是这儿……”最后指着对面山峰说：“那儿。”

夏明若摆出一副阶级斗争你死我活的嘴脸，小陈哆哆嗦嗦承认他忘了。夏明若大怒：“杀你祭坟！”

楚海洋把他拎开，四处寻找后发现了不远处一汪山泉，便走回来在树下的空地里搭帐篷："不记得就等呗，盛夏的夜晚，磷火会经常出现。看上去就可能像咱家老黄的大猫眼。"

一听要等，小陈不干了。小伙子什么都好，就是怕鬼，是学龄前鬼故事听多了的典型，平时让他走夜路都不太愿意。夏明若用黑洞洞的枪管指着他的脑袋说："只数三下，打死喂猫吃！三、二……"

楚海洋丢下帐篷，把夏明若捆得扎扎实实放在身边，拍拍手继续干活，小陈则啜泣着把枪扔远。

夏明若翻来覆去好不安生，一直喃喃自语。

"又怎么啦？"楚海洋怒问。

"海洋，"夏明若侧躺在草地上，"你到我这个角度来看。"

楚海洋趴下来，顺着他的视线看去。天色已经暗了，他也看得不太真切，但透过重重的枝叶和灌木，还是隐约可见对面山崖上有一个黑黢黢的山洞。

"放悬棺倒不错。"夏明若说。

"莫非娘娘坟其实是娘娘悬棺？"楚海洋问，"出发前李老师对你说了什么？"

"你先把我放了。"夏明若要求。

他挣开绳子，从兜里掏出把炒黄豆，一个一个往嘴里扔，惬意得很。

"说呀。"楚海洋催他。

"他提到了娘娘坟，让我上这儿来看看。"夏明若说，"对了，你还记得赵老先生吧？"

怎么会不记得，这位赵老是个老派的知识分子，和他们一个大院，过去老带着他们俩上公园玩。楚海洋轻轻叹口气："一晃快十五年了。"

“1965 年，地质所在元谋县的一个小盆地里发现了元谋人的牙齿，那地方在金沙江边上，海拔一千一百米左右。”

“我去过。”楚海洋说。

“其实当时赵老先生他们也在云南，只是咱们的老宝贝李长生在电话里听错了，把元谋县听成了云县，结果扑了空，往回走时经过拥翠山区，晚上住在山脚下一户人家家里。结果发现那家狗脖子上拴着一块玉琮，或者说看起来像是玉琮的东西，毕竟玉琮也是中原礼器。那件大概七厘米高，中空，青玉，花纹像是夔纹。”

“那块玉是葬器？”楚海洋猜想。

“嗯，”夏明若说，“似乎像是随葬品。”

“为什么说似乎？”

夏明若一摊手：“因为云南属于边陲地带，古代文明和中原有很大区别，他们的东西不是专业研究者谁敢确定？当时问了老乡，老乡说是上山时捡的，寨子里的老人讲山上有娘娘坟，老先生这才敢推测这块玉是葬器，但他们那次却没能够上山。

“总之老先生就用五斤全国粮票把玉换走了，我就说太贵了，也不知道还个价。后来，还没来得及研究，后来呢，唉……”夏明若没往下说。后来，1966 年年底，大学教授赵成赵老先生被迫害致死，一生的著作心血被付之一炬，那块玉也一起被抄家抄走，估计早砸成碎片了。

楚海洋长叹口气，拍拍他的肩：“而今迈步从头越。”

天色擦黑儿，山风骤起，楚海洋架起小锅做饭，夏明若肚子里馋虫跳得他受不了，便时不时搞些小动作，这回偷一块烤红薯，下回偷一个烘土豆，偷一条腊肉，偷一盒罐头……

楚海洋忍无可忍，迈开长腿撵得他满山跑，等两人推推搡搡回来时，发现小陈正抱着树发抖呢。

“小陈，冷吗？”夏明若蹲在他身边关切地问。

小陈说：“鬼鬼鬼鬼鬼……鬼鬼鬼鬼鬼……鬼鬼……”

夏明若说：“好多鬼，像老黄的亲戚开大会，老黄要在，肯定高兴。”

“别胡扯！的确很多，”楚海洋把篝火扑灭，指着对面悬崖，“看。”

悬崖漆黑似铁，山风吹得树摇石动，乍一看还真是鬼影憧憧，但等了一会儿，却看到对面山洞里透出火光，一闪即灭。

“鬼火！”夏明若惊叹，老黄在，估计也会“喵呜”表示惊叹。

“那是人火，”楚海洋说，“有人在洞里。”

“我们过去。”他说。

“不行！不行！”小陈嘴唇都白了，“在山里走夜路简直是找死！到处都是吃人的野兽！再说你们别看着近，其实走到对面，少说也得三小时！”

楚海洋犹豫了一下，夏明若却踊跃报名：“我去，抓现行！”

他在背包里好一阵掏，拿出几件似乎是金属质地的东西，借着朦胧的月光拼装在一起：“不管风吹浪打，胜似闲庭信步，看，我有青龙偃月刀。”

“哇！”小陈惊叹。

楚海洋定睛一看：“别信他，考古探铲。”

夏明若也看：“哎呀，拿错了。”

他把背包倒提过来抖，然后在大堆杂七杂八的东西中捡起一只青铜手柄，拉开两头，弹出刀架，又把一卷旧报纸摊开，取出两柄纯黑色长刃，固定在刀架上后赫然一把与人齐高的双头尖刀，造型古朴，寒气逼人。

楚海洋哑口无言，扶着额头蹲下。

夏明若偷看楚海洋表情，然后正色道：“这不是从你爸研究室里偷来的，这是我碰巧又找到一把。”

楚海洋喃喃："我不关心你是从哪儿拿来的，我关心你是怎么把国家二级文物带上火车的……"

"这很难吗？"夏明若不解。

当然不难，对于一个能把整捆雷管带上车的人来说。

"这是什么？"小陈问。

"一种古代兵器。"

楚海洋已经决定天亮再行动，便再次点燃火堆。据小陈所言，就算被对面看见了火光，他们过来也至少需要三小时，所以没什么可怕的，倒是山中的野兽必须提防。

"真是关公用的？"小陈围着刀直转，稀罕死了。

"嗯，"夏明若点头，"这可是国宝，目前只找到这一把，空前绝后。"

"哇！"小陈打心底里敬仰。

刀刃划过夜空，啸啸作响，夏明若维持着一个自认为很帅的姿势，继续胡扯："公元前278年左右，著名政治家、军事家、文学家、教育家关羽开始协助秦国统一六国，大战秦琼三百回合，武器就是这把长刀。"

"所以这是一柄战国古刀。"楚海洋补充。

学名叫镏金蟠螭纹双头刀，楚海洋他爸（文物学家，主攻古代兵器方向）简称其为"蟠螭刀"。

"哇。"小陈反正对历史没研究，管他是战国还是五代。他伸手摸摸刀刃，"这是哪儿来的？"

"西陵秦公墓出土的，建国以来挖掘的首屈一指的大墓，光墓道就有一百二十米长，你看看这刀的钢花，可谓星汉灿烂，"夏明若跷起兰花指娇滴滴地说，"海洋，我饿了。"

“少不了你的！”楚海洋翻白眼。

夏明若立刻坐下来吃饭。

“基层同志面前给我注意点儿行不？”楚海洋提醒他用餐礼仪。

“哎，自己人，自己人，”夏明若捅捅小陈。

小陈的眼神还停在长刀上：“乖乖，战国的……”

“而且过了两千年依然锋利，因为刃上有致密的氧化层，就是这层黑色的东西，”楚海洋举刀随手一砍，刀刃过处，树枝杂草齐齐断开，“看，古人的神奇。”

“你可以想象这刀切你的脑袋时，就像切菜一样。”夏明若摸摸小陈的脖子。

小陈一个寒战。

“可惜铸造工艺失传了，”楚海洋惋惜地叹口气，“我爸他们从二十世纪六十年代就开始努力，撇开‘文革’浪费的时间，到现在还没有仿制出来。”

小陈瞪大眼睛，不信两千多年前的东西现在还做不出来。

“做不出来的多了，”楚海洋问，“兵马俑知道吗？”

问了也是白问。

“1974 到 1975 年，在发现兵马俑的同时还发现一种秦代的弩机，现在也仿制不出来。”

他的话音刚落就听到了一声闷响。说不清是什么，并不响，但绝对回声绵长。

“枪声？”夏明若说。

“不敢肯定，”楚海洋摇头，接着下命令，“睡觉。”

“真不过去？”夏明若问。

“不能过去！”小陈又急忙忙强调。

楚海洋把夏明若往帐篷里一塞：“养精蓄锐去吧。”半分钟后夏明若就维持着被塞进去的姿势睡着了。

“你也去睡，我守夜，每两小时换一次。”楚海洋拍拍小陈的肩，便坐下来看着火堆，看着看着，视线移到蟠螭刀上。

好刀啊好刀，你看这青铜镏金手柄，出土时是有锈的，经过几千年的地下埋葬哪有不长锈的，比如土锈，比如地子锈。用弱酸溶液浸泡，用小刀细细剔除，再酸洗，花纹渐渐显现。美啊，真美啊！蟠螭、鱼肠、纯钧、泰阿、湛卢，国之瑰宝啊……

小陈上下牙床直打战，爬到他身边：“大哥！”

楚海洋说：“啊？还没睡啊？”

小陈灰白着脸说：“我求求您不要在半夜里擦刀行不行？”

楚海洋一口答应，钻进帐篷里推醒夏明若：“换你了换你了！别信，起来！”

夏明若嘟囔说：“我死了……”

楚海洋把他拉起来：“守夜去。”

夏明若半闭着眼睛：“小陈不是在吗……”

“你这是什么觉悟，”楚海洋半哄半骂把他推出去，“别丢咱北京人的脸，快。”

“我不是北京人，我爸乃江南人士，我也是。”

“我才不管呢，给我守夜去！”

夏明若极不甘愿地侧躺在篝火边，托着头，望天。天上一轮朦胧的月亮，微微发红，以前乡下人常说的鬼月亮就是这种。

“小陈……”夏明若缓缓开口，“睡着了吗？”

刚有点儿睡意的小陈背脊一凉，夏明若于是阴森森笑起来。

夏明若这厮可能是祖上在五胡乱华时被弄混了血统，肤色要比一般人白很多。平时看没什么，晚上就有点儿吓人了，尤其在这种荒山顶上，在阴风吹着，野兽嗥着，孤魂厉鬼都要出来活动的晚上。

“小陈……我给你讲个故事吧，我以前在湖北挖掘汉代大墓，第一层椁室怎么都打不开，我家老黄猫也在一直叫，就好像里面有个人使劲拉着一样，真是邪门儿了。好不容易打开了，竟然还有一层，于是又拼了老命把第二层撬开，”夏明若的声音陡然压低，“你猜我看到了什么？”

小陈捂着耳朵跳起来，急切地说：“小夏你去睡吧，我来守夜！”

夏明若为难道：“哎呀，那怎么好意思。”

“没关系没关系！”

夏明若于是心安理得地躺回帐篷，又心安理得地睡到天亮，睡到楚海洋揪着他的衣领咬牙切齿：“别信，你太不要脸了。”

“哪里哪里，”夏明若撇开头对着眼圈黑黑的小陈微笑，“是基层同志太客气了。”

笑容很友善，小陈不敢看。

喂饱了肚子便往对面山峰上走。小陈昨天晚上估计得完全错误，三小时？三乘以三小时还差不多。

第一，完全没有路，密林里长满了有毒植物，湿度极高；雾气很重；第二，山谷里有湍急的深溪，泅渡时很费了一番工夫；第三，云贵多喀斯特地貌，夏明若掉进了隐蔽的溶洞，还压坏了一条两亿年才能长成的石笋。

两亿年啊，我们可以预想李教授知道后，办公室的墙面上肯定布满了凹坑，都是用他那博学的脑袋撞的。

下午六点钟时到达山顶，山顶生有几棵稀疏的矮树，裸露的土壤呈红色，土壤下是石灰岩。顶上有一处隐蔽的灰烬堆，大概是一两天前的遗留，这让楚海洋反而松了口气，说明行动方向并没有选错。

从山崖顶上到洞口，目测距离八米。

六点半，趁着太阳还剩一丝余光，楚海洋和夏明若最后一次检查装备。

“多用刀？”

“带了。”

“水壶、压缩饼干？”

“有。”

“指北针、手表、相机、手电、铲、刷子、筛子、绘图册、笔、皮尺、火柴？”

“有。”

“牛油蜡烛？”

“……吃了。”

楚海洋抬起眼问：“谁吃的？”

夏明若马上指着小陈，小陈问：“什么叫牛油蜡烛？”

楚海洋便玩儿命抽夏明若说：“叫你赖皮，叫你赖皮。”

六点四十，楚海洋摸摸腰上的绳子，开始下悬崖。

这一下楚海洋才发觉自己也估计错了，山崖上的风至少比想象的大十倍，勉强滑下两米后就被风吹得晃里晃荡直往悬崖上撞。楚海洋咬牙抡起登山镐，深深凿进岩石，两腿奋力一蹬当做支架，这才维持了平衡。

他意识到夏明若那厮绝对不可能一个人完成这些动作，可惜夏明若不是一只猫，便对崖顶上喊：“别信！你也下！”

喊了两声却不听人回答。

“别信！”

小陈探出脑袋：“小夏同志跑了。”

“啊？！”楚海洋瞪大眼睛，“跑哪儿去了？”

“他说他回北京了，”小陈举起手中的俄罗斯套娃给楚海洋看，一脸茫然，“临别礼物，给我的。”

楚海洋立刻又噌噌噌爬上去，对着某人的背影大吼：“夏明若！你有种再跑一步试试！”

夏明若潇洒地挥手：“再见！ До свидания（俄语，“再见”的意思）！”

楚海洋刚想解绳子去追，却看到地上的蟠螭刀：“别信！刀没带！”

那人便立刻兜回来，结果被楚海洋一把勒住。

夏明若呜呜哭起来，他抱紧楚海洋的腿可怜巴巴说：“海洋，看在你我青梅竹马的分上……”

楚海洋被气乐了，一言不发往他腰上系绳。

“别，别啊！”夏明若抓着楚海洋的手哀求说，“你拿根绳子把我拴悬崖上那还不如让我死呢，我怕高啊！”

“怕啊怕啊就不怕了。”楚海洋拖着他往悬崖边走。

夏明若说：“不不不不不不！算了算了算了！哥们儿哥们儿！”

“别信，”楚海洋侧着头看他，郑重地说，“这也许是赵老教授生前最后一个愿望，你真的忍心不替他看一眼吗？”

夏明若愣了愣，和楚海洋对视半天，最后下定了决心：“你看了也就等于我看了嘛。”

……太不要脸了（在乡政府的老黄现在正聚精会神地蹲在一个耗子洞前）。

楚海洋果断地布置：“重行李不用带，拿好常用工具。小陈你不怕高吧？我们仨下。”

小陈骄傲地一挺胸脯，心中充满报了一箭之仇的快感：“不怕！”

楚海洋先走到悬崖边，抓紧绳索：“我第一个，别信跟着，和我保持一米的距离。”

夏明若高喊：“等等！”

楚海洋便等着。

夏明若说：“让我酝酿酝酿！”

楚海洋说：“小陈，我包里有军用背带，麻烦拿给我。”

小陈立刻奉上。

楚海洋一躬身把夏明若背起来，像打包裹一样把他打在自己身上。

夏明若说：“别别别！”

楚海洋说：“你现在才不好意思，晚了。”

“我哪能呢！”夏明若说，“我是说别把我放后面，万一绳子断了我可就做自由落体运动了，换前面行不行？”

“前面也一样自由落体，你还指望我捞你？稀罕去吧你！”楚海洋将他放到胸前，用背带扎紧。夏明若深呼吸，迅速进入应激状态，所谓应激状态就是闭上眼睛后僵直，任凭时空在四周流动。

楚海洋开始慢慢放绳，借助登山镐保持平衡。两个人比起一个人重心容易稳定，但不代表好控制，一不留神就在崖壁上打转。此时才能体会什么叫做命悬一线，万一绳子断了，两人就都算是捐躯了。

几块碎石被楚海洋踩塌，坠入了深崖。

夏明若问：“到了没？”

“没呢，”楚海洋满头是汗，喘着气说，“你别动啊。”

“不敢不敢，到了说一声。”

“差不多了，”楚海洋艰难地掉头看，洞口就在脚下。

“别信，你的脚能碰到崖壁吗？”

“能。”

“那就现在，和我一起蹬，一、二、”楚海洋喊，“三！”

四足发力，蹬离悬崖，楚海洋同时松绳，惯性将两人甩进山洞。

然后跌个狗吃屎。

夏明若捂头说：“卑鄙啊……”

楚海洋说：“活该，谁让你要在前面。”

这是个下行洞，洞内平整，洞四周有人工开凿过的痕迹。洞体延伸极宽，但除了落日光线能照射到的洞口部分，其余都隐藏在浓浓的黑暗中。

楚海洋解开腰上的绳结，将其固定在洞头突出的岩石上，然后探出头去喊：“小陈！下来！”

小陈答应的声音仿佛还在耳边呢，他的人就已经站到了眼前，速度之快，动作之敏捷，就像一只猫，楚海洋自叹弗如。

“我小时候，爷爷带我采过药。”小陈同志终于露了把脸。

这时夏明若的低呼声在空旷中传来：“我的天哪……”

楚海洋拧开手电：“啊？”

夏明若掩饰不住兴奋地指着洞穴深处，楚海洋前进几步，吸口气说：“竟然让你猜对了……”

悬棺。

不是一具，是层层叠叠密密麻麻的数十上百具。黑色的棺木大多已经坍塌腐朽，地上有零碎的尸骨——有的还是尸骨，有的已经腐朽成粉。

夏明若反射性地抖开手帕扎在口鼻上，然后就听到扑通一声，小陈吓晕了。

夏明若跑去掐他的人中，掐醒后被小陈突然一把抱住：“棺材！”

夏明若说：“嗯，都是木头。”

小陈哭喊：“死人！”

夏明若说：“人类骨骼。”

小陈歇斯底里了：“鬼啊——！”

夏明若一巴掌拍向他的后脑勺。

他一边卷袖子、戴手套，一边说：“小陈同志，激动是应该的，这是我国目前发现的最大的悬棺葬群。待会儿我们邀请你一起合影留念，然后光荣地刊登在考古学报上。”

楚海洋把皮尺的一端扔给他：“别信，测量。”

夏明若接过，往外推小陈：“你别贴着我，我没法干活。”

小陈抖抖嗦嗦说：“小夏同志，我害怕！”

楚海洋说：“小陈，你在洞口等我们。”

小陈大喊起来：“别丢下我一个啊！天要黑了，这里有鬼！有僵尸！白白白白毛僵尸！吃吃吃人的！被吃了就投不了胎，要当孤魂野鬼的！”

“啧，”楚海洋叉腰说，“你都是从哪儿听来的？还白毛，白毛那是正常现象，尸体本身会霉变，一霉变就长白毛。一定湿度，一定温度，有营养的提供体，加上真菌感染，于是长白毛。”

“如果你有脚气，以后肯定长白毛。”夏明若笃定地说。

小陈翻着白眼滑倒在地上：“……我有脚气。”

“那你前途很光明嘛。”夏明若说。

“你别吓他了。”楚海洋轻轻触摸着棺木。

夏明若叹口气，干脆把自己和小陈拴在一起，拍拍腰上的绳子对他说："我到哪儿你到哪儿，这样不怕了吧？"

小陈点点头，夏明若于是抖抖皮尺："测量。"

"东三，完整，长1.84米，宽0.74米，高0.67米，"楚海洋报数，"再量一具备案。"

夏明若拿着小本子边走边写，刚迈了几步就听到小陈饱含恐惧的一声尖叫，还没来得及回头就被一股大力猛然向后拉去。他的瞳孔瞬间放大，楚海洋飞身扑来紧缠住他的胳膊，两人在地上滑行数米才勉强停下。

"小陈！"楚海洋大喊。

"小陈怎么了？"夏明若这才反应过来。

回答他们的是小陈几乎想把喉咙喊破的嘶吼："救命啊！救命啊！啊啊啊啊啊！鬼抓我啊啊啊！！！"

"小陈！小陈别怕！"楚海洋喊，"你只是掉洞里去了！手脚不要乱动，否则我们拉不动你！你试试能不能碰到洞壁！"

夏明若龇牙咧嘴催促："快……快……我的腰要断了……"

"小陈！——"

小陈似乎恢复了些理智，摸索一阵后用变了调的声音回答："碰……碰到了。"

"那就撑着洞壁上来，"楚海洋说，"快一点儿！别信你小子也坚持一下！"

夏明若哀号："车裂啊——同志们——"

"来……来……来来了，"小陈忙不迭说，"马上上来！就……上来！"

可下一秒又听到他的啸叫，接着小陈同志一飞冲天，生生从洞里弹了出来。

夏明若看呆了："哎呀……"

小陈狂奔喊："鬼呀——！"

夏明若被他拖得满地滚，楚海洋实在没有办法，只好一铲子拍在小陈脑袋上。

小陈咕咚一声倒下，楚海洋赶忙把夏明若扶起来，只见他从上到下没有一处不破的，腰上一道血痕尤其严重。

"你太壮观了，别信。"楚海洋把他腰上的麻绳解开，"应该让老黄来舔舔！"

夏明若疼得直抽气儿："我有毒，老黄就算是猫蛊，舔了也会死！我这身衣服算完蛋了，还挺新呢，一个补丁都没有。"

"所以它是蛊，你是妖。老爷们儿在乎衣服干吗？"楚海洋说，"我包里有药品，你忍耐一会儿。"

夏明若恼火地说："我不在乎，我妈可在乎，她攒了多长时间的布票才给我做这么一身，我爸都穿不上呢。小陈你这家伙！赔我！"

"到底看到什么了？"楚海洋凑到小陈失足的洞口。

这洞直径五十厘米左右，勉强能够挤进去一个成人，洞形非常规整，明显是人工凿成。洞口被一块棺木碎片掩盖着，楚海洋和夏明若出于保护文物的本能避开了，但小陈是一直闭着眼睛的，所以才不慎失足。

楚海洋用手电往洞里照，沉默半晌后对夏明若说："昨天晚上真的是枪声。"

夏明若指指洞下："有尸体？"

"立尸，"楚海洋点头，转身收拾工具，"我下去看看。"

立尸是他们的术语，能立起来的尸首基本上都是盗墓贼。

在很多古墓的发掘中也能够碰见立尸，盗墓贼得了财物，从盗洞里爬上来，一些比较缺心眼儿的便先把东西递出去了，结果被洞口意图独吞的同伙一铲头打死，卡在盗洞里，光荣地成为了立尸。

当然眼前的这位仁兄不是，从严肃的痕迹学角度来说，他是被人打死了塞进洞里的，不过对于小陈也够吓人的了，尤其是脑袋还开了花的。

夏明若把磨破了的裤管卷到膝盖上，先楚海洋一步往洞里爬去："竟然让一个死人把我害这么惨。"

楚海洋说："你等等……"

夏明若却低呼一声。

楚海洋跑过去："怎么了？"

夏明若仰起头，头顶只在洞口下面一点儿，脸色煞白："海洋，这下面真是个死人？"

楚海洋说："啊。"

可是死人不会抓人脚踝。

夏明若朝下望去，只看到黑暗中有一双眼睛。

那眼睛也紧盯着夏明若，接着一个仿佛从地底传来的嘶哑声音响起："我的天啊，娘啊……"

夏明若僵硬着用惊人的毅力坚持说完了"我是你爸爸"才连滚带爬地往洞外逃去："海洋！"

楚海洋一把扶住他，举枪瞄准洞里："出来。"

洞中一片寂静。

楚海洋说："快一点儿，我三秒钟后开枪。"

枪就是枪，就算没有子弹，依然有威慑力，底下那人窸窸窣窣动起来："别开枪！别开枪！自己人！"

楚海洋一个探身把他揪上来。

这人也穿了身旧军装，光脚蹬一双解放鞋，腰上系绳，两手空空，脸上抹得乌七八糟，说不怪那是假的。

他轮流打量楚海洋和夏明若，最后对夏明若说："小同志，自己人！"

可惜他判断失误选错了人，夏明若冷冰冰地白他一眼，抓起蟠螭刀就往他脖子上砍。

那人吓一跳："不不不不，"又瞅瞅夏明若，"等等。"

夏明若皱眉说："到底是不是？"

那人手脚慌乱："啊？什么？"

楚海洋说："真是，一把年纪了，盗墓就盗墓，吞吞吐吐什么？"

那人咧嘴一笑说："同行啊！

夏明若在他眼前把证件抖开。

那人细细看了一遍："真好，还是国营的。"

夏明若一虎脸，那人慌忙躲开，突然就苦口婆心起来："小同志们，盗墓是错误的。"

楚海洋和夏明若同时蹲在他身边掏耳朵："啊？你说啥？"

那人说："同志们，我国法律明确规定：中华人民共和国境内地下、内水和领海中遗存的一切文物，属国家所有。任何单位和个人不得擅自发掘。所以同志们，回头是岸啊。"

楚海洋压压手示意他停止："理解得很深刻。"

"谢谢你，小同志。"那人的眼神十分真挚，"我保证下回再也不盗了。"

"我都懒得打你，"楚海洋说，"去，和小陈躺一块儿去，别信你把他捆起来。"

"大叔，不好意思，我得弄结实点儿，顺便请你照看一下小陈，别让他又来害人。"夏明若将他的手扭到背后，用麻绳绑住，打个蝴蝶结。

大叔说："是是，应该的，应该的。"

他安静一会儿又问夏明若说：“小同志，你们还下洞里去吗？”

夏明若说：“下啊。”

大叔问：“我也跟你们下去好不好？”

“你不是刚上来吗？”楚海洋把手电固定在头顶上，“哎，大叔啊，下面那人是你杀的？”

“哪儿能呢，”大叔说，“我看见他时他就死了！我看他堵在洞里，就剩只脚在外头荡，便发善心正想把他移开，结果上面突然就掉下来一个小子，杀猪般大叫，我自己差点儿都被吓死！”

夏明若痛心疾首说：“大叔，咱俩真是难兄难弟，说什么也得喝一杯。但现在麻烦您耐心等我一会儿，您再多说一句我就把您敲晕了。”

大叔说：“哎哟，小同志，我一看你的架势就知道了，大家都是古墓工作者，相煎何太急呢。”

夏明若客气说：“哎哟，大叔我们哪有你清闲，东西一夹就走了，我们还得照相画图修补登记造册写报告呢，还是你福气好啊。”

“别信，”楚海洋说，“我们下去。”

楚海洋半个身子下到洞中，用脚撑住洞壁，做手势示意跟上。夏明若正准备下，书包带却被大叔钩住了。

“下面是空的，”大叔的脸色严峻起来，“但是很危险。”

夏明若凑到楚海洋耳边问：“你信不信他？”

“信，”楚海洋想了想，突然笑起来，“我最容易相信人了。大叔，绑着手不影响你行动吧？”

“不要小看人啊。”大叔乐呵呵站起来。

确定顺序又花了几分钟时间，最后决定由熟悉情况的大叔打头，伤员夏明若居中，楚海洋压阵，三人向洞内爬去。

洞中的立尸已经被大叔移开，大叔也不屑于控制速度，缩缩肩膀，几乎是哧溜一下就滑到洞底，砰的一声从下方的洞口脱出，落地后喊：“下来吧！”

声音从漆黑中传出，回音嗡嗡直响，看来底下的空间不小。

夏明若可不敢学他从石壁上蹭下去，只是小心翼翼地蠕动，一边动一边诉苦说：“他妈的，膝盖好痛，胳膊也好痛，我这回算是为祖国的考古事业献身了。”

楚海洋不说话，蠕动得比夏明若还慢，等到夏明若都脱身了，他还在石洞里奋斗。原因无他，卡住了。

“你俩都有缩骨功？”他有些无奈地问。

夏明若转问大叔：“你有没有？”

大叔说：“没啊，你听谁说的？”

夏明若仰头回答：“活该吧你，没事长那么高干吗？这就是下场。”

“挤死我了！”楚海洋抱怨道，他努力一挣终于脱离苦海，但喘口气刚想站直，又撞了头。

夏明若和大叔同时咧嘴，毫不客气地笑起来。楚海洋用手电轮流照着他们，表情比较骇人，那两人立刻严肃了。

“咳……”大叔说，“同志们请看，这就是娘娘坟的内部。”

“啊，这还真是娘娘坟？”夏明若问。

“对，拥翠山里就这一座大墓。”大叔说，“我拿人格保证。”

“大悬棺葬。”楚海洋纠正，举着手电缓缓前行。

这个第二层的洞仍然是下行趋势，比上层那个要大上好几倍，越往下走洞顶越高，地面越宽，就像一个大布口袋，刚刚下来的地方是袋口，现在则在往袋子中间走。洞里气温极低，夏明若刚刚在上头把破衣服脱了，只穿了件单薄的背心，冷得直打战，便蹭到大叔身边说：“大叔，你把外衣脱给我吧。”

楚海洋把自己的衬衣脱下甩给他：“穿我的。”

大叔挺羡慕：“革命友谊……”

楚海洋问：“大叔你真想挨揍吗？”

大叔马上扭头呈委屈状。

手电是他们唯一的光源，地面又不平整，三人走得极慢，等到大叔受不了了说：“同志们，我口袋里有蜡烛，麻烦你们点上吧。”这才稍微加快一点儿脚步。问题是走快了也没用，就如大叔所说，这是个空洞，四壁坑坑洼洼，看起来像是天然形成的。

“也不是，”楚海洋说，“这的确是一个天然溶洞，但被人后天加工过了。”手电光指向脚边：“这里本来有个石笋，但被人凿掉了。”

夏明若抚着胸口说：“呼，想起被我压断的那个，我心理平衡了。”

手电又指向洞顶：“这里应该是钟乳石留下的痕迹……哎哟，别信。”

“啊？”

楚海洋说：“洞顶有岩画啊。”

夏明若眯着眼睛说看不清。

楚海洋把手电塞到他手上，把他扛起来，夏明若便顺势骑到他肩上去。

“勉强看见，画风不错，有点儿半坡彩陶的意思。”夏明若努力仰着头，“相机呢？”

“没带下来，等会儿上去拿。”楚海洋问，“画的是什么场景？”

夏明若说：“比较像战争和祭祀，一场大战，抓住俘虏，举行神秘仪式，然后砍头……你往前走走。”

楚海洋就向前走两步仔细看。

“哦，还真斩首了！”夏明若说，“批量斩首。”

“真够干脆的，”楚海洋问，“没文字吧？”

“没有，画上有牛。”

“部落驯养了牛？”

“然后骑牛打仗。”

两人研究来探讨去，最后夏明若说：“海洋啊。”

“嗯？”

“大叔不见了。”

楚海洋也仰着头：“发觉了。”

夏明若边看岩画边问：“不去找他？”

“算了吧，”楚海洋说，“刚才我还想呢，你不让他下来他早晚还是得下来，还不如快些撵他走，免得到时又吓坏了小陈，这大叔可危险了。”

“你说洞里那人是不是他杀的？”夏明若从楚海洋身上爬下来。

“可能还真不是，那倒霉家伙估计早就被人打死了，大叔看样子刚从下面钻上来。问题是：大叔怎么跑到下面去的？是另外有通道还是先行一步下去了？”

夏明若摇头说：“我不知道。”

楚海洋也想不通，最后说：“管他呢，咱们先去找娘娘。”

娘娘啊娘娘，你在哪里？

这两人在黑暗中走了三小时，烧光了三支蜡烛换了两节电池，终于听到水声后，才开始思考一个问题：被骗了。

“溶洞，地下河，矿物质，大自然啊，多么瑰奇！”夏明若蹲下感慨地说，“我怎么不是学地质的。否则现在还不跟老鼠掉进了油窝似的。”

过一会儿他又担心起小陈来：“半夜里把他留在棺材洞中，没事吧？”

楚海洋突然把手电关了。

但还是晚了，一道突如其来的光线照在他俩脸上，刺得人睁不开眼，等看清了，便发现有黑洞洞的枪口隔河相望。幸好老黄没跟来，此行真比想像中危险。

“哎哟！”夏明若立刻站起来做投降姿势。

“苏联产的冲锋枪，”楚海洋眯着眼睛说，“咱们遇见熟人了。”

“过来。”对岸的黑影也有两个，前头那个高声地说。

这边两个赶忙夹着尾巴就往河里蹚，边蹚边学着某人口气说：“哎哎，自己人，自己人！”

过会儿发觉那“自己人”被捆了个结实，也在对岸蹲着呢。

夏明若打招呼说：“大叔，又见面了。”

大叔说：“幸会，幸会。”

点燃火把，对方把两人拉起来搜身，连插在鞋帮里的短刀都被找出来扔了，所以刚才忘带蟠螭刀反而成了件好事。搜完身开始逼供，夏明若心惊胆战地躲开枪口，刚想说话，大叔便抢先一步胡扯了：“我的两个外甥。”

“李二狗。”大叔用嘴努努楚海洋。

又努努夏明若：“李三狗。”

楚海洋和夏明若同时撇开头暗骂声“你奶奶的”。

“李老盗，”为首的那个说，“你外甥可真不少啊。”

“呵呵，”大叔讨好地笑，“主要是我妹妹会生，英雄妈妈，人多好干活嘛，咱们响应毛主席号召。”

“你是人多好盗墓。”为首的说着就把枪举起来了，“你这辈子也算盗出名堂来了，也积积德，留点儿好东西给后辈吧。”

另一人飞快拉住这为首的说：“豹子，等等。”

豹子问："干吗？"

另一人说："他也算有真本事的，留着吧。东西还没找着，咱们倒已经死了两个人，小心行事啊。"

豹子歪着头想了想，便枪指夏明若："老盗，你要不能带我们找到宝贝，我就客客气气送你外甥上路。"

楚海洋不着痕迹地挡在前面，也笑道："我舅舅肯定能找到，放心。"

大叔苦着脸喃喃道："谁说的……"

楚海洋和夏明若恶狠狠地瞪着他，差点儿在他身上烧出个洞来。

队伍变成了五人，大叔还是领头的，楚海洋和夏明若紧随，再后边是两个持枪的危险人物，一矮一瘦，长得都挺惊悚。

火把照亮了溶洞，他们沿着河道深一脚浅一脚地又走了两个多小时，只觉得水声愈大，洞周愈宽，空气潮湿得仿佛能滴下水来，前方仍是黑黢黢一片。

再走一阵，地面已经消失了，水面漫过了脚踝。洞周早已没有了刚下来时看见的人工痕迹，漆黑、湿润、光滑，完全是自然力作用的结果。

夏明若追上大叔轻喊："舅舅。"

大叔应道："哎。"

夏明若问："到了没有？我后面那瘦子老拿枪戳我，你看我这背上，都青了。"

"外甥，"大叔对其耳语，"咱们爷仨今天要把命丢这儿了。你知道这条河通哪儿吗？"

楚海洋一惊："难道通着外面？山脚下的那条？"

大叔点点头："再走一个钟头就能看见洞口了，到时候咱们也完了。"

后面的豹子吼道："说什么呢！"

三人吓了一跳，低头乖乖巧巧走路。

又是二十分钟，焦躁在人心中蔓延，豹子吼：“还要走多久？”

大叔回头，含怨带嗔地望了他一眼，立刻垂死挣扎说：“大哥，我真不知道娘娘坟在哪儿……哎哟！！”

豹子冲上来一脚把大叔蹬出老远，大叔嗷嗷叫着往前扑，楚海洋去拉他，却反而被他拉倒。错身之际，大叔从牙缝里吐出几个字，楚海洋一愣，然后爬起来默默走回夏明若身后。

水声渐渐震耳欲聋起来，大叔回头喊道：“瀑布！”

楚海洋“嗯”了一声，暗示夏明若加快脚步，直到与后头两人拉开数米距离。

靠近瀑布处有一个豁口，仿佛闸门一般，特别狭窄，只能过一个人。夏明若眼睁睁看着大叔进去，再一眨眼就没影了，他还没来得及反应，楚海洋便突然推了他一把。夏明若“哎呀”一声摔进豁口，下一秒就觉得冰冷的地下水直往耳朵鼻子嘴巴里灌来，刚扑腾两下又被人架着胳膊扶起，楚海洋的声音就在耳边：“跑！”

夏明若在一团漆黑中发足狂奔，撞了蹭了摔了毫不在意，楚海洋就跑在他身前，紧紧拽着他的胳膊。两人完全没了方向，只能凭着听觉判断离水渐远。

身后喧嚣声传来，有人开了枪，有人扯着嗓子喊：“站住！站住！”

大叔说：“别管他们，跟紧我！”

楚海洋说：“我拉着你的衣裳呢，跑吧！”

“我他妈的伤口肯定感染！”夏明若又摔了一跤，龇牙咧嘴爬起来继续跑，“搞不好骨头都断了！”

大叔突然刹车：“停！”

楚海洋和夏明若齐齐撞到他身上。

大叔说：“从这里开始不能跑了。”

楚海洋问：“为什么？你在黑暗中能看见东西？”

“当然不能，”大叔窸窸窣窣掏了一会儿，划亮一根火柴，“还好还好，差点儿就湿了。”

“因为我到这儿踩过点儿，从下面跑上来一马平川共一百八十六步，到了第一百八十七步，”大叔说，“用咱们两家的行话来说，就到了墓道的尽头了。”

墓道。

墓道的意思就是说娘娘坟虽然头顶上有悬棺，但它本身却不是悬棺，而是一个在山里凿出来的巨型石墓，有墓道，有甬道，有主室，希望还有棺椁。

楚海洋激动了，夏明若也激动了，大叔自我感觉还行，因为他上回激动过了。

“就在这儿躲一躲吧，那帮人我认识，都是些亡命之徒。”大叔说。

“也是搞古墓研究的？”夏明若问。

“不是，”大叔一边点蜡烛一边鄙视说，“都是强盗，没素质，没道德，不讲文明！”

火焰在潮湿的空气中噼里啪啦轻响，大叔说：“最后三根，幸好藏在裤裆里……”

他问楚海洋：“你身上还有电筒吗？”

楚海洋摇头。

他又看夏明若，夏明若说：“您别指望我，我连鞋都跑没了。”

大叔竖起拇指说："英雄。"

夏明若谦虚说："哪里。"

"凿山为陵，大手笔。"楚海洋越过他们往墓室里走。

"还算设计得精巧，"大叔说，"一般来说只能走到瀑布口，因为有两股水流的汇入，一过了瀑布水势就很大，就没路了。其实入口就在瀑布边，但从上面走下来的，必须得游几米才能发现。呃，当然游了也不一定能发现，这里有个角度问题，再说墓道口有块遮挡视线的石头。"

"但我是从下面游上来的，所以让我找着了。"大叔突然懊恼地挠头说，"我也是眼睛长了疤没看见山上有洞，否则打死我也不游，差点儿淹死我老人家。"

墓室颇为规整，分前后室，前室较小，空空如也；后室长宽都是五米左右，楚海洋伸手就能触到墓顶："两米二三，不会再多了，哟，那是什么？"

大叔将烛火举高，墓室的尽头赫然是一具巨大的青色石棺。

"娘娘，"夏明若说，"看见你真亲切。"

他刚想往里走却被大叔突然拦住："等等！你们先看看墙上的东西，这也是我上回没有开棺的原因。"

他不说不知道，一说那两人才发现正面墙壁上有岩画。这回画的不是小人，不是牛，不是狩猎打仗，而是怪兽，镇墓兽。

双头，双身，赤焰为角，青焰为眉，如猛狮般蹲踞着，用它暴凸的眼睛冷冷地瞪着你，龇牙，吐舌，紧扣着利爪，仿佛只需一个轻微的移动便能换来它无情的吞噬……当然在某些人眼中充满了一种古老文明的狞厉之美。

大叔亲切地说："请同志们节约蜡烛，研究完了没？不是那个。"

那两人又眯着眼睛继续找，终于在石棺上方的墙上看见一行模糊的刻字。

"见鬼了，还是汉字，"夏明若念，"开者即死。"

大叔凝重地点点头。

楚海洋凑过去说："防盗咒语而已，对盗墓者的威慑。哎，别信，上回钱老师说过的那个……"

"诸敢发我丘者令绝毋户后，"夏明若说，"挖我坟的都断子绝孙。"

"大凡都很严厉，"楚海洋回头对大叔笑，"我觉得像舅舅这种道行的不应该怕啊。"

"他怕个鬼，"夏明若也笑起来，"棺盖太重，一个人打不开罢了。"

"咳……"大叔摸摸鼻子，"其实我们这行规矩挺重，忌讳也不少。所谓夜路走多了，就怕鬼敲门，而且像我这种雅贼……"

"舅舅你别解释了。"楚海洋摆摆手，扭头望着刻字，"奇怪了，明明是个少数民族的墓葬，古滇国也搞这一套？难不成真是什么汉代娘娘？"

三人沉默了一阵，墓室在摇曳的烛火中更显阴森。

"啊！"夏明若有了大发现，刷刷抹去棺盖上的稀泥，"看！"

棺盖上也有刻字，全是刻好后用朱砂填满，虽已上千年，颜色依然不减。

楚海洋从大叔手里接过蜡烛，举近了默默念道：

生人上就阳，死人下归阴；

生人上高台，死人深自藏。

上天苍苍，地下茫茫，

死人归阴，生人归阳，

生人有里，死人有乡，

生属长安，死属太山，

生死异处，不得相妨。

如律令！

“汉代的镇墓文，西汉中早期，”楚海洋说，“陕西出土过类似的，书体风格也很相似。”

他一边念一边抹，读到下面扑哧一声笑说：“怪不得，郡县长官的杰作。益州牧，叫……郭解。”

汉武帝时，在云南设益州郡。

“开棺？”楚海洋问大叔。

大叔说：“废话，我找你们就是来帮忙的，当然要开。”

夏明若端着架子坏笑说：“不行哪，开了我们要犯错误的，报告还没打呢，打了还要等上头批呢。”

大叔说：“喏喏！瞧你们这点儿觉悟！盗墓贼就在跟前了竟然推卸责任，不要跑了空门又在报纸上骂我们。”

楚海洋哈哈笑起来，说不好奇是假的，他把蜡烛固定在地面上，招呼另外两人尝试推棺盖。

“一、二！挺重的，”他卷起袖子继续，“舅舅，你知道刚刚那些镇墓文与镇墓兽的意思吗？”

大叔正咬牙用力：“风俗。”

“对，汉代的风俗，”楚海洋说，“但从侧面说明了一件事，这位娘娘……”

大叔突然不推了，却做了个嘘声动作，侧耳细听，然后蔫蔫往地上一坐：“阴魂不散！”

楚海洋和夏明若对视，耸耸肩，也坐下。

墓道上响起了脚步声，豹子的吼叫近在耳边：“李老盗！”

大叔懒洋洋应道：“哎——”

夏明若蹲在他身边问：“咱们也不找个地方避避？”

“躲哪儿啊，”大叔对着墓道狠狠一声啐，“一天之内被人抓了三次，真晦气！老人家回去非改行不可！”

夏明若安慰说：“不是我们无能，是土匪太狡猾。”

豹子“噔噔噔噔”跑进来，对着大叔举脚就踹，吓得他与夏明若满墓室乱跑。（此时的老黄也追着一只大灰老鼠满地跑。）

“他妈的！”豹子一拉枪栓，“我打死你这老狐狸！”

“打死了他，你们就出不去了。”楚海洋正跳在棺盖上，举着蜡烛冷冷地说。

豹子一愣，望望他，两人静静对峙，最后豹子败下阵来，扭头四下里打量墓室。

“这么小？”他十分不满地嚷嚷，“宝贝呢？”

大叔与夏明若耳语：“你看他这就是典型的非专业人士……”

那阴森森的瘦子对他们斜着死鱼眼睛，两人便毫不客气瞪回去，瘦子端枪，两人立刻双手放回脑后。

“开棺！”豹子对楚海洋说。

楚海洋耸肩：“工具呢？我需要洋镐之类的东西，铁锥、锤子、杠杆。”

豹子梗着脖子说：“我哪有？”

楚海洋也火了：“没有你来盗什么墓？！”

瘦子打圆场说：“我有野战刀，先用着。”

豹子说：“别给他！”

楚海洋恶狠狠地说："别信，来帮忙！你们几个都站到我这边来，我喊一、二，就一起用力推棺盖！先试试再说！"

大叔和瘦子照办，豹子觉得受了顶撞，当场要发怒。

楚海洋指着他的鼻子说："你少给我废话，不懂就一边去。"

夏明若咯咯笑说："老豹同志，我给你普及点儿科学知识。棺盖是石头，棺身也是石头，几千年来石分子一直在不停运动，一直在自由扩散，所以两者的接缝处很可能已经长在一块了。懂吗？分子。"

豹子说："你骗人！"

夏别信说："我骗你干什么？你们这些人就是不懂科学，比如说生孩子吧，这么简单的事搞那么复杂，其实只要两个人躺一块分子跳来跳去就能生嘛，打个比方，你看楚海洋的分子……"

楚海洋大吼："夏别信！"

夏明若缩着脖子站一边去了。

豹子生生咽下口闷气，参与到推棺盖的队伍中，果然无论怎么推，都纹丝不动。

"方法有问题，"大叔问，"两位还是把刀拿出来吧。"

楚海洋说："质地比较坚硬的尖锐物体也行。"

豹子和瘦子把自己从头顶搜到脚底，不甘不愿地扔出了几把大小刀具来。

大叔扶住刀，将尖头对准石棺接缝，示意瘦子用枪托砸。瘦子依言砸了几下，砸得石屑飞溅，刀刃的三分之一终于插入了石棺。两人又在其他几处如法炮制。

夏明若趁空笑嘻嘻地看着豹子。

豹子咆哮说："看什么？"

夏明若说："我有事要告诉你，其实我很懒得对门外汉说。"

他指着石壁上一条白色痕迹问："知道那是什么吗？"

豹子嗡声问："什么？"

"碳酸钙沉淀，钟乳石的萌芽状态，"夏明若说，"碳酸钙沉积到这个状态至少需要三千年，但墙上的镇墓兽，棺盖上的镇墓文却全是西汉的遗存，汉代距离我们只有两千年。"

豹子说："那又怎么了？"

夏明若轻轻笑了笑，突然把他烛火下苍白苍白的脸贴近豹子："这说明了，我们这位娘娘在埋葬了一千年后，还惹得当时的人们——边疆大员——不得不采取严厉的方法来镇住她。"

豹子往后退了半步："怎……怎么了？"

"她作祟，"夏明若指着"开者即死"那四个字缓缓说，"这句话不是诅咒，而是提醒。一开棺，你就得死。"

夏明若观察豹子表情后对楚海洋说："报告总指挥，这家伙外强中干。"

总指挥指示："继续科普。"

豹子火了："你骗我？！"

"他没骗你，"楚海洋似笑非笑，"作祟。这么说是有依据的。"

豹子的脸上青了又白，楚海洋说："来吧，开棺吧，楔子全打进去了。"

豹子顿了顿，一咬牙，上前推棺盖。

大叔说："你往哪儿推呢？竖向里推！横向里可能有榫子扣住，你一辈子都推不开。真是，连根铁钎都没有。"

夏明若也上前搭把手，一边推一边喃喃说："犯错误了、违反纪律了。"大叔挺善解人意，悄悄说："外甥啊保命要紧。"

这石棺的上下部分都是由巨石凿成，重达数吨，好在棺盖部分较轻，九牛二虎之力下，终于将其推动了十几厘米，有一丝丝小缝可以看见棺内。

楚海洋和大叔突然不推了，不约而同地将湿衣服脱下缠在口鼻上，夏明若则把手帕蒙上。瘦子反应快，也照着办，就只豹子一脸懵懂，傻站着不动。

楚海洋没好气地看看他，最后还是夏明若好心，提醒说："尸体腐烂膨胀过程中会产生气体，闷在里面几千年了，就算被人盗过，但也不会完全散发……"

豹子吓得忙不迭地脱衣服。

"准备好了？一、二、三！"五人同时发力，隆隆闷响之后，棺盖终于被推开，棺室的三分之一暴露在空气中，大叔打手势：人全部出去，让它散散气。

夏明若和楚海洋刚想迈步，瘦子却掉转枪口瞄准他们。

他们只好站在原地用眼神交流：

这是要灭口了？

嗯……

瘦子单手握枪，慢慢退到石棺旁，打着手电往里一看，一脸不可置信地喊起来："空的？"

"什么？"豹子睁开眼睛跳过去，"……他……他妈的！"

他举枪便在石壁上乓乓乓打了一梭子弹，因为都是文物，把楚海洋和夏明若心痛得要死。

"为什么是空的？"他对大叔吼道。

大叔挺奇怪地说："咦？我哪知道！你要是计较'贼不走空'这个

规矩，随便捡几块石头回去好了。”

豹子又转身吼楚海洋，楚海洋不耐烦地吼回去：“声音小点儿，我听得见，不可能是空的，尸骨肯定在里面嘛。”

豹子憋足了力气咆哮，震得石壁嗡嗡响：“我要这些破骨头干吗？我要金子！我要宝贝！”

大叔摇头：“啧。”夏明若也摇头：“啧……”

瘦子突然一拳捶在大叔肚子上，大叔闷哼一声，弯腰蹲了好久，然后抬头抹去嘴边涎沫，对夏明若笑道：“我说过他们很危险。”

瘦子刚想说话却被楚海洋一脚踹飞，撞在墙上再弹回地面，蜷缩着不住抽搐，豹子去拉他；发现人已经晕过去了。

像楚海洋这样的考古学人，出于研究古代居民的需要，都知道些人体解剖学，当然也了解哪些部位是人体的弱点。

子弹就贴着楚海洋的头皮飞过，在坚硬的石壁上挖了个浅坑。豹子还想打时觉得脖子一痛，他伸手去摸，只见满手的血。他惊恐地抬头，发现楚海洋已经到了眼前：“离颈动脉还有半厘米，别紧张。”

再下一秒，他便失去了知觉。

大叔夸楚海洋：“利索。”

楚海洋说：“舅舅厉害，还会飞刀。你的伤没事吧？”

大叔说：“哪能呢，那小细胳膊捶一下不就和挠痒一般，不过刚刚咬到舌头了。这两人能够昏多久？”

“十分钟以上，”楚海洋说，“那个瘦的可能还要长些。”

“抬出去扔掉。”大叔说。

夏明若摆摆手说：“太浪费时间，我还想研究石棺。”他把两人脱得只剩条裤衩，反绑了人家的手脚，又将他们背靠背扎好，最后还用裤子罩了头，只留四个鼻孔出气。

大叔说：“多专业呀。”

（老黄此刻也吃饱了，正在散步。）

夏明若仰天一声笑，把那两人的装备全挂自己身上：“走，和娘娘打声招呼去。”

他往石棺里看了一眼就看傻了：“呃！”

楚海洋也举手电往里照：“哎？”

两人看着对方，只因为眼前场景诡异，枯骨在意料中出现了，可这枯骨却是红色的。

“保存完好啊。云南是酸性土壤，如果埋在地里就要化成粉了，多亏了石棺。这是……朱砂？”夏明若不确定，“你看底部也有一层。”

“可能，汉代提炼朱砂的水平已经很高了，马王堆里就有朱砂，”楚海洋说，“你尝尝看是不是。”

夏明若恶狠狠说：“我才不吃。”

“硫化汞嘛，能治咽喉肿痛。”楚海洋蹲在棺沿上，“棺底撒朱砂倒是听说过，湘西地方到现在还有这个风俗，除了撒朱砂还要点五心七窍，据说能封住魂魄。用朱砂染骨……第一次碰见。”

夏明若蹲在他身边，刚想伸手却被楚海洋制止：“别，你手上有伤口。”

“如果是期望朱砂避邪的话，染骨头比点窍更彻底，”夏明若说，“多好啊，感谢娘娘，你一作祟，我们今年的文章就有题目了，《云南拥翠山区独特葬制的初步考察报告》。”

大叔探头探脑连连问：“有东西吗？有没有东西？”

“舅舅，”楚海洋说，“在我的内心深处，你应该是境界很高的一个人。”

“那是，那是，”大叔点头，凑得更近说，“啊，还真是空的，被人捷足先登了。唉，留块玉也是好的嘛，破陶片不值几个钱。”

“汉代就被人盗了，正是因为有人盗了墓、中了祟、倒了霉，官员才采取了镇墓手段。”夏明若说。

大叔问：“什么祟？吃人啦？诈尸啦？”

夏明若特别欠揍地咯咯笑：“搞不好长白毛了。”

“嗯？”楚海洋突然推棺盖说，“嗯？嗯？”

“怎么了？”

楚海洋张口咬住手电，把头探进石棺，看了半天一脸疑惑地抬头。

大叔问：“怎么了？”

“明若你确定一下，”楚海洋说，“小心点儿，别碰骸骨。”

夏明若便也俯身看下去，楚海洋在后头问：“是不是？”

夏明若闷闷应一声，仰头喘气：“呼，呼，好呛鼻的棺材味道，我看是的。”

楚海洋问：“舅舅，你确信这是娘娘坟？”

大叔理所当然地说：“确信，本地传说已经好几百年，三十年代我师父曾经找到过入口，回来也说是找到娘娘坟了。”

那两人对视一眼，楚海洋说：“但这人是个男的。”

大叔瞪大眼睛：“男的！谁说的？”

“骨盆，”楚海洋在腰上拍了一下，说，“舅舅，术业有专攻。人体骨骼中，骨盆的男女性别差异最明显，其余部分——比如骨骼粗细什么的——有时很难区别。你看夏明若这种没长开的，就属于骨骼特征介于两性变异范围内以至于难以辨认的。”

“所以要看他的骨盆，比如耻骨弓，较小的是男性；较大的，几乎呈直角的，是女性。”

"于是我是解剖学意义上的男性。"夏明若说。

"胡说，"大叔急吼吼地，"我来看我来看。"

他说着便要挤上来，楚海洋笑着推他说："你哪看得出来，你也不想想我们对着实验室一具骨架画了多久。"

夏明若满脸发光说："海洋，这发现大了，西南某少数民族首领的老婆竟然是男的，回去一查资料，对得上已知民族的，上《考古》；对不上，哎哟，咱们俩成就了，非上《人民日报》不可。"

大叔呱呱笑说："小家伙你别吹了，还男的呢，董贤啊？"

"咦？"夏明若笑，"你也知道董贤？"

大叔说："人家写在正史里呢，也是可怜人哪。"

"那是，"楚海洋说，"根据史料，汉哀帝患有很严重的风湿病，常年关节肿痛而且四肢麻木，董贤作为一个陪护人员，很大程度上安慰了沉疴缠身、内心孤寂的病人。就像咱们生病时也特别希望有亲人陪伴，汉哀帝对董贤的感情，我看更多的是一种依赖，没有书上记载的那么不堪，什么'便僻弄臣、私恩微妾'，那都是老东西骂人用的，中国文人的德行咱也不是不清楚。所以很多东西要论证，才能还事物以本原。"

"哦，对了，"夏明若击掌，"小董也作过祟。就是被王莽挖了墓，在众目睽睽之下开棺剥衣之后，咦，想不起来了，哪一年来着？"

大叔突然扑通一声从棺材边沿上掉下来，坐在地上拼命揉眼睛。他镇静数秒，喃喃："见鬼了……"

夏明若问："怎么了？"

"见鬼了，"大叔指着石棺说，"这骨头……这不男不女的……正在长白毛呢……"

楚海洋哈哈大笑，夏明若瞪圆了眼睛，死命摇着他的胳膊，他便举着手电又往里看："你怎么跟小陈差不多了，满嘴鬼啊鬼的，所谓鬼都是幻觉，大气层放电现象……大……大气层剧烈放电现象。"

他一把夹起夏明若："舅舅！撤！"

大叔已经退到墓室口了，跺着脚喊："还用你说！太邪门儿了！"

两人在墓道里撒丫子狂奔，手电光柱随着脚下颠簸而晃动。夏明若这家伙辎重太大，跑了几步便气血翻腾要骂娘，大叔却突然掉转了身子"嗷嗷嗷"往回跑。

楚海洋差点儿被他撞倒，大叔推他："快回去！回去！"

"那边也有长毛的？！"

"奶奶的！"大叔气急败坏，"还不如长毛呢！水灌进来了！"

大叔推楚海洋说："跑跑跑跑跑！跑跑跑跑跑！！"

楚海洋边跑边喊："不对啊！没触动机关啊！这样的墓葬不可能有机关啊！"

夏明若喘着粗气问："今……今天几号？"

"七月十一！"

"阴历呢？"

"六月十五！"大叔喊。

"哦！"那两人突然不跑了。

楚海洋胸有成竹地说："这就是地下水潮汐现象，不用担心，它会慢慢退去……"

话音未落，两人就被汹涌的大水直冲进墓室，撞在前室的墙壁上。大叔已经逃到后室，扑在棺材顶上直拍说："快来！快来！"

夏明若扑腾起来，幸运地发现水只到腰间，便拉着撞到头的楚海洋摇摇晃晃蹚水而行，好在老黄没来，老黄啊，你现在在干什么呢？

“我纠正一下科学家的说法，”他把楚海洋推到石棺上，“这不是潮汐现象，这叫海啸现象。”

楚海洋抱着脑袋揉啊揉，然后睁开眼睛：“地下水潮涌可以根据力学压缩参数、渗流特性参数等结合公式计算，我马上来计算一下。”

大叔蹲在棺板上边绞湿衣服边说：“嗯，嗯，我也会算。”

夏明若敬佩道：“舅舅，太厉害了，这玩意儿不懂微积分的不会。”

大叔得意扬扬，又把衣服穿上：“掐指一算，外面正在下大雨。”

夏明若说：“咳，有道理……”

楚海洋立刻转移话题：“你们看，豹子醒了。”

豹子是个聒噪人，一醒来就嚷嚷：“他妈的！你们把老子怎么了？好黑啊！啊噗！他妈的！哪来的水？啊噗！怎么这么黑啊？”

他又吞了一口水，眼看着要被没顶，楚海洋过去把绳子解开，拍拍他的肩膀说：“过来一起把棺盖合上，不能让遗骨浸水。”

豹子还没来得及发表意见，就看见楚海洋一掌劈在瘦子脖子上，把刚刚有些意识的瘦子又劈晕了。

豹子说：“你干吗？”

夏明若说：“剥夺坏人的行动权。老豹同志，你很幸运，楚海洋觉得你还算个好人。”

楚海洋严肃地看了豹子一眼。

老豹同志眨了两下单纯又暴戾的小眼睛，一瞬间有些感动，手足无措了一会儿，便乖乖过来推棺盖，然后跳上去蹲在夏明若身边，似乎在与躺在另一头的瘦子坚决划清好人与坏人的界限。

水位仍然在持续上涨，速度丝毫不减。大水拍打在前室壁上，浪花四溅，声势颇大，好在前后室之间只有一道窄门，水流打着转到了后室，就不那么吓人了，大叔说像乡下的水田开决口。

因为墓顶偏低，石棺倒有一米来高，这四个人局促地并排蹲着，站又站不直，坐又坐不下，还要扶着晕倒的瘦子，真是要多狼狈有多狼狈。楚海洋尤其辛苦，唯一的手电举在他手里，但手电不防水。

不一会儿积水愈深，夏明若和大叔便开始扎马步。

两人聊天，大叔说："惭愧，我最矮，年纪大了越长越往回缩。"

夏明若哈哈笑："我是三年自然灾害时期生的，我妈的奶水又大部分被楚海洋贼子吃了，所以我从小就没发育好。"

楚海洋十分敬业地测量："水位距离墓顶四十厘米左右，水深一米九，再涨十厘米我们就危险了。"

他摇头叹息："原来这娘娘墓也是有机关的。唯一也是最牢靠的机关便是墓口大半在水面以下，水位稍有上涨，墓葬便会被隐藏，四两拨千斤，古人的智慧还是不可小觑啊。"

"等会儿感慨。"大叔扭头看看说，"顺便告诉各位一个激动人心的消息，手电快没电了。"

夏明若把满脸的水抹去，说："我也突然想到一个不合时宜的问题……"

楚海洋说："不许问。"

夏明若已经问出来了："水里不会有蛇吧？"

其余三人看了他一会儿，同时伸手狠狠拍在他脑袋上："不合时宜！"

豹子拍完了"哎哟"一声。

楚海洋和大叔异口同声："你也不许问！"

"不是，"豹子说，"我撞到头了……哎哟！"

楚海洋火了，说："你烦不烦啊？老打断我思路，本来公式就复杂！"

还没骂完就听到石头落地的声音。三人齐刷刷望向豹子，只见那人脑后石壁上赫然有一个二十厘米见方的洞。

“什么味儿啊……”豹子抽抽鼻子，木然地回头，再转过来，“不关我的事。”

“头很硬，”楚海洋鼓励地拍拍豹子的肩，然后猛然把他推开，抡起湿漉漉的枪托向石壁上凿去，“天无绝人之路！”

大叔舒了口气拍拍胸口说：“果然，算命的说我不是淹死的，应该是摔死的。”

夏明若突然对大叔喊：“快砸！真娘娘在后面！！”

大叔说：“啊？”

豹子闻言却大号一声，以一当十，两眼直冒金光，锃亮的脑门上闪烁着“明器”二字，不一会儿又几块碎石落地，豹子身先士卒，从狭窄的洞口硬挤了过去。

大叔与夏明若耳语说：“外甥，不道德啊，一句话就骗得别人拼命。这明显就是盗洞，只不过后来被人用石头泥糊堵住了，先前光线暗，我们都没看出来，这里头八成没东西。”

夏明若装傻，对洞里喊：“豹兄！”

里头静悄悄的，豹子没有回答。

“啧，”大叔说，“还真是人为财死，刚刚说他是个好人，他倒为了几张票子又想不开了。走，我们进去。”

“等等。”楚海洋拦住他们，先把瘦子往洞里推，以示人道主义。

夏明若搭把手，喊道，“豹子，我们把你同伙推下来了！你可得接住啊！”

豹子终于说话了，他嘶声喊道：“别！别！！”

楚海洋“砰”一声把瘦子推落了地，自己爬进去又把夏明若接下来。手电光晃了几晃，寿终正寝。大叔优哉游哉地钻进来，不知从哪里又掏出根蜡烛，点燃了递给楚海洋，自己四下里望望说：“难怪，吓坏了。”

这石室竟然更高更阔，横向里至少有先前的一倍宽，四壁平整，形状方正，天顶地面加工得一丝不苟，地上又湿又滑，布满了黏腻的厌氧菌类。夏明若一拍手说：“同志们，恭喜，我们终于沿着盗洞进入真正的椁椁了。”

豹子缩着身子蹲在地下，嘴里呜呜咽咽，身边是一具年代久远的尸骨。尸骨看似形状完整，但只须轻轻一碰，几成齑粉。

夏明若拍拍豹子说：“第一脚就踩到人殉了吧？没什么，不丢脸，几次一来就不怕了。”

楚海洋蹲下来，皱眉说：“屈膝葬。”又抬头看了看，脸上却泛出了笑意，“别信，看。”

“嗯？”

“岩画。”楚海洋说，“日、月、鸟、蛇、巨兽、图腾，奔跃的牛与马，厮杀的人群，古人的东西，不谈内容，气魄却是深沉雄大。”

话音未落，一阵劲风扑灭了蜡烛。夏明若目光一闪，在黑暗中狠狠出拳，只听到一声闷响，接着是吃痛的呻吟。大叔再次点燃蜡烛，把还未烧尽的火柴柄扔向角落里猛咳的瘦子：“玩儿阴的？呸！”

瘦子摔倒在人殉堆中，把数具枯骨压得粉碎。

夏明若偷瞄一眼楚海洋，老老实实低头：“我破坏了文物，回去写检查。”他对瘦子抬抬下巴：“记得多吃点儿饭，硌得人手痛。”

瘦子捂着胸口狠狠吐了口唾沫。

豹子终于回过神来：“哎，老杆？！”

“你狗日的吃里爬外！”瘦子飞快地举起一把手枪来，“都给我站好了！那边去！站好了！豹子你狗日的也站那边去！”

他竟然还私藏了枪支！其余人不敢怠慢，小碎步地移动着。

“疏忽了，”大叔从牙缝里出声音说，“这人和豹子不一样，至少跟着高手盗过墓，也喜欢把东西包好了藏裤裆里……”

夏明若也懊悔说：“早知道就扒了他的裤衩，我这种文明人做事儿就是缩手缩脚啊。”

“不许嘀咕！”瘦子哑着嗓子吼道，“好啊你们，联手了是吧？我他妈早醒了！淹都淹醒了！好啊你们！”

他把脚下的一块碎陶片踢出老远，这碎片飞入昏暗的角落，却发出“噗”的一声空响。

几个人怔住了，瘦子抢过蜡烛向角落中照去，一照却几近疯狂地大笑起来：“乖乖！乖乖！”

角落里有一只罐子，大约三十厘米高，广口，双耳，小足，圈底，问题是它不是陶罐，是玉罐，一只完整的青玉罐。

价值连城的青玉罐，反射着清清冷冷的光，出现在一个早就被盗墓贼光顾过的地方，孤零零地立在角落里。

瘦子急不可待地向它摸去。大叔却变了脸色：“不能碰！”

瘦子已经把罐子抱在怀里，抢过夏明若背上的装备袋，表情欢喜得有些扭曲，哧哧笑道：“什么？”

楚海洋电光火石间也想起了什么，急急说：“快放下！放下！危险！”

“什么？你们说什么呀？”瘦子呵呵笑着，挥挥手枪，把罐子抱得更紧，“现在我要出去了，出去把洞炸了，你们就出不去了哈哈，闷死你们！饿死你们！”

“你他妈哪能出去！”豹子说，“外面淹水呢！”

“他出得去，”楚海洋轻轻叹了口气，向刚刚爬进来的洞口努努嘴，“水位没有再涨了。我们刚才被大潮汐拍糊涂了，其实可以摸着墓道顶逆流游出去。”

瘦子嘿嘿怪笑，爬出洞口，又把头探回来极端难听地唱：“再见！啊，那一天早晨，从梦中醒来，啊朋友，再见吧、再见吧、再见吧。啊朋友再见……嘿嘿！嘿嘿嘿嘿……”

他的声音渐渐远去。蜡烛灭了，大叔活动一下手脚，划火柴，点蜡烛：“真是再见了。”

楚海洋耸肩：“再见了，再见了，等你牺牲了，我绝对不把你埋葬在高高的山冈。”

夏明若看着大叔挺纳闷：“敢问贵裤裆中到底有多少东西？”

大叔甩头，神秘而得意地笑。

豹子说：“老杆他……”

大叔说：“再见了。”

豹子跳起来说：“真……真……真再见了？那我们！那我们……”

“不是我们，”楚海洋说，“是他。”

大叔接口：“因为那只罐子真不能碰。”

“为什么？”豹子问。

楚海洋与大叔仰头各看各的：“别信解释。”

夏明若喜滋滋说：“好，我说。”

豹子却猛退三大步说：“别，谢谢，算大哥求你，你千万别开口。”

“行，那我说吧。”大叔摸索一阵，掏出只油纸包，打开，把剩余的几颗劣质糖果分给他们。

夏明若剥开糖纸："请问你把食物藏在哪儿？"

大叔关切地问："怎么？不喜欢橘子味的，不喜欢就还给舅舅。"

"雪中送炭啊，"夏明若把糖块迅速扔进嘴里，揉揉眼睛地说，"我刚才就有点儿低血糖征兆，今天真是饿太狠了。海洋，你饿不饿？"

楚海洋没好气地说："我没你那么有出息，跟个八旗子弟似的。咳，舅舅，还有吃的吗？"

大叔摇头，豹子却开始翻裤兜，也是个油纸包："我还剩两块外国糖，我们街道上那个白俄老太太给的，就是有点儿化了。"

"谢谢，"楚海洋接过来，分给夏明若和大叔一人半块，"巧克力，稀罕玩意儿，不进这古墓还没这口福。诸位，我们休息几分钟吧，那人一时半会儿也出不去。"

"同意，"大叔说，"我正好抽根烟，哦对了，豹子，我来跟你讲。"

豹子知道这人来头不小，如今自己手上也没了武器，只好做洗耳恭听状。

"打个比方，"大叔说，"比如你闯进一户人家想偷东西，结果发现有人先来过了，满室珍宝席卷一空，就剩下一只主人的骨灰盒子。你拿不拿那只盒子？"

夏明若说："我拿。"

"你们两个不在讨论范围内。"大叔说，"搞考古的都是这个德行，三光政策，恨不得把地皮都啃掉一层。上回你们发掘那个长沙汉墓，连棺材里的蛆都一只不落全收走了。"

豹子迟疑说："如果值钱的话……"

"值钱，很值钱。"大叔吸口烟，"但如果我告诉你主人是生怪病死的呢？"

“这……”豹子说，“过不过人啊？挺晦气的。”

“我要是再告诉你，先前那个偷东西的也死于这种怪病呢？”

“……”

“不太敢了吧？”大叔说，“但你那兄弟就拿了。”

“什么？”豹子跳起来，“那罐子？骨灰？”

“还不如骨灰，”楚海洋说，“是骨头，娘娘的遗骨在里面。这个意思你明白了吗？”

豹子认真地说：“不明白。”

“唉！”夏明若捶了会儿地，“看来科普还靠夏明若！”

“豹子，”夏明若说，“刚才舅舅提到怪病，我直接说传染病吧，烈性传染病，比如霍乱、鼠疫，连病人用过的东西都要销毁掩埋，何况病死者本身。病人去世了，烧成灰能阻断传染，但还保留着尸骨的就不一定了，尤其是某些未知病症。”

“你是说娘娘有传染病？”豹子说。

“不一定，可能是中蛊，可能是中毒，或者被奇怪的东西寄生。”楚海洋说，“但她死于这个，并且在死后很久还具有传染性。”

“你怎么知道？”

夏明若笑了声说：“我怎么知道？我可是全天下唯一拥有猫蛊的人！五分钟前我才想通，我还知道这种疾病的症状是长白毛。我估计是菌丝，总之生命力顽强，遇到一定条件就再生。”

“不可能！”豹子还不信，“都是骨头了还……”

夏明若想了想说：“唐代有本书叫《博异杂识》，志怪色彩很强，一般只能当小说看看，我现在怀疑其中的一个故事就是写的娘娘坟。‘明翠山中大冢，有僵人在地一千年，建武中，二贼乃结凶徒十辈，发冢，皆金玉器物。得一玉棺，棺前有银樽满，凶徒竞饮之，甘芳如人间上樽之味，凶徒出冢，皮肉皆化为白灰。’建武是汉光武帝的年号，明翠山可能是拥翠山的古称。舅舅你看呢？”

大叔点头：“有道理。”

“我是推测，你经验比较丰富，我和海洋还是缺少实践。”他站起来问，“咱们也该走了吧。”

大叔在潮湿的墙壁上掐灭烟头，他们依次爬出洞，准备浮水出去。水位果然没有上涨，以楚海洋的精确测量来看，反而下降了三到五厘米。这个高度楚海洋正好没顶，其他人就更辛苦些。

豹子没有头发，被其余人等强行把蜡烛绑在额头上，时不时被滴落的蜡油烫得嗷嗷惨叫。

大叔沉到水下，一池浑水什么也看不见，他凭着感觉找到石棺，拍了拍，意思是兄弟，我们先走了。

他浮上来，豹子问他：“里面罐子里的是娘娘，那这个是谁？”

大叔说：“可惜啊，这位就是汉代时候，与我们一条战壕里的同志，生前也抱着那青玉骨罐喜不自禁来着。”

豹子头上冒了星点冷汗。

楚海洋笑着问：“我们要是不说你就拿了吧？”

夏明若举手说：“我肯定拿了。”

楚海洋催促：“游快些！哪来这么多废话。”

水流平缓，在近墓门处有小小的旋涡，楚海洋脚底下打了个滑也就过去了。大叔示意豹子灭掉蜡烛，接着双手摸着墓道顶，凭着感觉摸索前游，夏明若和楚海洋紧随其后，豹子断后。

为了保持联系，大叔哼哼唧唧嘴没停过：“燕子衔泥为做窝哦哦——有情无情口难说哦哦，相交要学长流水哟咦哟，唉杨丽坤长得真不错哦，可惜就是命薄哦——那个朝露哥莫学啊伊哟哦……祖传三代是铁匠，炼得好钢锈不生恩哦——”

“舅舅……”

“大爷！大爷！别唱了！”

“哥心似钢最坚贞哦——”大叔兀自深情，结果不经意时突然汇入了地下河，“嗷”一声就被冲得没影了。

夏明若扣住墓道口的湿滑巨石，大喊：“舅舅！！”

湍急的水流把他俩冲得如江上浮萍，瀑布水声隆隆，夏明若咬牙：“喂！海洋！”

“什么？”

“跟着！”夏明若深吸口气，放开手，顺着激流向前漂去。他在暗河中打转前行，石头尖锐磕磕绊绊，约莫三五分钟，忽然光线刺目。夏明若条件反射地闭上眼，就觉得被什么东西挡住了，缠得手脚都不能动，越挣扎越紧，等适应了一看，竟然在渔网里。

他与正在乱动的大叔面面相觑，紧接着楚海洋和豹子号叫着扑了进来。

豹子说：“亲妈呀！亲爹啊！啊啊啊啊！”

楚海洋说：“快别动！把网撑破了我们都得被冲到山底下去！”

大叔挂在网上乱吼：“这谁干的啊？还有没有点儿公德啊？这河是你家的啊？”

夏明若仰天哈哈笑，他四下里看，突然看见乱石滩上蹲着一个人。他扯扯楚海洋，楚海洋再扯扯大叔，三人痴愣愣地看着那人。

那彝族老汉在石头上磕磕烟斗，笑嘻嘻地望着他们。

“马锅头……”楚海洋喃喃。

马锅头咳嗽一声，给楚海洋倒酒。

楚海洋一口气干掉，恭敬地望着他，等着他问话。谁知这老头儿像没看见一般，把酒给他们一个一个倒过去。轮到豹子，豹子头一低，不让他看脸。

五个人在溪边的大青石上坐下，马锅头架起火堆烤粑粑，湿柴在火里冒着青烟。

夏明若摇头，把酒还给他："我算了，胃痛。"

马锅头问："哪里？"

夏明若在身上比画："胃，胃痛！饿的！"

马锅头恍然大悟，在褡兜里掏出个红薯递给他。

夏明若说："谢谢大爷。"

马锅头拍拍他的肩，说了句彝族话。夏明若不明白，问楚海洋，楚海洋摇头，大叔灌了口水酒说："岭定史，他说他叫岭定史。"

大叔仰头又问了几句，马锅头一一回答，表情颇为和善。

彝族有自己的文字，也有自己的语言，且语法十分复杂，外人一般不太能掌握。

大叔解释："他解放前是彝族土司，大人物。"

"哦——"楚海洋和夏明若肃然起敬，"岭大爷。"

马锅头笑笑，带着老年人特有的矜持与自得："1952年，北京，见过毛主席，握过手……喏，好了，吃。"

夏明若说："是是，咱们汉彝两族友谊源远流长，红军长征时，彝族同胞为了支持共产主义事业，牺牲了不少人，我党和人民感恩戴德。"

楚海洋接过红薯说谢谢，突然发现豹子躲得老远，便问，"豹子，你不饿？”

豹子瓮声瓮气：“不饿。”

楚海洋把手里的粑粑扔给他：“装！”

豹子接住，一言不发埋头就吃。

楚海洋哈哈直笑，指着豹子问马锅头：“这小子被您收拾过吧？”

马锅头点头说：“是，刚绑起来打过，让他逃了。”

豹子闻言又缩了缩。

夏明若笑嘻嘻往后一躺，眯着眼睛看小陈从树林子里冒出来，便立刻翻个白眼，装晕。

“姓楚的！姓夏的！”小陈鬼哭狼嚎地冲到面前，“你们两个没良心的！就把我一个人扔在棺材洞里！我的娘！晚上啊，是晚上啊！又捆住手！又捆住脚！还把我的砍刀带跑了！我想逃但是那个逃不掉啊呜呜！满洞里都是吃人的鬼啊！哎哟我的亲娘啊！”

“嗯，嗯，我理解。”楚海洋听得十分认真，眼神温和，脸上满是真挚的同情，夏明若则继续闭目养神。小陈抹眼泪：“吓吓吓死我了……呜呜吓死我了……有鬼……有鬼……”

“我理解，我理解……”

那厢大叔与马锅头仍然在聊着。大叔慢慢地啜着酒：“老莫苏，你跟了我们多久？”

马锅头并不隐瞒。“他，”他指指豹子，“坏人，从县城。”

“小伙子，考古的，”他指指楚海洋和夏明若，“在半路上。”

“你，”马锅头笑着摇了摇头，“你是谁？”

大叔诚恳地说：“我是小伙子们的舅舅。”

“哦！”马锅头吧嗒吧嗒抽烟，笑了。

马锅头的儿子领着一群青年，背着楚海洋和夏明若的装备，分开丛生的藤蔓走了出来。楚海洋挥挥手，马锅头的儿子远远冲他一笑，举了举蟠螭刀。

“谢谢！”楚海洋喊话。

马锅头儿子笑得憨厚：“好刀！”

小陈终于哭诉完毕，过会儿好了伤疤忘了痛，摸着蟠螭刀嘿嘿傻乐。夏明若于是装作悠悠醒转，像个没事人一样继续啃粑粑。

马锅头慢腾腾地和儿子说话，他儿子答应着，大叔却搁下了喝酒的粗碗，站起来，朝马锅头拱了拱手。

马锅头一愣，大叔又笑了笑，扭头朝溪边密林里走去。

夏明若问：“舅舅！去哪儿啊？”

“上厕所！”大叔朗声答道。

楚海洋与夏明若对视一眼，目送其背影消失。

过会儿小陈纳闷：“怎么还不回来啊？这泡尿可真长的。”

夏明若说：“尿不长，关键是厕所比较远。”

“什么厕所？”小陈失笑，“荒山野岭的，还厕所呢？”

豹子这时才明白过来，也跳到马锅头面前比画一番拔脚就要走。马锅头一虎脸，几个牛犊子般的青年立刻冲上来把他五花大绑了。

豹子嚎起来：“怎么不抓他啊？你们怎么不抓那个舅舅啊？”

楚海洋连忙给他使眼色，豹子顺着他的视线看，便发现大石头边上还有个褡兜，鼓鼓囊囊的，粗布面破了个小洞，洞里透出青玉的肃杀颜色。

豹子生生把话吞了下去，脸色煞白。

马锅头却耐心地解释了，他指指正盘旋在天上的一只鹰，又指指水里还不如小指粗的鱼，最后摇头：抓不住的，不抓。他打个呼哨，一群人动身，沿着小溪前行。夏明若和楚海洋被夹在中间，想逃逃不了。夏明若问：“岭大爷，带我们去哪儿啊？”

马锅头说：“寨子，就在山后面。”

夏明若脚步有些蹒跚：“我不能去寨子里，我身上有伤，得去医院。”

马锅头点头表示他知道，吧嗒着旱烟说：“有伤才要去……要去！”

小陈一拍脑袋：“哦！对了，小夏同志你得去，我们这两乡十七寨唯一一个赤脚医生就住在他们寨子里呢。前些天一直出诊，这两天该回来了。”

楚海洋一听十分高兴，连忙押着夏明若赶到队伍前面，紧跟着开路的小伙子疾行。一行人进寨时，寨里人家房顶上的炊烟还未散，只是瘦子去了哪里，他怎么样了，没人问，也没人敢问。

于是瘦子消失了，就像他唱的那首歌一样：啊朋友，再见吧、再见吧、再见了。

楚海洋和夏明若跟着小陈去找医生，那赤脚医生果然在家，正一边烧火一边看书，也不知看什么，整张脸都快贴上去了。

“医生同志！”小陈喊他，“医生！”

医生茫然地抬起头来，认了半天：“哦，原来是乡里的小陈，你怎么来了？”

“我来帮你烧火，”小陈把夏明若推上前，“你快给他看看吧，也不知怎么了，满身是伤。”

医生合上书，把夏明若拉到阳光底下察看。一看吓一跳：“哎哟！小同志，你这是被牛拖了吧？”

夏明若说：“正是啊，同志你怎么知道？”

“因为我也经常被牛拖啊！”赤脚医生长叹一声，连忙取药箱铺开家当，“先消一下毒，好好好，不痛不痛……酒精嘛总是有点儿刺痛的……好，紫药水不过敏吧？”

“不过敏。”

“过敏也没有办法，我只有紫药水。”他拔开瓶塞，轻柔地把药水涂在夏明若的伤口上，“小同志啊，我教你被牛拖后自救三要法，那就是呼救，呼救，再呼救，总会有人来救你的。”

夏明若歪着头看他。

这个赤脚医生看起来也不过二十七八岁，斯文白净，脸上总是带着笑，一开口便知道是上海人。他一边上药，一边对主动帮忙打扫卫生的小陈指手画脚：“哎哟，侬那只四脚蛇不要扔掉，蛮好吃的呀！哎哟不要碰那窝蜘蛛，我养来杀蚊子的呀！”

楚海洋怕夏明若乱动，便架着他的胳膊，问：“医生同志，您贵姓？”

“程，”赤脚医生柔声回答，“叫小程就好。”

“程医生……”夏明若刚想开口，赤脚医生却抬起头来：“好了！过几天愈合时会痒，不要用手去抓，否则就长不好了。”

“哦，”夏明若对楚海洋炫耀，“我是一个紫人！”

楚海洋向赤脚医生道谢，却总听到一个不和谐的声音，扭头一看，小陈肚子在叫唤。

“留下来吃饭吧。”赤脚医生说。

楚海洋正要客气，医生摆摆手：“没有关系，我一个人弄些粗茶淡饭的，不嫌弃就一起吃好了。”

楚海洋有些为难，毕竟马锅头还等着呢，但小陈却已经坐桌子边上去了，夏明若也不太想动，一脸祈求地望着他。

楚海洋只好答应，却看到一群人抬着豹子大呼小叫冲进来。

“怎么了？”

豹子脸上涕泪横流，连话都不太会说了，就一个劲儿号叫说：“背！背！”赤脚医生赶忙掀开他的衣服，往背上一看，楚海洋和夏明若倒吸了口凉气：背上竟长满了白毛。

医生倒异常冷静，转身让人把豹子抬进屋，趴在竹床上，又拿了些白色药膏给他一点点涂上，最后拍拍手说：“好了，明天就不痒了。”

豹子哭说：“我不是痒啊！我是……我是……”

“不痒岂不是更好？”医生说，“你睡一睡，不睡病肯定不好。”

豹子吸鼻子：“睡了就好了？”

医生点头：“一觉醒来保证好。”

豹子含泪闭上眼，医生把跟进来的众人赶出屋子，然后对夏明若他们一笑：“吃饭吧。”

饭桌上夏明若问他：“你给豹子用了什么药？”

“肤轻松药膏。”医生喝口汤。

“能治好吗？”

“不能也没有办法，”赤脚医生说，“我只有这个。”

夏明若头上流下冷汗，这才是脚踏实地的庸医啊！

楚海洋环顾四周，土坯墙上贴着医用宣传画，旁边挂一件蓑衣，一只斗笠，拐杖靠在角落里；屋里家具不多，书却一摞一摞的，小矮凳上有只很旧的收音机，几百封信被随意地堆在桌角，信封上用工工整整的楷体写着：“云南省云县，红星公社，程静钧收”。

医生指着书解释：“‘文革’时县里中学烧书，我抢了一些回来。”他把收音机抱在怀里，微微一笑说：“父亲的遗物。”

夏明若终于问出了口：“你为什么不回去？”

1976、1977 年，知青已经开始陆续回城。到了 1978 年，又出台了全国知青回城统筹就业政策。

如今 1979 年都过去了一半，莫非这个赤脚医生还没有收到回城通知?

“因为我不是知青，”医生笑了，“我是逃出来的。”

他突然站起来，对着大门外高声招呼：“岭老先生，您怎么来了！”

马锅头远远应了一声，带着笑意走来，手里拿着占卜用的羊骨、草秆，还有……鸡蛋?

马锅头步履闲散，医生站起来让座，马锅头摆摆手，意思是不用，你吃你的。

他踱到床前去看豹子，豹子直挺挺地躺着，听见声音便睁开一缝眼，见到是他，吓得立刻闭上。

老头儿挺狡猾地笑笑，搬张小凳守在床头，却看到里床破毯子里像是有东西在动，他便伸手去揭，一揭不要紧，夏明若悲从中来。

“老黄！”他连饭碗都扔了，“你怎么跑到别的男人床上去了？”

老黄抓肝挠心解释：“喵喵喵！喵喵喵！”

夏明若扶着头泪如雨下：“你别说了，你什么都别说了……我知道，你的心已经不在我这儿了，我留不住你……”

老黄瞪大猫眼：“喵！”

夏明若蹙眉、抚胸、咬唇、吸鼻子：“我没事……我想通了……好好跟着程医生，要懂事，两口子过日子，平时互相谦让一点儿，都退一步……”

楚海洋拍桌：“我打不死你们！！”

夏明若与老黄抱头鼠窜。

“你们的猫啊？”赤脚医生收拾碗筷说，“都跟了我两天了，就在乡政府的食堂。我说了句要回拥翠山，它便一路跟来了。”

“没吓着你吧？这是只猫精。”楚海洋问，“长期以来，老夏家坚持培养了很多上级别的妖怪。”

“有毅力。”医生表扬，夏明若脸上有光，顿时神采飞扬。

正说话呢，豹子却突然哼哼起来，医生连忙去看他，他哀号：“我背背背背上！背上！背上啊啊啊！！”

医生紧张起来：“怎么了？痛了？痒了？还是有火烧感？！”

豹子说：“长毛。”

“……”医生说，“废话。”

“哥们儿！哥们儿！”豹子一把拉住他，“你管我一下吧！你给我瞧瞧这到底是什么毛病吧！我怕死了！你再看看这彝族老头儿！两只眼睛跟探照灯似的，我不死也要被他看死了，实在不行你把他弄走吧！”

“行行行，”医生糊弄着，这时又冲进个人来，满脸大汗珠子，呜哩哇啦一阵彝族话，医生大惊失色说：“真的？！”

那人跺地跳脚。

“快去！快去！”医生急急忙忙拿药箱，“小陈你也一起去帮忙！”

豹子支起半边身子说：“啊？你不管我啦！”

“出大事了，”医生翻柜子找药品，“布宕家的牛难产！”

豹子眼泪都下来了：“牛难产你就不管我啦？”

医生庄严地说：“一尸两命啊。小陈！走！”

“唉！”小陈答应着，走几步又回头解释说，“这也是我们两乡十七寨唯一的兽医。”

“看得出来。”楚海洋点头。

夏明若与老黄又如胶似漆转回来了，站在马锅头身后。马锅头开始一下一下扔卜卦的羊肩骨，每扔一次都沉思半天，脸上毫无表情。

豹子倒越看越惊，不住地用眼睛瞄夏明若，谁知那一人一猫均毫无同情心，一副你死了咱俩挖坑的架势，还抖着脚笑。

“咳咳……”马锅头抽烟呛着了，“翻过来。”

豹子指着自己：“？”

马锅头点头。

豹子翻过来就给他跪下了：“老爷子！爷爷！我知道这事是我缺德！那罐子里您家的祖宗娘娘，我们这些没天良的想偷她的宝贝！但我也有句实话，毛主席作证！那罐子我一根手指头都没碰过！您老人家是明眼人，求您老人家饶我一命！”

马锅头脸一沉，豹子立马肚皮向上地躺平。楚海洋和夏明若好奇地围着，马锅头示意他们帮忙压住豹子的手脚。

马锅头说：“莫睁开眼。”

“莫睁开，睁开了，你就死了。”马锅头站起来，缓缓卷起袖子，将手里的鸡蛋——看样子是熟的——在床沿上轻轻敲破剥了壳。

楚海洋和夏明若对视，然后专注地望着他。

他将鸡蛋包在手心中，再将手放在豹子肚皮上，一边打圈儿移动，一边念念有词。豹子紧张至极，额头上汗珠大如黄豆，在脖子上汇成小溪。

“怕什么？又不痛，又不痒。”老头儿慢慢说道，手劲也不大，约莫揉了一刻多钟，突然收了手。

豹子一怔就想起身。

“莫睁眼！”马锅头厉声呵斥。

豹子立刻又绷直了。

马锅头却笑了，对着楚海洋他们摊开手掌，掌心里还是那只鸡蛋，只是蛋白上密密麻麻地全是虫眼！

连夏明若这种傻大胆都被吓退了一步。

马锅头把鸡蛋扔进屋子中间的火灶里，只听轻轻一声闷响，火里腾起一蓬白灰。

好了，马锅头笑眯眯对夏明若做口型。豹子却不知道好了，仍然挺着尸。

楚海洋沉吟着开口："岭大爷……"

岭大爷说："嘘——出去说。"

寨子里鸡犬相闻，乡民们的屋子都是依着山势而建，抬眼望去，绿树掩映中，山坡上的茅草屋顶连成了片。正好是下午时分，青壮年劳力大多都在田头，只有上了年纪的彝族老妇佝偻着翻晒牛干巴，还有光着屁股的娃娃追逐着嬉笑打闹。

"小阿黑！"夏明若抓住一个抱起来，"你怎么这么黑？"

那小小朋友眨着乌溜溜的眼睛打量变态哥哥。

楚海洋说："不许猥亵男童。"说着便要拿手来接，夏明若笑着躲，楚海洋说，"你把孩子给我，别把药水蹭他身上。"

夏明若这才醒悟过来把孩子放下。这孩子看起来还不满三岁，歪歪扭扭走几步后便摔了，夏明若便去扶他，却不小心碰倒了人家屋后的一根木桩。

木桩是楔形，上面用黑炭寥寥几笔勾勒出狰狞的兽面。

夏明若一愣，吐了吐舌头，楚海洋眼疾手快将木桩插回原处，又在夏明若头脑袋上拍了一下。夏明若捂着头看马锅头，只见那老人毫无察觉，仍然在前方不紧不慢地走，这才缩着脖子跟上去。

这一路走了好远，出了寨子又是两三里，直到一条大河边。这条河是澜沧江的支流，水流宽阔平缓，两岸全是茂密的丛林，山风清冽，空气中弥漫着植物的清甜。楚海洋和夏明若不约而同深深吸了口气，觉得心情一下子愉悦起来。

马锅头并未止步，他儿子正站在河滩上，手里捧着那只青玉骨罐。

老人接过罐子，对儿子说："走吧。"

他儿子对楚海洋和夏明若笑笑，拎起农具，沿着林间小径渐渐走远。

老人长叹口气蹲下，在脚边摊开一块干净白布，然后竟将枯柴一般的手直接伸入青玉罐，拿出一根灰白的骨头，放在清澈的河水中慢慢刷洗起来。

夏明若屏息静气地望着，楚海洋耳语："洗骨。"

洗骨是很多少数民族的风俗，各个民族操作起来有所不同。

以史书上有记录的苗族支系六额子苗为例，往往是人死后一两年内，家人亲属祭奠，掘墓开棺，把骨头取出来洗刷。干净后用白布裹着再下葬，三年后再次取出如前番一般清洗。具体这种洗骨的仪式要重复多少遍，有书说是三次，有书说是七次，到现在还没有定论。但是如果家人生病了，他们便会认定这是祖先的骨殖不净所造成，于是再次取骨刷洗。"洗骨苗"这个称呼就是这么来的。

彝族与苗族一样来历神秘，支系众多，有的称"阿细"，有的称"纳苏"，有的称"撒尼"，还有"他留""花腰"等。马锅头这一系，根据发音猜测应该叫"濮苏"。

马锅头十分专心，每一根刷洗完毕，都小心翼翼放在白布上，再去拿下一根。

楚海洋不好开口，马锅头倒主动说了："洗了三千年，还要洗下去。"

楚海洋望着他。

马锅头举起一根长骨说："都在里头，洗不掉，不能烧。"

楚海洋点了点头，这是说某种毒——蛊的可能性比较大——深藏在这些骨殖的内部，导致骨殖数千年不碎不烂，水洗等许多方法都不能将其驱逐，唯有用火烧，但火烧祖先的尸骨又是这些人绝对做不到的。

有个词叫“附骨之蛆”，如今就在眼前，楚海洋才能体会其可怕。

夏明若说：“豹子并没有碰娘娘的遗骨罐。”

马锅头抬头说：“洞里不止娘娘。”

两人立刻明白了：洞里还有殉人，而豹子下洞的第一脚，便是踩在了殉骨上。附骨之蛆，既然娘娘有，殉人怎么可能没有。

可是既然一起下的墓室，为什么仅仅是豹子中了招？

马锅头洗骨完毕，将骨殖用白布扎好仍然放回青玉骨罐中，向楚海洋做个回去的手势。楚海洋拉起夏明若默默跟着，心里都知道今天看见的，可能就是濮苏一族的绝密。

马锅头倒健谈起来，尤其是等回到了自己家，便饶有兴趣地问东问西：“你们的科学院在哪里？”

“在北京。”楚海洋笑着回答。

“哦——”马锅头恍然大悟，“毛主席派来的！”

楚海洋含糊着说：“嗯，嗯。”

“毛主席他老人家好吗？”

楚海洋连咯噔都不打：“好，精神着呢，一顿能吃三大碗饭。”

“嗬！”马锅头爽朗大笑，“好！精神好！毛主席好！”

“岭大爷，”夏明若笑着问，“你为啥觉得我俩好？”

马锅头憋了半天表达不出，只报出个人名：“李长生。”

“啊？！”夏明若张大了嘴，下巴要脱臼。

李长生是谁？李长生不就是那个吃螺蛳吃坏了想来来不了的拉肚子老头儿！

夏明若和楚海洋面面相觑，最后楚海洋一拍脑袋："哦，对了。我跟岭大爷提过！"

夏明若问："提到咱家老头儿？"

"路上提的。"楚海洋说，"他问我们为什么要来，我告诉他是来考古的；他就问谁让我们来考古的，我就说，是我们老师，叫李长生；他又问李长生长什么样，我说矮胖胖的，没什么头发。"

"对，就是他。"马锅头在屋里翻了一圈，竟拿了张旧照片来。

照片早已泛黄，边角都被老鼠啃烂了，看日期，1939 年 5 月。照片上有并排的五六名男子，马锅头站在中间。夏明若一个个看过去，忍不住地哽咽了。

"海洋，你看命运竟然会对一个男人残忍到这个地步，"他抹去眼角的泪水，"恩师他，居然从二十岁就开始谢顶了。"

年轻的李老先生以他一贯的表情站在最右边，挺胸凸肚，正气凛然。

"我踩了兽夹，烂了，李长生救了我，给我打了一针。"马锅头说。

楚海洋点点头，想必是伤口感染，李老先生给注射了一剂抗生素。

"1939 年，1939 年他在云南做什么？"夏明若问。

"西南联大，"楚海洋回答，"忘记了？他是清华的，1937 年北平沦陷后学校就大转移了。"

他对马锅头笑道："您老运气不错，我们李老师倒不算什么，其余几人可都是考古学界泰山北斗的人物。"

马锅头似懂非懂地抽起烟来。

姓程的赤脚医生这时一身狼狈地蹩了进来："一场恶战啊！考古的同志，你们有肥皂吗？"

"有，"夏明若站起来，"走，去你家。"

姓程的赤脚医生湿漉漉地爬上岸，问夏明若："我身上还有没有味道？"

夏明若说："还有稍许牛味。"

医生又转身往河里跳。

夏明若大笑说："这么爱干净做医生干什么？你来这儿多久了？"

"这条河的彝语名字翻译过来便是桃花江。"医生眯着眼睛介绍说，"1966年我还是一个心思纤细的文艺少年，结果就被名字骗了。"

"又因为好吃懒做，1970年被岭老先生用柴刀逼着去县上的卫生学校上了一个月课，回来就成了赤脚医生。但是在山里有一个好处，清静，可以做想做的事，我敢保证全云南的手抄本有三分之一是从我这儿流出去的。"

"还是个作家。"夏明若问，"写什么的？梅花党？少女之心？"

医生淫笑了，夏明若退一步笑道："停，不许讲！"

桃花江上，水雾仿佛被树香与花香浸透了，两岸青山夹江对峙，上游有大树，江面上便有人放排。放排人大多是年轻的彝族青年，黝黑矮壮，也不穿衣服，赤条条在腰间围一块兜挡布。

医生见状大笑："也不怕被姑娘看见！"

那群人冲医生挥着手，到了水流湍急的拐弯处，便嗬嗬嗨嗨喊起号子来。

"他们是彝族的另一个支系，寨子在山那边，发音叫'剎撒'，不知道怎么写。"

医生上岸，长舒口气说："我就爱这片山川风物，走，去岭老爷子家要饭去！"

夏明若赞道："好气魄！"

"男人嘛。"程医生边走边说，"我家里成分不好，爸爸是上海滩上的小开（上海话，老板的儿子或公子哥儿的意思），一天到晚西装白皮鞋的。1966 年武斗，我十四岁，家也抄了，房子也成了弄堂瓶盖厂了，自已则被关在学校私设的囚室里，后来晓得父母亲都没有了，真是心如死灰、了无牵挂，半夜里便逃出来，偷偷爬上了运煤的火车。”

“一个人啊？”

“朋友把窗子砸碎了放我走的，后来听说被整得很厉害。”医生说，“我这条命算是他的。可惜十五年了呀，连长相都不太记得了。”

两个人走走聊聊，进了寨子，却听到好大一阵喧哗，像是有个高嗓门的女人在急促地嚷着什么。

两人赶忙去看，结果却看到了豹子与一名彝族农妇扭打正酣。

夏明若喊：“你做什么？”

豹子被人揪着头发疼得直喘气：“小夏！小夏！你快来救救我！这婆娘不知道发了什么疯！突然就跳出来打人！”

夏明若快走几步又停住：“豹子你手里拿着的是什么？”

豹子挨了两个耳刮子惨叫：“拿的什么？拿了根木棒棒呗！！”

夏明若对农妇说：“打死他！”

农妇心想还用你说，举起了柴刀就冲上来。

楚海洋正在陪马锅头说话，听见了声音便出来，一看这情形不拦也不行了。谁知农村妇女天长日久干粗活，力气极大，不但楚海洋拉不住，加上个医生也没能拉住。

倒是农妇见一时半会儿砍不死豹子，便狠狠啐一口，把柴刀往腰上一插，向寨子外走去。

豹子还没来得及松口气，医生却说：“不好了，上地里喊她家男人去了。濮苏彝族民风彪悍，到现在打冤家砍头的风俗还没有完全革除，这种情况怕是要动私刑的。豹子同志你快点儿走，再不走就来不及了。”

豹子还愣着，楚海洋把他手里的楔形木桩接过来，叹口气说：“听不懂吗？收拾行李快走。”

豹子说：“这……”

“要割生殖器的。”医生严肃地说。

楚海洋望着马锅头的屋子，自始至终老人都没有露面，只有咳嗽声隐约传来。

楚海洋推一把豹子：“这是岭大爷放你走呢。快去，到医生家把我们的包裹也顺带拿上，在寨子东面江边等着，我们和他道个别就来。”

豹子夹着尾巴赶紧逃了，其余三人在他身后同时做了个无语问青天的动作。这个人大病初愈，不在医生家乖乖躺着，非要出来溜达。一溜达踩了一脚泥，顺手就拔了块木牌去刮，一刮不要紧，刮出只母老虎卷着罡风呼啸而来。

豹子想那块木牌：长长的，尖尖的，上面有乱七八糟的鬼画符，没什么呀。

他在江边等了几分钟，就看到夏明若他们跑来了，后面还跟着那个医生。

医生说：“我反正要去乡里开会，不如一起走吧。”

他打个呼哨，江上有人听见了，便撑着木排靠过来，医生抓住竹篙一跃而上：“这样最快了，顺流而下，天黑前就能到乡里，只是走回来要两天。”

老黄凄厉地惨叫起来。

医生问：“怎么了？”

“怕水。”夏明若回答。

“猫精也怕水？”

“因为它不是单纯的猫精，”楚海洋说，“它也属于五毒的范畴。”

“好曲折的身世。”医生赞叹。

豹子一个人蹲在排筏前端，这时终于回过头来问：“是不是那木棒棒有问题？”

楚海洋点头：“嗯。”

“有什么问题？”

医生替楚海洋回答：“那木牌是一个标志，提醒旁人下面有尸体。那家的老太太前月刚去世，现在就埋在下面呢。”

豹子吓得往后一跌：“你……你是说我拿了人家的墓碑刮泥？！”

“差不多，”医生笑了，“所以她要打你。”

“那……那那！”豹子不甘心，“这家人凭什么就把死人埋在屋后头！我们外面人又不知道！”

“不是一家这么埋，也不是长久埋，是埋了等她烂。”医生说。

“还真是拾骨葬？”楚海洋问。

“你们的专有名词我不太懂，”医生说，“我观察来，一般是家人过世后，不论男女，都埋在屋后背阴地方，每天拿滚水浇三次，等到完全腐烂了，就把骨头拣出来——肉当然烂没了——洗干净后用白布包着，拿到族长家里去做一番仪式，然后装进瓦罐子埋到山里去。”

“山里哪里？”

医生凑近了，压低声音：“你知道吧，拥翠山区是一个相对封闭的环境，这种事情外人当然是不能参与的。但 1968 年寨子里老族长去世，出殡时我偷偷跟着去了，是那边一个大山洞。族长的尸骨是用棺材盛着的，小伙子们用粗麻绳系着腰挂在山崖上，慢慢把棺材悬下来放进洞里。”

夏明若拍着老黄说："哦，原来是那个洞，难怪，难怪。"

"那我再问你一件事。"夏明若说，"关于豹子身上的白毛你知道些什么吗？"

"我也觉得挺奇怪，"医生支着头说，"明明是濮苏彝族的遗传病，他怎么就患上了。"

"啥？"楚海洋和夏明若同时站起来，木排很是晃了一晃，医生紧张说："别乱动！要翻的！"

"遗传病？"

医生点头："嗯，濮苏彝族这个支系非常小，大概全中国也只有这么一个寨子。濮苏寨子的成年人其实背后都长有簇状白毛，有多有少而已，所以他们一般不光膀子，而且也不与外界通婚，结果种族便退化萎缩得很厉害。1966 年我来的时候寨子里有一百一十户人家，现在只剩八十一户了。1975 年疾病普查时我还为这个打过报告，不过一直没有回音。唉，到底什么毛病呢？"

另两人心里想：程同志啊，这不是毛病啊。

"别信，过来，"楚海洋勾住夏明若的脖子拉他到一边，"把你爸捏造的养蛊理论再对我说一遍。"

"混账！"夏明若怒目而视，"家父治学严谨，每一字一句，均经严格考证！"

"行，"楚海洋说，"你将他严格考证后捏造的理论对我说一遍。"

"家父是这样捏造的，"夏明若凑到他跟前，"蛊虫可以通过母婴传播……哎哟我的妈！不会吧！"

"你说呢？"楚海洋反问。

"不管会不会，我先去吓了人再说。"夏明若奸笑着往木排前方走去，不一会儿豹子的号叫夹杂着老黄的惨叫声，凄厉地回荡在平静的江面上。

水流转了个弯，桃花江两岸的青山连绵，山峦间遍布梯田，在夕阳下亮晃晃如明镜一般。再走三四里就是拥翠乡，靠了岸豹子却死活不肯下来，夏明若越劝他越不肯，于是只好就此分别，楚海洋和夏明若跟着医生去乡政府投宿。

夜幕降临，草丛里的蛐蛐儿轻轻叫，所谓的乡也不过是个稍大的村庄。

三个人慢慢地走着，楚海洋低声与夏明若说话："我们假设，附骨之蛆，只在他一个民族支系里传承，外人也必须接触骨殖才能被传染。如果人是活的，肌肉皮肤还在，就不会影响到旁人对不对？"

夏明若点头。

"那同样是接触了骨殖，为什么我们俩没出现豹子那种状况？"

夏明若撇头想了想："难道是我被老黄咬过？"

"……这么说来我也被它咬过，"楚海洋说，"但是……喂！别信！"

夏明若已经抱着老黄呼天抢地去了："老黄啊——你告诉我！你告诉我你只是一只普通猫啊！毛主席啊——我苦命的老黄啊——"

道德明显有点儿偏差的医生竟然还劝："唉，人各有命啊，小夏同志你想开些……"

夏明若一看，太好了，有人鼓舞，表演更加投入。

终于有天籁般的声音阻止了这一切，电线杆上的高音大喇叭响了起来。先是一段激越的进行曲，而后是乡广播站播音员不知所云的本地普通话：说是社会主义好，社会主义万年长，水稻产了多少斤，土豆产了多少斤……

再然后，还要报点儿本地新闻：

"程静钧！"播音员扯着嗓子喊，"程静钧！林少湖今天给你打电话！

说！写了几百封信都不回！你没有良心！又说！你再不回去他就来云南！死也要把你拉回去……”

医生捂着脸在前面逃，夏明若跟在后面追。医生贴着墙根溜进了乡政府大院，夏明若也跟进去，这一下便看到了熟人。

“孙老师！”

孙明来拍着桌子站起来吼道：“夏明若！”

楚海洋正好进来，再躲已经来不及了。

“你们两个小同志啊！”孙明来叹口气，“做事情这么急，等我一两天又何妨呢？”

两人低着头不说话。

这时大喇叭又响了起来：“楚海洋同志！有你一封北京的电报！快点儿到广播站来拿！”

楚海洋丈二和尚——摸不着头脑地去了，回来手里的确拿着封电报，可惜上面只有一个字：“回！”

发电报，一个字七分钱，两个字一毛四，老头儿精打细算，决定前因后果一概不讲，将一个字的效能发挥到最大化。

于是，第二天，楚海洋和夏明若便莫名其妙地回了。

医生站在江边送他们。

夏明若问他：“你什么时候走？”

医生含糊说：“再等等。”

夏明若说：“林少湖要来了。”

医生终于暴走了：“去他妈的林少湖！”

夏明若发足狂奔，然后扶着楚海洋的手跳上木筏，绝浪而去。

中 原 篇

北京，天棚鱼缸石榴树，先生肥狗胖丫头。

当然李长生没这么好命，老头儿在筒子楼里挥汗如雨，脑袋上还缠着纱布。

大伏天，小史在筒子楼厕所纠集了一群人，那“醇厚”的气味无孔不入，隔着三条街都能闻到，夏明若捂着鼻子终于行进到目的地，见别人都跑了，就剩小史一人坚守。便说：“都是你这孙子选的好地方，说吧，什么事？”

小史戴着八层口罩，偷偷摸摸地说：“你别告诉别人，老头儿找人打架，结果不小心自己撞了。”

“嚯，精彩！”夏明若说，“有输赢吗？”

“自然是老头儿赢了，”小史说，“当年他带领工作组在洛阳北瑶掘墓八百座，那毅力，跟豺狼一样。”

夏明若要出厕所敲老头儿的门，却被小史拦住了：“别，还在气头上，别抓住你说教个没完。”

夏明若吐吐舌头，小史问：“海洋他人呢？”

“在他爸那儿。”

楚海洋的爸爸正在写遗书，写到“我愧对国家，愧对四化建设，我将用生命给党和人民一个交代”时，老泪纵横。

楚海洋问：“爸，你哭什么？”

“海洋……”文物学家抬起泪汪汪的眼睛，“你爸爸是民族的罪人啊！那蟠螭……”

“蟠螭刀掉架子底下去了，我刚捡起来，”楚海洋说，“你们所的保管员也真是的，这么贵重的文物拿出来除锈都不放好，一点儿专业素养都没有。”

他爸说：“啊？”

“你别好好先生，”楚海洋继续，“该扣奖金扣奖金，以唤起他薄弱的责任心。”

他爸说：“啊？”

“那我有事先走了。”

他爸捧着那封遗书：“……啊？”

夏明若蹲在李老先生门外和小史聊天，就听到里面拍桌子摔茶缸：“胡闹！激进！‘左’倾！对子孙后代不负责！一挖出来又是一个定陵！”

夏明若问：“怎么回事？”

小史说：“咳，元德太子墓。”

夏明若仰头想了半天，小史提醒：“杨广的儿子。”

“不可能，扯淡。”夏明若说。

“我知道，史书上没有。你别说关于这个墓的记载没有，就连元德太子本身，《隋书》也是寥寥几笔便带过了。”小史说，“但最近有几个好事的硬说洛阳附近某村东边一个土包包就是元德太子墓，非要开挖，还写了内参送到上头去了，这几天正论战着呢。唉，哪儿都论战，《人民日报》论战，学校里几个系也闹得不可开交：青年应不应该有理想，这有什么好吵的，没理想去码头扛大包啊？真是……”

夏明若打断他：“真是陵寝？”

小史点头：“是，据说探铲打下去全是五花夯土，但老头儿非常反对发掘。”

“一挖又是一个定陵！”屋里头老头儿又开始扔茶缸，反正是搪瓷的，砸不碎。

定陵是明代万历皇帝的陵墓。

发掘定陵则是中国考古史上的一次重大失误。

1957年贸贸然发掘，挖到一半考古队员被拉去反右。好不容易到了清理随葬品阶段，考古队长又被“彻底的革命派”打倒，下放到农村改造，接受贫下中农再教育，由此导致上千件出土文物失去保护，大批丝绸、刺绣、木器霉烂。

而最荒谬也是最令人痛心的，是万历皇帝的棺椁被一位愚蠢的芝麻绿豆大的——办公室主任之类——当权派以影响上级检查卫生，有碍观瞻为名，扔进了山沟里，就此再也没能找回来。而帝后的尸骨则在“文革”中毁于红卫兵的一场大火，于是明史中有关万历皇帝的许多谜团，再也无法解开。

讲到定陵，李老先生十分激愤。夏明若溜进门，站在他身后，轻拍他的背为其顺气。

“条件不成熟！”老头儿痛心疾首。

就算政治条件成熟了，考古工作者的知识技能储备呢？文物保护条件怎样？修复水平又怎样？

“学界一直在反思，这些皇陵、后陵、太子墓、诸侯墓，别说现在不能动，三十年后也不一定能动。你知道考古发掘为什么有时是跟着盗墓贼跑，盗一个发掘一个，有时被盗了还不能发掘？就是因为教训太惨痛！一旦挖了便连载体都永远地失去了！”

老先生说：“有些人心心念念想立功，却不知道很可能在对子孙犯罪！”

“我知道，我知道。”夏明若说。

“你说说看这种人我打他算不算客气的？”老头儿吼，“我恨不得打他全家！”

“我们理解，”小史说，“您小声点儿，公安要来了。”

“不行！”老头儿站起来往外跑，“我得再去打他一顿！”

小史说：“哎哎！您老等等！”

夏明若摆手，意思是没事，一会儿就被拦回来了。穿一件破背心前袒胸后露背的，人家只当是他老流氓。

等到夏明若回到家，见了自己老爹，他爹还说呢：“你们教授和历史所门卫打架，以一当十，好生勇猛。”

夏明若特别骄傲地说：“那是当然。”

夏家爹爹虽然是个骗子但长得不像骗子，一口江南标准普通话，四十岁了还肤色白皙、眉清目秀。只是最近听说他与某苦于破案率的小片儿警狼狈为奸，一到天黑便出去设套抓人，不知道是真是假。

这父子俩好久没见，一见便腻歪歪作肉麻当有趣状，过会儿夏明若说：“热，我去买根冰棍儿。”

夏爹爹说：“早去早回啊，老黄、耗子（注：一只狗）它们还都要喂，我晚上还得去热心于公益呢。”

夏明若回答一声“晓得咧”便跑到院子外头去了。

这根冰棍儿买了六小时。

夏明若叼着冰棍儿上公园看人家老头儿下棋，回家路上又遇见几个刚下班的青工，那帮狐朋狗友呼啦围上来说："别信！大学生了吧？难得一见。快快快，喝一盅去！"

夏别信接过递来的劣质烟，趿拉着拖鞋，跨坐在青工的自行车后座上，招摇过市，自认有种不入俗流的优越感。他乐滋滋地跟着下馆子，几杯酒一灌就不太认得人了，到了九、十点摇摇摆摆进家门，劈头就挨了他妈妈一闷棍。

夏明若抱头在地上滚来滚去，哎哟惨叫。

他妈说："看你长得瘦猴似的，没想到头挺硬，这样打还不死！"

夏明若爬起来拼命跑："爹！爹！救命啊爹！"

他妈气势汹汹跟在他后面追："你爸上夜班去了，看谁来救你！"

夏明若慌不择路，一溜乱窜，结果被堵在了厨房，只好围着煤炉跑："妈！妈！妈饶命啊！"

他妈说："饶命？呸！老娘今天不打死你才怪！"

夏明若号啕大哭，抱头蹲下："妈啊——您可是我的亲妈哎！当年您生我的时候，可不是这么跟我说的！"

楚海洋正好洗完澡出来，一听声音便赶过来了："阿姨，怎么了？"

夏明若他妈举起棍子像赶小鸡一般赶自己儿子："去，葡萄架底下跪搓板去！从来就不好好儿学习，一天到晚跟人鬼混！你看看人家海洋，怎么不学着点儿！"

夏明若一跪下去便酒劲冲脑，天旋地转，楚海洋趁着他妈进房点蚊香，拉着夏明若就逃。

出了胡同走几步便是一小公园，旁边一盏小路灯，其余地方黑灯瞎火，树丛里躲着的全是偷偷摸摸谈恋爱的，这时候要是拿弹弓打，打一个还赚一个。

夏明若被冷风一吹更糊涂了，在路中间摇摇晃晃跳舞。楚海洋急了说："这不是酒精中毒了吧？你倒是吐呀！"

"不不不不，"夏明若大着舌头说，"没门儿！二锅头，红星的，吐了多可惜！"

楚海洋把他抬到路灯底下一看："不对，你这脸都白了，快快，我扶你上那边公厕吐去。"

"没门儿！没门儿！"

楚海洋拽着他就走，谁知醉鬼力气大，没走两步就被绊倒了，两人一起摔进灌木丛，惊起一对无辜小男女。

夏明若搂着那男的脖子说："陈燕儿啊，你怎么长这么高啦？你看你都瘦了，我多心疼啊。"

陈燕儿是谁？陈燕儿是胡同口的一大龄女青年，一身膘子肉，光小学就念了八年。

那女的放声尖叫，结果夏明若又去搂那女的："毛子啊，你也在啊？我可想你了。"

毛子是陈燕儿他们家的狗。

楚海洋赶紧解释说："一醉鬼，对不住了啊。"

夏明若爪子还没碰到那女的，又"嗖"地蹿那男的头上："史卫东，东东！你看你长得，这条子，啧啧，真是越来越没出息了！赶紧借我作业抄抄。"

那男的估计要疯了，楚海洋架着夏明若就跑。途中忽然有个小青年从身边飞奔而过，一个中年妇女在后头扯着嗓子大喊："抓流氓啊——"

树丛中立刻有几条潜伏已久的矫健身影跳出来："抓流氓！站住——！不许动——！"

夏明若嘎嘎傻笑说："嘿！我爸！还有几个便衣，哈哈哈哈！"

两人拉拉扯扯到家，发现小史正在家门口戳着，老黄正陪着他，楚海洋说："哟，这不是东东嘛。"

小史迎上来："哎呀别信，你怎么这副德行？"

楚海洋说："你可不能学他，没这个量却要装这个样。"

"就是，德行！"小史说，"对了，李老师让我来通知你们一声，明早的火车去洛阳，不能迟到啊。"

老黄是一个颠覆了传统的存在。

它的存在只是为了验证一个清醒而痛苦的命题：我孤独，因为我有思想。

楚海洋凝视着它睿智的眼睛，问："怎么又跟来啦？"

老黄看着他，显然已经开始思考。它一直思考，它思考，思考，思考，睡过去，醒了，思考……最后楚海洋问："老黄，你到底是被什么东西附身了？"

老黄打了个呵欠，爬到上铺窝在夏明若怀里睡觉。

夏明若以手覆额咕哝道："喝酒伤身啊……"

楚海洋把茶缸递给他："你那小身板儿就珍惜点儿吧，还能多活两年呢。"

夏明若惨白着脸不动，楚海洋爬上来摸摸他的额头："发烧了？"

"不可能，"夏明若翻个身，老黄躲避不及被压扁。

"老头儿呢？"

老头儿在车尾吹风，吹得心潮澎湃，冲回来给党写万言书。想起自己早年就读于中国最顶尖学府，师从考古界泰山北斗，经历过抗战、内战、建国，但最年富力强、最应该出成果的十多年却完全被束缚住手脚，以至于垂垂老矣，不禁满眼是泪。

楚海洋从他身后把毛巾罩在那颗光头上，结果被一把扯下：“调皮！”

楚海洋笑着说：“什么成果？七七、七八届共十九人，哪个不是你的成果？”老头儿狠狠擦了把脸，想了一会儿破涕为笑。

楚海洋上前收拾他的纸笔：“您什么也别多想，发掘还未成定局，毕竟谁也没存坏心是不是？憋了这么多年，都想大干一场，见识文物而已。”

“谁不喜欢宝贝哟！”老头儿长叹口气，“就是因为喜欢这些宝贝，我宁愿一辈子都见不着它们。”

老头儿斜靠在床铺上，夏明若探出身子将窗户开大，华北平原上爽朗的凉风吹进车厢。

老头儿说：“学生们啊，我记得周扬同志曾经委婉地提过意见，说考古没有阶级性，对历史、对过去，只讲究一个‘信’字，当然他们自己也犯过错误，但在这点上，他们是睿智的。我想我们民族从弯路上回来后，便终将了解，不但是考古没有阶级性，任何一门自然或人文科学都应该服务于人类而不是阶级斗争……哎呀，我说那个小史啊！你买个饭怎么现在还不回来啊！”

史卫东托着饭盒，提着水壶，站在开水炉子前虔诚地等着，不是等水，是等那个圆圆脸蛋的列车员。走过来，看一眼；走过去，再看一眼……红着脸羞涩一会儿，抬头时被突然出现的乘警吓退数步。

小史被摁在车窗上时强调：“我没干吗！”

乘警面无表情地搜身：“量你也不敢。”

搜完了，没有危险物品，小史说：“我……我能回去吗？”

乘警说："你跟我来一下。"

小史埋着头跟到乘警值班室，十分温顺地填写出生年月与姓名，乘警说："都写上，身高、体重、籍贯、工作单位。"

小史弱弱道："写了。"

"写了就好，到时候你犯了事，好找。"乘警抢过笔，眯眼凝视了小史一会儿，在体貌特征栏里填上"八字眉"，然后把登记簿合上说你走吧，小史偷看一眼，发现那簿子封面上果然是"可疑人员记录"六个大字。

"法西斯啊，赤裸裸的有罪推定……"小史喃喃自语，满腔愤愤，然后继续回开水炉子前偷窥列车员。

李老先生则干啃着冷馒头："小史怎么还不回来啊。"

说是洛阳，其实是洛阳地区一个偏僻极了的地方。几个人下了火车，又坐了一天拖拉机一天驴车，这才风尘仆仆地赶到了那个发现隋墓的山坳。山坳里有个自然村，叫经石村，就是凭着村里那块经文石，考古人员才打算在此寻找古代墓葬。

老先生带着学生与驻守经石村的考古队会合。

考古队十来个人，租住在村民的屋子里。队长四十来岁，远远地迎上来与老先生握手："李老教授，你可来了！"

老先生说："队长同志，我……"

队长说："嗐！我何尝不知道您老的意思。"他一脸难色："咱们进屋说，进屋说。实际上……"

"啥？！"师徒四人同时跳起来，"被盗了？！"

"各位冷静点儿，听我讲完，"队长说，"这一带据村里老人说风水不错，我们勘察了一下也发现几座墓葬，村东三里就有一座清代的。我说被盗的就是这一座，离元德太子墓还有一段路呢。”

“什么时候盗的？”李老先生问。

“两三天前，这个墓规模不大，长3.5米，宽1.8米。”队长也有些无奈，“本地古有风俗，吃盗墓饭的也不少，有的村子几乎每家每户都盗，真是防不胜防。我们决定明天就着手清理这座墓，然后再发掘元德太子墓。”

老先生坐不住了：“我去看看。”可他一站起来却突然眩晕，差点儿摔倒：这人毕竟年纪在这儿，长途奔波后有些中暑症状。

楚海洋把他扶到床上安顿好，老头儿不放心，直催促说：“快去看，快去！”楚海洋只好答应，吩咐小史照顾他，便要拉夏明若一起走。

夏明若说：“你先走，我马上来。”楚海洋问：“少爷，又怎么啦？”

夏明若先说自己最近胃口不好，就爱吃点儿酸的，又一边蠕动一边不住回头看，说：“海洋啊，你看农民的西瓜长得多好啊，我稍微有点儿口渴啊，哎哟那边还结着葡萄呢。小史，你我心里明白，好兄弟！别忘了啊，葡萄，葡萄！”

离村庄二三里外，野地里有一片小小的松柏林。

队长说：“林子里就是那座清晚期墓葬，墓主据说是一名乡宦，曾经中过举人，这些树就是下葬时栽种的。”

队长把他们带到盗洞边：“沿着墓边斜打下去，洞口开得很大，想必又是些个白天种地，晚上盗墓的。今天早上我们才发现，还没有来得及下去看。”

楚海洋把裤脚卷起说：“我去看看。”

他刚想把挎包挂在树杈上，脚下却突然踩了个空，大块泥土扑簌簌塌陷，竟然也露出个洞口来。

夏明若吃了一惊：“这个又是什么时候的？”

队长也显然没料到这种情况，他怔了怔，便急急忙忙地跑回村里喊人。

楚海洋一脸狼狈地跨出来："别信，这个洞口堵上的时间绝对不超过两天，你看这压下去的草，还绿着呢。"

夏明若说："缺德啊，三天盗人家两回，好歹还是个前清举子呢。"

楚海洋皱着眉，捏了把泥土在手上搓了搓："这就是行家干的活。椭圆形洞口，四壁较光滑，大小则可以容纳一名身材瘦小者进出。尤其是洞壁上工具的痕迹，他们的铲子和农民的锄头铁锹区别很大。"

夏明若趴在黑黢黢的洞口看了一会儿，便在腰上系了一根绳子，绳头交给楚海洋，自己咬着手电往下爬。他撑住洞壁，越爬越深，十分钟后楚海洋听到他在底下喊："皮尺——！"

楚海洋连忙把皮尺一端扔给他："下面缺不缺氧？"

"我还行！"夏明若喊，"到底了——十二米五！这孙子挖了三层楼呢！"

楚海洋也跳进洞，往下爬："就这么直的到底了？下面什么也没有？"

"没有——哎，你别下来啊，上去拉我！我说这不会就是一个深井吧？农村里不是经常有嘛。"夏明若举着手电到处照，"哎哟！"

楚海洋问："怎么了？"

"拐弯了！"夏明若喊，"这个洞拐着弯呢！"

他努力扒开地下洞口处堆积的泥土，往里爬了几米却觉得气上不来，只能退出。

楚海洋拉他回到地面，他躺着好一阵喘，然后抹了一把沾在脸上的泥："真奇怪，这洞根本就不通向举人墓。"

这时考古队长也带着手下人马急匆匆赶到了。

楚海洋问夏明若："洞朝着哪边拐弯？"

夏明若指个方向："那边。"

考古队长脸刷地一下就白了。

“东边……”楚海洋问，“元德太子墓在哪个方向？”

队长愣了半天才敢说：“……东边，大约一百米外的菜地里。”

他说完就往地上颓丧一坐：“不会吧……这就在眼皮底下的……”

楚海洋叹口气说：“防不胜防哪。”

夏明若问：“怎么了？”

“翻天印，”楚海洋解释，“这个洞有九成的可能是盗洞，而用这种拐弯的盗洞来盗墓的手法，俗语就叫做‘翻天印’，队长大哥。”

队长答应：“哎。”

“太子墓周围有积炭吧？”

“有，”队长垂头丧气，“不但有积炭，还有积石。”

“所以要打翻天印”，楚海洋对夏明若解释，“古人经常在安置好棺椁后再在周围堆木炭，堆沙的、放石头的也有，目的就是为了防盗，因为堆了这些东西后盗墓人的铲子不容易打进去。

“只可惜防贼的永远没有贼聪明，盗墓的行家往往不从正面突破，而是像现在这样，远远地从旁边打洞，到了差不多时便横向打，最后再向上，打穿棺椁底部后将东西抽走。这种情况我没见过，据说老师遇见过两次，一次在山西，再一次就是秦公二号大墓，都是表面看起来十分完好，发掘后却发现里面空空如也，而墓底有盗洞。”

“我也只是听说过。”队长沉声说，“这次我们犯的错误实在是太严重了。”

楚海洋拍拍他的肩：“别泄气啊，都是猜测，咱们先回去向老师汇报一下情况，从长计议吧。”

地头会议的气氛沉闷。老先生不吱声，谁也不敢说话，偏偏老头儿仿佛神游天外，于是一群人只能坐在田埂上咬草根。

夏明若坐在小史身边，先问："甜不甜？"小史摇头："不甜。"

夏明若轻轻叹息说："不甜就好，我眼睁睁看你把一只蚂蚱吃下去了，挺营养的，荤菜……别吐了，吐了多可惜……暴殄天物啊史卫东，工农红军不会原谅你的。"

"咳，"沮丧的考古队长终于开口，"钻探时确定过墓深，大约十一米下就是生土层。这个盗墓贼计算得十分精确……"

"两个人，"老先生打断他，竖起两根手指，"盗墓者有两个。"

老先生转向夏明若与小史："墓大一分，危险就增加一分，所以盗大墓的，单独行动的极少。盗墓也需要协作，常常是一个挖洞一个提土，一个盗取一个望风，尤其是这种会打翻天印的老手，比你我都谨慎，外面没有接应绝对不会轻易下洞。明白了？"两人傻乎乎地点头。

"那我们应该怎么办？"楚海洋问。

"依照惯例，发掘已经成为定局了，"老先生问，"周队长，你们现在一共几个人？"

"十四个，"队长说，"十二男二女，但可以召集村里的农民。"

"又不是农闲季节，哪里来那么多农民。"老头儿说，"同学们，我们留下帮几天忙，等到考古人员大部队来。"

学生们自然不会拒绝，老先生拍拍屁股站起来："我在洛阳时曾经得到消息，发掘批文不日就要到达，当初长沙辛追墓，动用了数千人次，这回的工作量也肯定不会小。如今人员、器材、资料一样没有，但时间不能浪费，陵墓再小，也有入口，这两天先去把入口找到吧。"

一声令下，第二天十来个人就拎着考古铲出动了，队长比较轻松，坐小驴车去洛阳等批文。

所谓考古铲，就是洛阳铲，是洛阳盗墓业界兄弟们的智慧结晶。

铲筒铁制，呈月牙形，上面接着数米长的木杆。使用时双手攥紧木杆，对着地面用力扎，把泥土压进铲筒后再提出来，由此可以判断墓葬的深度与位置。如果在同一点上继续，洞便越打越深，但洞的直径却只有几厘米。西安秦公一号墓距离地面达二十四米，也是靠着洛阳铲一杆一杆打出来的。

不过使用洛阳铲需要极高的技能，普通人根本摸不到诀窍，就像夏明若，架势虽然十足，但打了几铲便满手血泡，扑到老黄身上呜呜哭。

楚海洋说："看到差距没有，别信同志？这就是差距，这就是机关兵和野战军的差距。"

机关兵嘿嘿一笑，抱起肥猫就跑。楚海洋扔了铲子就追："妈的！想偷懒？"

夏明若边跑边喊："我和老黄回去给你们做饭去！"

楚海洋一把抓住他的后领子："不许走，小史一个人管灶就够了。"

夏明若回头，眨眨眼睛说："陈燕儿啊，我就知道，你打小就看上我了。"

楚海洋说："你这招用过了。"

夏明若大惊："什么时候用过的？我刚想起来！"

楚海洋说："不信你问老黄。"

老黄坚定地说："喵。"楚海洋说："你看。"

夏明若仰天思索："那毛子那招我用过没？"

楚海洋笑着说："想点儿新招式吧，小子。是不，老黄？"

老黄说："喵。"

夏明若掐着猫脖子说："敢情您又忘了是吃谁家的饭了？"

“三天倒有两天是我在喂，你和你爸根本就不记得。”楚海洋把猫抢过来放了，押着夏明若往回走。

夏明若说：“我手痛啊。”

楚海洋说：“好歹也算是跟着北京专家来的，得给老头儿撑着点儿面子。”

话音刚落，就看到老头儿站在那片埋着前清举人的小树林里招手。“来来来，参观一下民间土木工程师的杰作。”

自然就是指昨天发现的盗洞。

“不简单，”他拔掉掩盖住洞口的杂草，指指东面，“从这儿到古墓，途中有两个深井，都是五十年代用来灌溉的，后来因为地下水位下降就废弃了。但我刚才勘探过来，发现这个盗洞竟然能将两个井都连接进去，使之成为现成的通气孔，真是不简单。”

老头儿赞叹：“盗墓也需要才能啊，寻找古墓的敏锐性，再有就是方向感，我还见过盗洞打歪了打到河里去的。”

他颠儿颠儿走出树林，看见考古队成员个个像蔫茄子一般，便晃悠上去鼓励说：“同志们啊，我国的考古学体系本世纪才开始构建，而盗墓却已经绵延了数千年。咱们是在和一位老大哥竞争，输个一两着也没什么嘛，加油同志们，加油。”

众人纳闷说：“你们教授到底在帮谁说话？昨天是谁跟蔫茄子似的？”

夏明若微笑：“习惯了就好，习惯了就好。”

由此到了第三天，周队长带着批文回来了，隋墓的发掘工作便正式拉开了帷幕。队长还是队长，但先前最反对发掘的李老教授却成了技术总指导。“……”老头儿感慨，“这就是人生。”

随着队长赶到的还有几十名解放军战士，都是本地的驻军，来了后，第一件事情就是给大墓周围拉铁丝网。

因为挖墓的消息早就传得满天飞，十里八乡的老百姓都跑来看热闹，管他是颤巍巍的老头儿、老太太，还是穿着开裆裤的小娃娃，或者是大姑娘、小媳妇，个个都把墓边上当集市，呼朋引伴从早到晚地在这儿待着，抽烟斗的抽烟斗，闲聊的闲聊，打闹的打闹，纳鞋底的纳鞋底，总之就是没人肯走。

小史约莫数了数，每天都得上千号人。

这就是考古工作有趣的地方：平日里餐风露宿，跋涉在野兽出没的深山野谷、茫茫荒漠，面对的是危险与孤独；而一旦参与发掘，立刻就成了聚光灯下的中心。

动土的第一天便在鼎沸的人声中结束了。

傍晚收工，夏明若发牢骚："看什么看？看猴哪？"

离他最近的一位小朋友立刻回答："看猫。"

夏明若严肃地批评小朋友说："你没有同情心。"然后缓缓地回头，深深地看着老黄。老黄消瘦了。

消瘦了的老黄爬在铁丝网上。

消瘦了的老黄被两只德国军犬逼迫着爬在铁丝网上。

夏明若握拳高举过头喊："老黄！满腔的热血已经沸腾！为了真理！英特纳雄耐尔！反抗啊！"

老黄受到了鼓舞。

它无比激昂地回头，朝两只狗弱弱地喵了一声，然后翻过铁丝网逃了。

夏明若赞扬："好样的！有骨气！"

楚海洋放下铁锹，抱起小朋友要送他走："我知道网有洞，但你不许再钻进来了，尤其要离这个哥哥远一点儿，这个哥哥很危险。"

夏明若立刻作怪，扑在楚海洋腿上仰头喊："刘狗剩！哥哥舍不得你！"

刘狗剩热泪盈眶："小夏哥！你就是我的亲哥！"

楚海洋抖了抖便把小朋友扔了。

夏明若把小朋友搂在怀里，给他一颗糖。

刘狗剩说："你再给一颗嘛。"

"那你晚上得再摘一只瓜来。"夏明若说。

"行啊！"刘狗剩说，"今晚偷红玲家的。"

这时，有人在夏明若耳边轻轻说："你坏啊……"

夏明若吓了一跳扭头，过会儿却咧嘴笑起来："三大纪律八项注意，咱可不能亲自拿群众的一针一线。"那人说："也对。"

夏明若说："舅舅别来无恙？"

一身老农装束的大叔说："托福托福。"

楚海洋笑着走过来："一起吃饭去。"

夏明若说："啊？你俩已经见过了？"

"早上就见过了，"楚海洋说，"舅父大人前来帮助我们挖掘，一天工钱一块五毛六，管吃住。"

夏明若蹭到大叔身边，用肩膀拱拱他："太不道德了啊，先是把墓盗了，现在又跑过来骗考古队的钱，我们经费很紧张的晓得哦？"

"此言差矣，"大叔庄严地说，"头一次是为了实现个人价值，后一次是为了抢救国家财产，与国与家，问心无愧。"

大叔雄赳赳又拉过一个人来，这个人看见夏明若时脸白了，然后对大叔恭恭敬敬地点头，口称："师傅。"

夏明若过了半天才说："豹子，你堕落了。"

豹子立刻躲到大叔身后。

楚海洋拍拍他的肩："走吧，吃了饭再叙旧。"

叙旧自然是找没人的地方，四个人趁着月色溜出好远，找了个土堆后窝着，夏明若还顺路去拿了一只瓜。

夏明若分瓜说："吃，吃，别客气。"

楚海洋躺在地上望星星："舅舅，洞真是你们挖的？"

大叔说："真是。""挖着什么没？"

大叔说："说来话长，听我慢慢讲。你们学历史的，总知道古今之富莫过于隋吧？"

豹子说："我不知道。"大叔说："专家解释给他听。"

于是楚海洋就解释："隋代号称'国计之富'。"豹子说："啥？"

"就是有钱，仓库充实，尤其是粮仓。"楚海洋说，"这儿附近曾经有个洛口仓，史料上载周围二十里，内穿三千窖，每窖可容米八千石，你想想它的总储量可以有多大，而这样的粮仓，隋代还有许多个。"

"《贞观政要》里面讲，隋文帝末年的时候，国家储备可以提供往后的五六十年之久，就是说可以用到唐高宗年间，"夏明若捧着西瓜无限向往，"那是什么景象？那是共产主义的景象。"

大叔也做无限向往状："原来已经实现了呀，真好。"

豹子跟着说："真好。"

楚海洋指示豹子："把耳朵眼堵起来，我讲话时放开。"

夏明若说："豹子你别听他的，楚海洋觉悟可低了，你看这么有民族荣誉感的事他一点儿都不激动。"

楚海洋捡了颗小石子就砸过去："话多！"

夏明若一侧身躲开，石头啪一声砸在豹子脑袋上，豹子跳起来喊："他妈的真痛啊！"

大叔抽打豹子说："咋呼什么！想把民兵招来？"

夏明若骂道："你们几个都咋呼！"

这时有两个更咋呼的远远叫起来，它们一叫，全村的狗都跟着叫，嗷嗷呜呜一声比一声高，大叔拉着豹子就地卧倒，好半天才敢转动脖子说："哎哟，怎么把这两只外国狼狗给忘了。"

"咬的就是你们做贼的，"夏明若说，"哎，舅舅，太子墓里什么样？"

大叔沉默半晌，然后说："都是自己人，不妨说实话，也免得你们误会。第一，都知道隋代节葬，文帝泰陵高五丈，周数百步，大概也就相当于汉武帝茂陵的三分之一。泰陵历代都被盗，但从没有听说谁能拿出东西来。几十年前我师傅随着军阀张白英进泰陵，也是空手而归。所以我不是冲着宝贝来的。

"第二，我来是为了了却我师傅的一桩心愿，是要找一样东西，这东西他在泰陵里没找到，一直到死还在念叨。我便想碰碰运气，万一有，好让我九泉之下的师傅老人家安心。"

"那有没有？"

大叔挠着头嘎嘎笑起来："不知道。"

楚海洋说："你不是进去了吗？"

"可我进去了没敢找呀，"大叔说，"遇见两个邪门儿东西……哎哟，咱们撤吧。"

其余三人抬头，发现有人正打着手电往这边走来，估计是半夜爬起来巡田的村民。楚海洋看看表，两点了，于是说："散吧。"大叔便带着豹子绕到小路上走了。

夏明若和楚海洋回去睡觉，他们睡的都是临时床铺，最中间睡的是个壮硕青年叫大吴，夏明若睡他左边，小史睡他右边。大吴练过长拳，曾经是全国少年组的武术冠军，睡着了也威风犹存，一晚上把夏明若和小史打得够戗。

第二天起来两人鼻青眼肿，抱怨道："世界上竟然还有通铺这种罪恶的东西。"小史说："这可怎么办呢？总得留着命发掘太子墓啊。"

夏明若说："要不半夜咱俩把大吴给做了吧？"

小史说："你就不能想个靠谱点儿的主意？就凭我们俩的小身板儿也能动得了他？要不我晚饭时给他下点儿药吧。"

两人嘀嘀咕咕，正准备消极怠工，老头儿那边传来消息却说发掘时间改了，改晚上，白天休息，下午六点上工。

众人问："为什么啊？"

老头儿也是没办法。正值盛夏，古墓里的东西又最不能晒；其次是白天气温高，人吃不消；再次，围观者太多了。

千八百人，每天是里三层外三层。

农民平时又没个娱乐——以前还有地主斗呢——现在只能把考古队当娱乐：古墓说过了，周队长的大胡子说过了，李老先生的光头说过了，连小史的八字眉都被狠狠地品评了一番。楚海洋长得好，有人连媒都替他说上了，是某某庄某某组的某某大姑娘，脸大腰粗，肥臀能生养，喂猪能手。

夏明若阴阳怪气地说："倒插门儿——好啊——有肉吃——"，楚海洋追着他揍，夏明若于是强烈地表示倒插门儿光荣，倒插门儿正确，他此生立志倒插门儿。

可老头儿还是失算，改到晚上后人更多，因为晚上农民不用下地，白天来不了的壮劳力们全来了。

还有个更古怪的，隔壁大队的一隋姓村民硬说考古队挖了他家祖坟，带着十来个后生气势汹汹地冲过来。正好当时解放军叔叔们有事回驻地，楚海洋、大吴和队长他们陪着老头儿外出，工地上就剩夏明若几个。

那帮人举着锄头、钉耙闹哄哄地来到现场，被一排长条凳堵住。凳子后站着一伙人。为首的小青年穿一身旧军装，敞着怀，露出红色跨栏背心上“中国”两字，满头乱发像狗啃似的，长得倒是眉清目秀。

小青年肩上立一黄色巨猫，右手擎板儿砖，左手叉腰，恶狠狠地开口：“来啊！老子死之前非拉足了垫背的不可！”

乡民们愣住了，只当城里的学生好欺负，谁知道竟来了这么一个东西，一时间谁都没敢动。

于是小史被推出战壕，花半小时解释隋代的皇帝不姓隋而姓杨，再花半小时解释唐代的姓李，宋代的姓赵，元代的他说了大伙儿也弄不清，都叫什么甘麻刺答麻刺八刺……

这种情况下老头儿只能去乡里哭诉，结果乡里给出了个馊主意，说是让乡文化站在村里打谷场上架银幕放电影，电影一开始村民就不看挖墓的了。

事实证明电影好看，挖墓也好看，考古队除了忍受人声嘈杂外还得忍受高音喇叭。

先是李向阳同志手持双枪，威风凛凛；然后是二妹子捻着大辫子唱九九艳阳天；后来，连《列宁在1918》都拿来放了。这片子是长春电影译制厂译制的，所以列宁同志和他忠诚的警卫员瓦西里同志以及红军战士们，说话都带着东北口音。

夏明若学得惟妙惟肖，趴在工地边上说：“面包会有的，一切都会有的。”

正巧当时在去除表层浮土，老头儿又在明清地层上发现一个盗洞，气得咬牙切齿说：“会有的！该有的都会有的！”

夏明若捂着嘴偷笑，拿着毛刷小铲乖乖巧巧地去收集封土里夹杂的陶片，竟然还清理到一枚毛主席像章，后来送给刘狗剩了。

豹子问：“啥叫地层啊？”

旁人异口同声地说：“楚专家解释。”

专家正埋头填发掘记录表：地点、代号、海拔、面积……于是便说：“明若解释。”

夏别信一高兴，问：“真让我说？”

专家想了想说：“算了，豹子，还是等我有空儿来给你讲吧。”

又过了一天，传来个好消息，说明清代的那个盗洞并没有打到底，在地下两米处就消失了。

又传来个坏消息，说铁锹打不进去了，挖到石头了，用探铲勘测，都是宽一米、长两米以上的巨型条石，足足有三四根，并排堵在墓顶上。

盗洞就是因为这个原因消失的。

“考古队守则，”老头儿说，“第一条。”

底下人席地而坐，拖着长声回答：“遵守纪律——服从领导——严格保守国家秘密——”

“第二条。”

“积极负责、忠诚老实——吃苦耐劳、克服困难——完成任务——”

第三条，依靠地方，搞好关系，积极宣传党的文物政策法令；第四条，互相帮助，虚心学习，开展批评与自我批评；第五条，注意安全、保证健康；第六条，谨慎使用仪器，节约消耗品。

第七条是不成文却约定俗成的一条：绝对不允许搞私人收藏。

“行，都知道哈，”老头儿说：“那么大家看电影去吧。”

“噢——！”年轻人们一哄而散。

《地道战》的音乐响起来，刘狗剩抢占第一排，守着张三条腿长板凳翘首以盼，夏明若灵活地挤进人群坐上去。

今天考古队休息。

条石上的封土已经被去除，但十来吨重的巨石单凭人力是拿不上来的，得靠起重机。本地的文物部门便从洛阳建筑工地上借了一台，但由于路况不好，估计后天晚些时候才能到。

刘狗剩诉苦：“哥，你可得表扬我，我为了守位子吃了大苦头了。”

“有数有数，”夏明若笑嘻嘻地说，“我带你上北京玩儿去。”

刘狗剩说：“天安门！”夏明若说：“行！”

楚海洋摇着大蒲扇来了，左右看看问：“我坐哪儿？”

夏明若连忙推他：“没你坐的，你回去睡觉。”

楚海洋便拉他起来，然后自己一屁股坐下去。

夏明若嗷嗷叫，手脚并用，对楚海洋又是推又是拽，后排的村民喊起来：“挡住了！挡住了！前头人不要乱动！”

楚海洋吐吐舌头，强压夏明若蹲下，夏明若怒骂：“畜生！”

楚海洋打了个响指，吩咐刘狗剩：“打扇。”

刘狗剩双手开弓哗哗哗摇扇子，边摇边谄笑：“海洋哥，凉不凉快？”

楚海洋抖着腿说：“再扇。”

这时，大胡子周队长站在人群后头两手拢在嘴边喊：“楚海洋——！海洋——！”

黑白银幕上的革命小妞们正在热火朝天挖地道呢，打谷场上全体人员齐刷刷回头：“嘘——”

楚海洋只能站起来走出去，夏明若奸笑地对着他的背影摇扇子，一脸小人得志。

电影散场楚海洋也没有回来。

夏明若冲了个凉水澡回宿舍睡觉，睡到半夜，被大吴揍得实在不行了，只好披了件衣服往工地上跑，老黄和小史紧随其后。

夏明若先骂老黄："虽然平原耗子多，你也要收敛一点儿，吃饱就行了，看看你的脸都胖了多少圈了！"

又骂小史："你说晚饭给大吴下药，药呢？"

小史委屈地说："我下了啊，可谁知道他需要至少三倍的剂量。"

山村里的月光像水一般明净，凉风带着树木的清香，呼呼吹过连绵的西瓜地。月亮下去，升起满天星斗，两人一猫沿着田埂慢慢走着，听到远处的军犬又在叫唤。

他们路过池塘，发现里面开满了荷花，花瓣在夜色中泛着幽幽的银光。

小史采了一支荷花拿在手里玩儿，夏明若也想要，便趴在池塘边探出身子去够，够不着就探出一点儿，再够不着就再探出一点儿，紧要关头，被突然跳起的青蛙吓了吓，扑通一声栽进了池子。

发掘工地灯火通明，楚海洋陪着老头儿和队长蹲在条石上不知研究些什么，老头儿嘀嘀咕咕说话，楚海洋用小钢尺量来量去，然后低头记录画图。

墓葬的结构已经确定了，长方形竖井土坑墓，近地表处长10.15米、宽8.2米；平均每20厘米一个夯土层，夯窝直径10厘米——在附近还找到一根用来夯土的粗木头——其余的一切则都要等挖开了才知道。

老头儿说："石头不要紧，渗水了才麻烦。"

"不会，"队长摆摆手，"五十年代洛阳的地下水位大约是十米，现在是二十米的深井也不出水。"

楚海洋说："那也没几年，这墓可在十米以下啊。"

“那给你们说个难以解释的现象吧，”周队长说，“十米是平均数，这一带地势比较低，据村里老人讲，水位下降前的灌溉井只需要打八九米，当然现在需要打到十五米以下。但这儿有条数十米宽、三公里长的南北向狭长地质带，别说十五米，就是五十五米也出不了水，而太子墓偏偏就坐落在这条地质带上。”

“咦？”老头儿站起来比画，“就这条轴线？”

周队长点头：“哎。”

老头儿啧啧有声：“奇了，奇了……”

楚海洋问：“什么？”

老先生说：“解放前，我在野外考察时遇见过几个替人寻找阴宅的风水先生，说他有道理吧，他那套说辞真是玄而又玄；说他是传播迷信蛊惑人心吧，偏偏他点到的“穴”不管是从地形地质、水文土壤，还是从小环境小气候，都十分适合埋葬。”

老先生摇摇头：“解释不了，奇了……”

他一摊手：“解释不了就不解释，我们继续搞我们的科学。”

楚海洋微笑起来。

老头儿说：“海洋，你先回去睡吧。”楚海洋说：“我陪陪你。”

“不用，老周陪我就行，我俩是回去也睡不着。你去休息休息，养精蓄锐，明天晚上有大忙的。”老先生说，“都是我的顶梁柱，哪根都不能断。”

楚海洋还要推辞，老头儿说走吧走吧，要不把夏明若替来，我担心他要对大吴下毒手。楚海洋哈哈大笑，跳出了墓坑。

夜晚愈加风凉，树梢上的枝叶哗哗作响，银河像一条闪光的云带横亘在天空。

楚海洋走到一半，发现田埂上扔了几件衣服，老黄守护，荷花池里有看上去身影很熟悉的两个人正光着上身鼓捣，激起细微的水声。

“别信，干吗呢？”楚海洋蹲下问。

“摸鞋。”夏明若蹚着齐腰深的水走近，抬头说，“掉了一只。”

“鞋呢？”

“捐躯了。”夏明若拿眼睛斜他。楚海洋大笑，也卷起裤管下水：“大概掉在哪个位置？”

夏明若稀里糊涂指指：“就这儿。这下可好了，我就带了这一双鞋，难不成以后天天打赤脚？”

“入乡随俗，”楚海洋说，“刘狗剩小朋友不是也不爱穿鞋。”

夏明若嘿嘿笑说：“那可不行，大不了我抢小史的。”

小史痛骂说：“你真没良心！亏我还帮你找，早知道回去睡觉了。”

夏明若一面笑，一面伸长了双手在淤泥里乱摸，可那只鞋仿佛就跟条鱼似的，扑通掉下来就游走了，他们找了大半个钟头也没找着。

三人泄气地上岸，坐在岸边洗去满脚的泥。

小史说：“这可怎么办呢。”

夏明若摆手说：“没事儿，穿你的。”小史要揍他，他跳起来就跑，楚海洋也拎起衣服、鞋子跟着追，边追边喊：“小心钉子！这儿可没有破伤风针好打！”

远处的狗儿汪汪叫，三人互相追逐着往村庄跑去，时不时抬头望一下星空。

第二天小史的鞋还在，大吴的鞋没了。

夏明若在屋后埋怨说：“太大了，一点儿都不跟脚。”

老黄喵喵安慰，夏明若就说：“算了，聊胜于无。”

大吴没了鞋想请假去买，被老头儿逮住发了通邪火。

起因是老头儿要资料，而关于隋墓的资料极少——毕竟隋代只有三十来年——算来算去，比较有参考价值的就是1957年发掘的李静训墓。

李静训是北周宣帝宇文赟的外孙女，夭折时只有九岁，因为出身显赫而得以厚葬。

老头发电报回去让人把发掘报告书寄过来，可临时又犯恶癖，为省几毛钱将电报写得极端简洁，结果导致北京那边会错了意，派了个叫王静训的学生过来，还是个物理系的。

这个王静训稀里糊涂地赶到洛阳，又丈二和尚摸不着头脑地被赶回去，白白捞了趟公费旅游，把老头儿气得哇哇叫。

太子墓墓口的巨石正在紧张地清理中，一旦墓口开启，墓内情形便会明确。豹子这时表现得勤学好问，念念不忘："啥叫地层啊？"

他师傅用碎报纸卷了根烟叼在嘴里，想了半天："地层，就是地啊它一层一层的。"

夏明若正好路过，便招手说："来来，我来跟你讲。地层就是从前有个人，他姓地，叫层，有一天他到楚国做生意，遇见了庄生，庄生说我夜观星象……哎哎哎！豹子你别走啊！"

豹子忠诚地站回楚海洋身边，楚海洋说："我们在墓葬东边挖了条探沟，你去看。"

豹子问："看什么？"

楚海洋带着他跳进探沟，蹲下说："看剖面。"

"地层学是从地质学里借来的概念，在考古学科中很重要，在遗址发掘中比在古墓发掘中还要重要些。”楚海洋说，“你看这一层一层的堆积土壤，颜色不太一样吧？土质也有细微的区别。”

豹子瞪着泥墙作斗鸡眼状：“看不出……”

楚海洋说：“哪有那么明显，要耐心。”

他从军用水壶里倒了点儿水洒上去，使土壤略微湿润：“现在怎样？”

“啊啊，”豹子说，“好像是有点儿不一样。”

“这就是地层了，”楚海洋说，“人在一个地方居住，就会在原来天然沉积的生土上，再堆积起一层熟土。熟土里面有人们移运过的土，有践踏产生的路土，有建筑物的残迹，还有他们遗留下来的器物，所以也叫文化层。后人再在这块土地上生活，文化层便继续堆积。”

“那要是没人住呢？”

“那也会有土，”楚海洋说，“风吹，水冲，动植物腐烂，都会产生堆积。”

他指着最上面的土层说：“这一层大概20厘米厚，叫现代耕土层，原来上面种白菜的，让我们给刨了；往下一层黄色土，就是明清两代的堆积，所以可以找到一些近代的东西，咱们还找到一个盗洞；再往下褐色的就是宋元地层，咱们找到几块巴掌大小的青花瓷和黑瓷，不值钱，你别惦记；然后就是隋唐、汉、周、商、部落文化时期、生土层。”

“洛阳地区古代文明很灿烂，文化层也丰富，江南地区就稍微差点儿，而且墓葬常常也扰乱地层。”楚海洋问，“明白没？”

豹子说：“啊？什么扰乱？”

“就是破坏，”楚海洋说，“你看这儿的土，一层黄色，一层黄褐色，还有交杂红烧土颗粒的，灰色的……一层一层是分开的。但如果要在这儿造墓，必定要把土挖出来再填进去，于是各层土就混在一起了，术语就叫五花土。探铲如果打到五花土，就说明地下可能有墓葬。”

楚海洋跳出探沟笑道：“据说你那个师傅只靠鼻子闻土就能判断是否有古墓，你怎么还跑来问我？”

夏明若又路过了：“因为豹子他不受待见啊，没人要呗。”

豹子便躲到角落里抽闷烟。

楚海洋拉过夏明若问：“工作时间，怎么就你一个人到处转悠？”

“他们都在看热闹，”夏明若说，“拉石头有什么好看的。”

这时就听到围观人员哇哇叫，说：“起来一根！起来一根！”

大叔则在铁丝网边抽他的自制土烟，身后是一大批看热闹的村民。

他一边看着李老教授满头大汗上蹿下跳说“小心小心”，一边哼哼样板戏：“……看码头，好气派，机械列队江边排；大吊车，真厉害，成吨的钢铁、它轻轻一抓就起来！”

夏明若走过去说：“你很闲嘛。”大叔说：“你也很闲嘛。”

夏明若把铲子亮给他看：“我可是时刻准备着。”

“哎，外甥，”大叔示意夏明若靠近点儿，“你和你老师商量一下，待会儿墓口开了，带我第一批进去。”

“那我可触犯纪律了，”夏明若问，“你要进去拿什么？”

大叔说：“看看，保证不拿任何东西。”

“你要拿东西谁能发觉哟！”夏明若摇头，“舅舅，我没这个权限。”

大叔摊手，往墓坑处走：“那我去和海洋说。”

“海洋估计也不会答应。”夏明若跟上他。

墓坑边上却突然起了骚动，周队长声嘶力竭地喊：“等一等——！等一等放下——！”

“什么等一等？”夏明若和大叔跑过去。

吊车及时停下，驾驶员半个身子探出驾驶室，满脸迷惑不解。

巨石带着大量泥土悬在离地一米五的高处，楚海洋小心翼翼地钻进巨石腹底，刮掉些泥看了看，再钻出来，冲李老教授他们点点头。

老头儿赶忙招呼人："快快快，同志们都来帮一把，让石头侧面着地！记住要把底露出来！"

考古人员和士兵们一涌而上，夏明若挤到楚海洋身边："怎么了？"

"老头儿好眼力，"楚海洋说，"刚才一块泥剥落，他突然发现石头底面有图案。"

周队长在一旁指挥："驾驶员同志！慢慢放！再慢一点儿！哎！好！好！同志们推！朝一个方向推！好！好！快了快了！同志们推一把！哎！好——！"

巨石轰然落了地，沾满泥土的底部呈现在众人眼前。

老头儿第一个上前刮土，其余人跟着反应过来也帮忙，一时间谁都忘了还有三块石头正堵在墓口上，连吊车驾驶员都伸长了脖子呆呆地看。

"记录记录！"老头儿咆哮，"拍照拍照！"又咆哮，"画图画图！"

夏明若便手忙脚乱地跟着准备。

结果一清理出来，大家傻了眼：是石刻没错，但这算是什么抽象图案啊？

楚海洋愣了数秒钟说："继续取石头！"

"对对对！"老头儿一怔，指挥说，"你们把这块推得底朝上，其余的并排放，顺序尽量不能变动！"

众人答应着开始干活，整整用了大半夜时间，才大致完成这一工程，等到细细剔刮石头，已经是第二天中午。

人人都累极，老头儿一向灿烂的光脑袋也暗淡了。夏明若勉强撑到一两点，才跌跌撞撞回去睡觉，睡了半小时不到，又被强拉起来：“不好了！要下大暴雨了！”

到屋外一看，漫天是黑压压的乌云，只能再撒腿往工地上跑。

工地已经乱成一团，考古队七手八脚地往墓地上盖塑料布，解放军由于换班走得只剩几个人，正和民工一起架雨棚，几个健硕的村妇也在里头帮忙。

闷雷在云层里轰隆隆地响着，空气中充满湿意，豪雨蓄势待发，就等着倾盆而下。夏明若满身大汗，紧贴身上的衣服黏黏腻腻，仿佛能拧出水来。

他在人群中寻找着老头儿和楚海洋，然后冲到他们身边。

“别信！”楚海洋正在打雨棚固定桩，“来帮忙！”

夏明若跑过去扶着木桩，心惊胆战地看他抡锤。就听到人喊：“哎呀呀！不好了！来不及了！”豆大的雨滴便砸了下来，瞬间化为雨幕，哗啦啦浇得人头晕目眩。几个人咬牙紧拉雨布，等着楚海洋最后一记重锤将木桩牢牢钉进地里，才和夏明若一同冲进雨棚。

夏明若蹲在地上说：“我的天……”

楚海洋脱下上衣拧着：“你的天说变就变，真让人措手不及。”

老头儿则面色凝重：“海洋，记得向村里借抽水泵，这场雨下得不是时候，估计墓里要积水了。”

楚海洋答应说好。老头儿叹了口气。

一场大雨下了个把小时，工地上泥水汪洋。

雨过后太阳出来，老头儿说保险起见，还是不要收起雨棚和塑料布吧，众人便拖着疲惫的身子分批回去休息，路过巨石时突然齐齐惊叹。

原来这场雨歪打正着，把石头上的泥土冲刷了个干净，清晰的刻痕显露出来。

只是有两块石头的顺序还没来得及调整，人们于是围着讨论说这拼起来是什么画啊？

大叔说：“一朵花呗。”

豹子指着说：“师傅你看，人家有眼睛的。”

“那就是有眼睛的花呗。”他师傅说。

老头儿眯上眼，瞪大，眯上眼，再瞪大：“……”

倒是夏明若转了几圈说：“这不是……猫吧……？”

“啊？”众人便再围上去细看。

老头儿一拍脑袋想起了什么：“呃！对了，你们画的图呢？”

旁边人回答说还没画好呢。

楚海洋便跳上石头刷刷画简图，四块石头上的都分别临摹了，再调整一下顺序，拼起来一看，果然是只猫，样子十分奇怪。

拿给老头儿看，老头儿惊奇道：“这是猫鬼呀！”

夏明若说：“什么？”

“一种据说非常歹毒的咒术，在隋唐之际影响颇大，旧史有‘猫鬼之狱’的记载。”老头儿说，“炀帝就曾以此厉鬼祸祟来消灭政敌，还有武则天，她也十分惧怕猫鬼。我年轻时在一本旧书上见过猫鬼图，与这个区别不太大。”

楚海洋问：“猫的鬼魂？”

“不是，”老头儿说，“其实是古代行巫蛊者畜养的猫。民间认为这些猫有鬼物附身，可以被咒语驱使着害人，所以十分畏惧。”

“那么，”楚海洋做了个向下压的动作，问，“这猫鬼不就是在镇着墓主？也太不合规制了。”

“因为猫鬼不是墓主下葬时放进去的，而是后来有人挖开墓放进去的。”大叔慢悠悠插嘴。

众人目光炯炯地望向他。

大叔一愣，自知失言，连忙补救：“呃，教授啊，还有你们不也看出来了？这墓曾经挖开过。”

老头儿摇摇头：“我看出来了，但没对他们说。”

他沉默一会儿，拍拍手说：“好了，看守的留下来，其余的回去睡觉。看守人员三小时换一次，明天傍晚开工。”

说罢拉着夏明若便往村庄走去，考古队便跟着他，留下周队长等人值班。楚海洋他们故意走在最后，与众人拉开好长一段距离。

大叔懊恼说：“我这张臭嘴！”

楚海洋说：“没关系，早晚要看出来。你其实不必担心，他年轻时与许多前盗墓贼共事过，就是解放后，考古队也经常会请经验丰富的老盗墓者来帮忙。真正搞科学的，往往没有那么多顾虑。”

豹子问：“我俩真没事？”

“肯定没事。”

楚海洋与他们在宿舍前分手：“舅舅，休息去吧，等明天。”

大叔和豹子点了点头。

第二天有大进展，墓道口打开了。

太子墓是洞室墓。洞室墓就是建造者采用开挖土洞的形式，先做一个长而倾斜的墓道，再按照当时的居室在地下建造坟墓，这种营建方法在六朝以后到隋唐时代都十分盛行。

一般来说墓室是长方形的，加上甬道、墓道就类似于“甲”字形，有的洞室墓在墓室和墓道之间还有天井，象征着庭院。

反之，后人发掘，先挖墓道或天井也是操作流程，尤其像太子墓这样用双层砖砌墓室顶的，一般人都不会傻到说要直着挖。

当然只是一般人，豹子走在路上，突然大声嘎嘎笑说：“来个鬼听愁，轰！”

夏明若和大叔跳起来把豹子拖到草垛后一顿好打，大叔左右开弓在那人头上敲：“鬼听愁！鬼听愁！劈死你个鬼听愁！你就生怕别人不知道咱们是谁！”

夏明若说：“啊？啥叫鬼听愁？”

“黑话，就是用炸药炸墓，”豹子揉着背解释，“一炸嘛，连鬼都怕了。”

“哦——”夏明若说，“长知识了。”

大叔很好奇：“莫非你没听明白他的话？”

夏明若摆手：“其实他说什么我都没听见，我只是敏锐地察觉舅舅有打人的欲望。”

豹子仍然摸着背：“……那你就来打我了？”

夏明若严肃地点了点头。

夏明若轮流审视他们，而后鼠窜：“海洋救我！”

楚海洋正在找他，连忙招呼：“你这人怎么到处瞎跑？快来！”

夏明若问：“怎么了？”

楚海洋说：“大工程，墓道里可能堆了几万斤木炭。”

“啊？”夏明若说，“没有填土？”

“有，但夯土只占一小半，余下全用木炭、碎石凑数，这说明墓主是草草下葬，草草掩埋。但也不是坏事，比较好挖。”楚海洋拽着他往工地上走。

铁丝网外面照例站满了村民，铁丝网里发掘队也围着同心圆，圆心就是墓道口。

墓道口架着绞车，绞盘吱呀呀转，缆绳拖着小铲车往外运送木炭。在墓道里作业的是几个考古队员和十来个部队战士，老周队长蹲在边上，穿着件烂得跟鸡叼过似的破背心儿，扯着大嗓门喊："注意安全！"

他看见楚海洋，焦急道："哎哟，怎么现在才来！快准备准备，我们一起下去！"

楚海洋连忙脱衣服卷裤管。

士兵班长正满头大汗地推绞盘，看见了便说："啊？底下还缺人？那这样……"

他环顾四周："赵解放！"

"到！"

"还有王忠国！你们下去！"

"不用不用，"老头儿摆手，"其实是要挖到天井之间的过道了，这种过道特别容易坍塌，尤其是抬石头时又震动了一下，非常危险，必须先搞支撑，这个事情只能我们来。班长你快提醒战士们，一旦发现过道券砖，立刻退回来。"

班长显然没听懂啥过道的啥券砖的，糊里糊涂照老头儿说的喊话："挖到砖头——！人就出来——！"

底下人就挖，一会儿回话说："砖头！——有砖头了！————————"

楚海洋举起刚扎好的木头支架说："好了，我下去了。"

夏明若跟着他。

楚海洋让他走前面："去吧，轮到你了。塌方了先埋你。"

夏明若随口说您真有革命同志的患难精神，又说我不下去才会塌方哩，便和周队长一起扛着架板往墓道里走。

墓道口大约一米八十宽，若不是后来破坏，长度也应该在十米以上。因为在两壁都发现了壁画，所以各自留了十厘米的保护土层，等到再下掘一段后，方可以用细竹匕剔剥靠近壁画的积土。

墓道里昏黑而闷热，先下去的解放军战士正在券拱前等着他们。

周队长卸下装备："这才是第一过洞呢，往后还有，来，干活！"

几人便在狭窄中缩手缩脚组装支架，扳手声、榔头声不绝于耳。

局限于人力、财力和物力，考古队发掘墓道采用了打洞的手法，就像是按照原先的痕迹把一条堵塞了的地道再挖出来，这当然比整体揭顶节约了大量工时，但也增加了塌方的风险。

好在人各有擅长，比如大叔擅长打洞，豹子擅长炸药，夏明若奇迹般的擅长做支架，他所找的支点永远是最准确且最能着力的。楚海洋甘拜下风，表示这就是二十年来，夏明若同志在无数次投机取巧、避重就轻中所练就的过硬本领。

挖掘，支撑，再挖掘，再支撑。

过道，天井，天井，过道，不到二十米的墓道整整挖了一个星期，这个速度称为蚕食毫不过分。

这期间，小史一次都没能往工地去过。

（"老师！"史卫东抱住老头儿的腿嘶声道，"您把我喊来！不止是为了做饭、洗床单、搓您的臭袜子的吧？！"）

每一个象征庭院的天井两壁正中都各有一小龛，龛里有的是男女侍者陶俑，有的是珍禽异兽，当清理到第五天井时，众人大为兴奋，因为墓门就在斜下方。

透过封门大石的缝隙，看见墓门由两块整幅巨石凿成，正面刻着菩萨立像。菩萨脚踏碧波，头顶佛光，以手结印，裸足，面如满月，肌体丰盈，神情温柔恬淡，隐隐已是初唐风格。

考古人员大多是无神论者，却也停下来拜了拜，然后退回地面商量开墓门事宜，因为不管是朝里开，还是朝外开，都有大学问。

“朝外开。”老头儿用草秆在地上写写画画，“甬道里极有可能淤积着泥土，这样的话往里肯定推不开。”

众人当即达成一致，于是提早收工，第二天傍晚急匆匆地带着开墓门的工具，直奔工地。

搬开了封门石后发现，嗐，果然是应该往外开，有门枢呢，而且一千多年了竟还转动自如，开门根本就不用费多大力气。

门开了就是甬道，甬道整体用小砖砌成，拱形券顶，地下积有十厘米厚的淤土。

夏明若第一个钻进去，然后骑在楚海洋脖子上装支架，其余人则在甬道外面等着。

楚海洋说：“前就前，后就后，不要‘这边……那边……再这边一点儿’，你叫我到底往哪儿走啊？”

夏明若仰着头：“嗬，你这人真难伺候，我不要你了，换豹子来。”

他费力地用老虎钳拧铁丝，不时对着外面喊：“架板呢？架板拿来！”

一大群人哄哄地把架板递进去。这时听到老头儿咆哮：“看热闹的都给我出来！里面本来空气稀薄，要把他两人闷死还是怎么的？！”

老周队长补充：“不闷死也要中暑的！”

兴奋不已的考古队员只能一个接一个爬出墓道，嘴里嘟嘟囔囔，老周气呼呼地挨个儿教育他们。

大叔在一旁煽风点火：“好，好，骂得好！一点儿组织纪律都没有！”豹子则跟着他师傅傻笑。

老头儿望望他们，大叔心虚要躲，老头儿却招呼他到面前来。

“你……”老头儿说。

“李一骥，”大叔欠了欠身，“在下李一骥。”

“哦，李先生。”老头儿还礼，两人都颇有古风。

大叔等着他说话。

“我刚才下去看了看，”老头儿指指古墓，“甬道尽头还有一扇石门，有门额和地栿，两边还有立颊，似乎还有锁扣，比第一道要复杂些。”

大叔点头。

“你去开吧。”

大叔猛然抬头，瞪大了眼睛。

“我‘文革’时身体被折腾坏了，闷热幽闭的地方不太敢进，进了怕出状况，反而影响年轻人工作。”老头儿说，“这门据我观察，老周是打不开的。你经验足，不如替我带学生进去吧，照顾好他们。”

“呃……我……”

“你开门时我们都不去。”老头儿补充。

大叔深深地看他一眼，从地上捡起两根铁撬棍，往墓道走去。老头儿拍拍豹子的肩：“愣着做什么？还不去帮你师傅一把。”

墓道里，夏明若弯下身子说：“不行了，汗全流进眼睛里了……”

他怨毒地望着唯一的照明灯：“好闷，我需要氧气……”

“休息。”楚海洋说。

“你们休息了，我可没得休息哟。”大叔在黑暗中露出头，嘴里说着风凉话：“哎哟哟，这里好凉快。”

夏明若趴在楚海洋背上，震惊不已，“你怎么能下来？这么说老头儿被你打死了？”

大叔白了他一眼。

夏明若立刻掐着楚海洋的脖子哭：“海洋——你让他还咱家老头儿的命来！”楚海洋问：“舅舅，这么说老头儿让你来开第二道墓门？”

大叔点点头，从怀里掏出长匕首，插入门缝内，上下一挑，皱眉说：“门闩还是鸳鸯的，怪不得说打不开。”

楚海洋半蹲在他身边，夏明若铁了心要当寄生物种，趴在他背上怎么甩都甩不掉。大叔笑：“海洋你别白费力，这厮故意的，他想休息。”

“那这门，你看怎么样？”楚海洋只好维持着辛苦姿势问。

大叔笑笑说：“我自然是会开，只是……豹子！”他大吼，“傻小子怎么这么慢！”

“来了，来了！”豹子提着小油灯，气喘吁吁地沿着墓道跑来，“老……老教授要我再带点儿工……呼……呼……工具！”

“什么都不用带！你身上的刀呢？”

“都在……在呢！”

“来帮忙。”大叔说。

“哦……哦。”豹子举起刀走近，学着大叔的样子将刀插进门缝。

大叔说：“谁要你帮这个忙？你把刀全给海洋，然后帮帮忙去背着别信。”

夏明若一听，立刻把虚飘的眼神移向豹子，张开双手作拥抱状。

豹子贴在墙壁上拼命摇头。

夏明若主动蹭过去了，黏住他，对着耳朵说悄悄话：“豹子，长日漫漫魂无所依，我给你讲个故事吧。你知道什么叫猫鬼吗？在隋唐代的时候，有人用人血养猫，这个血呢……这个猫啊……”

豹子遇见夏明若后无数次号叫中的一次又来临了。

伴随着惨叫是墓门打开的声音。鸳鸯闩是很高的工艺，古代技术书籍中曾经提到过一两次。据说其关门时可以自动卡上，而开启时则需要两人四手同时用力向不同方向推，好像潜水艇上的转轮锁。

老头儿还是正确的，玄妙东西只有大叔这种老江湖才能对付。

开了门，连一步都没迈，墓室里却倏地飞扑出一个东西来，夹裹着阴风直袭向站在甬道中间的豹子，豹子连惨叫都没来得及发出就两眼一翻咕咚栽了下去。

倒下去便压住了夏明若，于是夏明若惨叫起来："猫鬼呀——！"

夏家老爹是个骗子。

但他以索尔仁尼琴式的灵魂坚守引领着老黄走上了一条猥琐而深刻的道路。

老黄在思索。

君子和而不同，同则不继。故老黄、猫鬼，和，而不同。

夏明若与之探讨："怎么又胖啦？"

"……"

"一直在墓里？"

"……"

"从舅舅挖的洞里钻进去的？"

"……"

"哎哟，"夏明若把它从豹子身上扒下来，肉麻兮兮地楼在怀里揉，"可总算回来喽！真把那两只德国狼狗给想死了！"

大叔腿还有点儿软，这时从石门上滑下来："呼——"

“不会吧？”夏明若笑道，“还真吓着啦？”

大叔抹去一滴虚汗，拿眼睛望着楚海洋：“你说吓不吓人……？”

楚海洋突然温柔地笑了。

他走过来，先摸摸老黄，又慈爱地摸摸夏明若，然后收起笑容，无情地追打。

夏明若与老黄哇哇叫着分散奔逃。

大叔问：“故意的吧？”

“那还用说！”楚海洋气吼吼，“两个都不是好东西！人生的唯一追求就是吓唬豹子！”

大叔听了，凄凄哀哀蹲在豹子的尸首前，呼天抢地喊道：“我苦命的徒儿哟，你是前世造了什么孽……哎哟，天可怜见哟……”

豹子被他号醒了，迷迷瞪瞪地竖起来。

老黄重新跳回夏明若怀里，夏明若躲到楚海洋身后。

楚海洋弯下腰，对豹子关切地问：“没事吧？”

豹子一怔，回魂，尽情地呐喊：“猫鬼啊——！”

余人无不痛苦回应：要聋了！要聋了！

大叔捂住他的嘴：“别别，我还想趁着考古队下来前到墓里看两眼呢。”豹子呜咽：“师傅……”

他师傅说：“别怕，别信吓你呢，哪来的猫鬼，其实是他们家老黄。”

豹子巴巴地望向夏明若，夏明若笑起来。

豹子指指老黄，颤抖地问：“用血养活的？”

夏明若大笑说：“怎么可能，就是一家猫。”

豹子还不放心：“会用咒术害人？”

“哪能呢，”夏明若走近，举起老黄与他视线齐平，“咒术嘛，小儿科了，老黄害人时从来不稀罕用。来，黄哥们儿，咱俩错了，快给豹子老兄道个歉，表示一下牢固的阶级友谊。”

于是在距离豹子鼻子仅十厘米处，在门洞大开散发着阴冷气息的墓室口，在一盏昏暗的电灯泡下，老黄努力咧开它的三瓣嘴，艰难地、痉挛地、扭曲地笑了。

豹子眼珠子往上一戳，又倒了下去。

夏明若默默地把猫收回来，看着大叔，大叔于是默默地把豹子踢到一边。

听见声音的考古队员已经下来了，老头儿也在其中，问：“怎么了？”

楚海洋无力摇头：“没什么。”

老头儿于是让人把不省人事的豹子抬出去，自己和周队长留下准备进墓室。

夏明若挺担心他：“您没问题吧？这儿挺缺氧的。”

“唉！”老头儿说，“缺氧易忍，心痒难耐。走！”

楚海洋一手提灯，一手拉线，小心翼翼地迈进了门槛，第一眼便看见了地砖上的盗洞出口。

老头儿轻轻咳嗽叹息：“自古及今，未有不亡国者，是无不掘之墓也。”

大叔又是搔头又是抹脸，无辜的眼睛四下里乱看。

随后，千百年的黑暗与冰冷被渐渐驱散，雄浑、沉郁而大气，属于那个盛世的画卷在人们面前徐徐展开：

壁画，征战图。

没有了着绯袍、仰首前视的男侍，没有了梳螺髻、长袖白衫的女侍，甚至没有菩萨，没有莲花，没有彩云飞鹤，只有巍巍的仪仗、追风的骏马、雪亮的刀、密集的箭、牢固的城墙、黑压压如云般的战士。

东西壁还绘有戟架，涂大红颜色，各插有九戟，戟上有兽头幡。

“十八戟兵器架，”夏明若低声说，接着指指墓顶，提醒，“星图。”

券顶上遍抹白灰，其上用藏青色描绘着深沉天空，用白灰点缀繁星。圆心为天枢，圆心外有小圆，内刻紫微垣，计有华盖、帝、后、太子、庶子、北斗；再外面，周布着二十八宿。

老头儿收回视线：“这是隋墓不会有错了。”

夏明若问：“为什么？”

“你看到中间的天枢没有？这说明当时的北极星就是天枢，”老头儿示意楚海洋把灯举高，“而天枢代替帝星成为北极星的时间，学界一般认为就是七世纪初，隋唐之际。”

“不过呢……”老头儿环顾壁画，挠挠光脑袋，“这墓真是元德太子墓？……哎！老周！”

“啊？”周队长正被满室的精贵明器晃得眼花。

“谁第一个说元德太子葬于此的？村口的刻石吗？”老头儿问他。

周队长摇头：“不是，那石头上仅仅刻着隋代的佛经。本地有太子墓的消息是村里老人说的，后来有人在民国时期编纂的县志里也找到了记载。”

“县志？”老头儿想了想，“值得商榷啊。隋唐代对早逝的太子有‘号墓为陵’的说法，而有关帝陵的情况则属于凶礼，凶礼自古以来，就不大在文献上记录，县志又是从哪儿得到的消息？”

这个周队长就不知道了。

老头儿耸肩，向耳室走去。耳室有两个，分布在墓室的东西两侧，随葬品是琳琅满目，叫人眼花缭乱。东耳室券门，穹隆顶，里面大多是精美的兵器马具，光金银质镶珠宝象牙的马辔就有数副；西耳室结构与东边一样，主要是一些饮食器，银壶玛瑙盅水晶杯之类。

大叔落在后头，捂着眼睛不肯看，夏明若咯咯坏笑，大叔便摸着心口喃喃："痛啊，好痛啊。"

人人都有些激动，脚底下打着飘，嗓子像被堵住了般说不出话来。周队长放光的脸，老头儿锃亮的头，尤其熠熠生辉。

但老头儿毕竟是大家，见过世面，转一圈便平抚了心情回到墓室，指着墓室北面那扇小门说："后室，尸身在里面。"

可这扇门却让人犯了难。

门有闩，大叔看了看说根本不复杂，就是一上下扣，只要把闩石往上推开就好。但特殊之处在于其石门板严丝合缝，连刀都插不进去，仅在门缝中间凿了个小圆洞。

"这也算是个机关了，"大叔解释说，"拿一根粗绳，一头系着里面的门闩，另一头穿过这个洞落在前室。等到关好门，一拉绳子，门闩便落下来了。"

"开得了吗？"楚海洋问他。

大叔皱了眉头："说实话，洞的上下间距太小，工具使不上力。"

夏明若咦了一声，突然把胳膊伸进洞里："这有何难，直接拨开不就得了。"

楚海洋还没来得及阻止，就见其人面露痛苦表情，接着又动了动，颇为镇定地仰头："肥皂水。"

这个笨蛋！

众人顿时手忙脚乱，老头儿高喊："还不上去拿！"

楚海洋跳起来往外跑，上下乱摸一阵后又冲回来："甘油！甘油！"

夏明若接过小瓶，笑着问："海洋，你随身带着甘油做什么？你便秘呀？”

“你管不着，”楚海洋冷冷说，抢过甘油就往小洞里挤，边挤边抓住夏明若的手臂向外拉，夏明若死没出息地便号起来，“哎哟——！我的胳膊——！奶奶的，痛啊——！”

老黄在一旁思索：润滑过了哟……

“哎哟少爷，那怎么办呢？要不截肢成不成？截了好歹还能算个工伤。”楚海洋恶笑，手里倒没敢使劲，还是夏明若自己狠了心挣脱出来，肘部血淋淋蹭掉一大块皮了事。

“呼——呼——”夏明若倒抽着凉气哀悼他的皮，接着为自己辩白，“虽然我是活该的，但方法却是正确的，我已经摸到门闩了。”

老头儿说：“连你也伸不进去，难不成要找个孩子来？”

“孩子？”夏明若眼睛一亮，“对了！快去，把狗剩子找来！”

刘狗剩生来就是为了看热闹的，此时正冲在围观的第一线。

楚海洋出去带他，原以为他小孩子会害怕，结果却发现这家伙自我感觉比参军还光荣，雄赳赳气昂昂地撒丫子就跑，冲到墓里扯起嗓门喊：“小夏哥——！我来啦——！我来啦——！”

夏明若跟着起哄说：“乡亲们，红军来啦。”

红军小朋友一个箭步冲到他面前问：“小夏哥，要我干啥？”

夏明若看他光着膀子，底下穿着条用肥料布袋缝的大短裤，前头写着“日本”，后头写着“尿素”，不禁夸奖道：“太有品位了。”

小朋友傻傻说：“啊？”老头儿便把他拉到一边。

“开锁？我会呀！”刘狗剩说，“爷爷，你放心吧！”

他说着就将胳膊伸进小洞里，脸贴着石门摸索半天，嚷了句“有点儿重”，便咬紧了小牙关，咔嗒一声将门闩推开了。

众人屏息静气撬开门，借着昏暗灯光，看见了紧靠后壁的巨大石椁。夏明若赶忙扯了句谎，把刘狗剩拉出去。

石椁由二十多块差不多大小的青色岩石板拼成，石板还不足2厘米厚，各块板之间的接缝处都用铁细腰扣着，看起来十分牢固。楚海洋与周队长量了量，报数长2.70米、宽1.20米、高1.70米，椁壁石板与椁底以卯榫相接，椁盖则略宽于椁壁。

石椁几十吨重，肯定是无法完整地运出去的，几个身强力壮的考古队员被命令带了工具下来分解石椁，然后再运。

石椁里头便是石棺，石棺也制作成为长方体，庄重而厚实。但奇怪的是这么工艺精良的棺椁，外表竟无一丝装饰，无一处雕刻，真叫人百思不得其解。

倒是棺椁后立有两座真人大小、十分逼真的盔甲武士俑，一人执长戟，一人挎佩剑，面庞漆黑，表情凶恶，乍一看很有几分吓人。

老头儿不住自言自语：“皇室或建立功勋者用石棺椁……没错，但这是太子？”

地上又是一个盗洞出口，夏明若轻笑：“狡兔三窟。”

大叔便又纯洁地向左右墙壁望去。

后室两侧的墙壁上还有小龛，正隐藏在黑暗里，手电光一闪，照见里面似乎有供奉物，周队长便走近看了看，一看吓退了好几步：“这……这是什么？”

众人也连忙围过去。

“咦？这是……”老头儿凑近揉揉眼睛，“……千秋万岁？”

《隋书》卷六十九,《王邵传》:

“时（即隋开皇时）有人于黄凤泉浴，得二白石，颇有文理……其大玉有日月星辰，……又有却非及二鸟，其鸟皆人面，则《抱朴子》所谓（千秋万岁）也。”

东晋葛洪《抱朴子》内篇卷三:

“千岁之鸟，万岁之禽，皆人面而鸟身，寿亦如其名。”

……

老头儿的脸瞬间变了颜色。

他沉沉地命令:“同志们，动作快，都回到地面上去，铁制工具不要带，轻轻放下，不能溅出火星。”

队员们愣在当场，老头儿急了:“快呀！”

楚海洋反应过来:“听老师的，都上去。”

“海洋和明若留下,”老头儿催促,“其余人，快！”

考古队员们立刻扔下工具，一声不吭地飞速撤了出去，周队长目送最后一人跨出甬道，决定自己还是留下来。他望着老头儿，发现后者额上挂满斗大的汗珠。

“现在不要问为什么，退回前室去。”老头的声音还算平静，“身上如果有火柴等易燃物品，立刻放在地下。老周，你快上去看着电闸，不能跳闸。”

周队长答应了一声便往外跑，老头儿又喊住他:“万一跳闸了，就让灯暗着，千万不要再人工合上。”

“哎！”老周队长冲回了墓道。

“……好”，老头儿似乎隐约松了口气，“走。”

夏明若问:“怎么了？”

“别磨蹭，快出去，先到墓门口，”老头儿抓住身边一人，加快步伐，走了两步问，“前面那两个发绿光的是什么？”

“老黄的眼睛。”夏明若不住回头，“老师，后室里有东西反光，我这个角度看挺亮的。”

“嗯。”老头儿含混道。

楚海洋追上来扶住老头儿：“老师，电灯挂在墓顶上没关系吧？”

“不动它就没事。”老头儿走到墓门处才停下，往旁边一看，发现自己紧拽着的是大叔。

大叔说：“您老手劲真不小。”

老头儿哈哈地笑起来：“李先生，对不住对不住，人老了胆子反而小，见笑了。”

“哪里，”大叔对待老头儿倒十分客气，“叫我李一骥就好。”

“哦，李先生，”老头儿站定，“没有外人，咱们打开天窗说亮话，这个隋墓你进来过吧？”

大叔想也不想便回答：“咦？没呀，教授是哪里得来的消息？”

“哦，”老头儿摸摸脑袋说，“想必是另外有人，一进来便出去了，以至于丝毫未动。”

“为什么？”

“自然是和我们一样，看见了‘千秋万岁’。”老头儿将声音放缓，“算起来，他们那一脉比我们早数千年，他们畏惧的东西，我们自然也不敢怠慢。李先生，千秋万岁真是个邪门儿东西呀。”

大叔笑了（死老头儿，套我话……）。

“一骥舅舅，它为什么邪门呢？”夏明若歪着头纯真地问。

大叔又笑了（死小孩，也不是好东西……）。

他马上变得满脸诚意："教授渊博，请教教授。"

老头儿想了想："那我就从《抱朴子》说起。"

《抱朴子》是有名的神仙家言，分内外篇，外篇的学说接近儒家；内篇却专讲神仙、方药、鬼怪、禳邪驱祸，在接受无神论教育的人们看来十分荒诞不经。

1937年，日寇全面侵华，为保存民族教育命脉，北平两大高校以及南开大学率先举校南迁，以"刚毅坚卓"为校训，高唱"千秋耻，终当雪""待驱除仇寇复神京，还燕碣"，跋山涉水，万里征途，先往长沙，再到昆明。

年轻的李长生与他的几位老师同学因为护送考古系财产，落在了大部队的后面，经过湖广地区的时候，野外行路，听说了一件奇事。

山中古墓突然自己烧起来了。

传话的乡民据说是亲眼看见的，讲得绘声绘色："喏！喏！就是那边！我正在地头上，远远的就能看到烟！"

这人一见祖坟冒青烟，管他是谁家的，扑地就磕头。

磕了几十个觉得不对劲，烟太大了，又观望了一会儿，祖坟喷火了。

太惊悚了！

于是继续磕头。先替他家老娘求长命百岁，再替自己和老婆求，然后是儿子、女儿、猪、牛、羊猫狗鸡鸭鹅兔子……嘀嘀咕咕两三个小时，墓终于烧完了。

第二天，他们家老母鸡多下了一个蛋，妈呀，真是太灵了。

一群人哭笑不得，李长生等几个好事的便趁大家休息，跑到乡民说的地方去看，发现果然烧得厉害，地表一片焦黄，方圆数米的草木全都碳化，其中有个士兵用枪托捅了几下，结果地面整体塌陷了。

正当惊奇不已的时候，突然有声音说："……天门地户人门鬼门闭？"

众人这才发现队伍中多了一个人，一个十分落拓的老年人。

"老人家，你刚才说什么？"

那难民一般的老人便回答："我在说'千秋万岁'。"

"那是什么？"学生们问他。

"镇墓神。"老人不愿意多说，转身要走。

士兵慌忙拉住他，给李长生使眼色，李长生恍然大悟，上下摸索发现身上一毛钱没有，满头大汗之际只找到一盒洋火、半块肥皂，便硬往人身上塞。老人迟疑半晌，伸手接下："受之有愧，多谢。"

他捏紧洋火盒子，叹口气对李长生说："带着这种东西，一旦见到'千秋万岁'，必死无疑。"

"为什么？"夏明若问。

"因为'千秋万岁'这种'镇墓神'与火有莫大关系。"老头儿说，"我们遇见的这位老人，祖上世代盗墓，他的大伯据说就死于'千秋万岁'之手。"

光绪年间，老人的大伯带着他的父亲进入一座南朝墓，一切本来都很顺利，却在棺椁边上发现了两只陶土做的怪鸟，大约有一尺来高，一只是女人面鸟身，另一只是男人面鸟身。

他大伯从未见过这种东西，便举着油灯凑近了看，突然从怪鸟里炸出一团烈火，瞬间就将他大伯吞没，且火势蔓延极快，数秒钟内，墓室天顶、地面、四壁相继爆燃。

说时迟那时快，老人的父亲飞爬进盗洞，虽然被严重烧伤，好歹逃了一命。病好后将这段经历说给一位算命先生听，那人惊诧万分说："莫不是《抱朴子》所云之'千秋万岁'？！"

李老先生半边脸隐在黑暗中，缓缓开口："这种会自己烧起来的怪鸟，就是我们刚刚在小龛里看见的东西。我们看到的是女人面鸟身，应该是'千秋'，'万岁'就在它对面。"

"会自己烧……"夏明若喃喃。

"'千秋万岁'是祥瑞，常常与日月星辰、八卦五岳、麟凤、青龙朱雀等四神同时出现，但这祥瑞却仅仅对于墓主，对于私闯坟墓者，则是'天门地户人门鬼门闭'，死路一条。"老头儿继续说，"据说一旦见到它们，必须先吹灯，后闭目，迅速退回，否则生死难测。"

"这不科学。"楚海洋说。

老头儿说："很科学，等会儿你们就知道了。好，这么长时间了，该烧的也早烧了，镇墓神'遇光则燃'的迷信破除了。年轻人去把'千秋万岁'抱出来，小心点儿。"

夏明若说："啊？又是我？"

老头儿说："养兵千日，小同志，你立功的时刻终于到来了。"

夏明若说："好！夏明若今日杀身成仁！猎猎战旗，滔滔风雷，为了保存革命火种，舅舅，文化战线上的尖兵老黄同志就托付给你了……"

大叔笑骂："废话真多！瞧着点儿吧，别摔了宝贝。"

两个年轻人跨进后室门后分开，一个向左，一个向右，摸进小龛，小心翼翼将怪鸟捧起来，再原路返回。

夏明若惊奇道："我这只是'千秋'吧？竟然是空心的，背上有个大洞。"

“我的也是，”楚海洋率先回到前室，“别信小心。”

“快了快了，这炸药包不轻，”夏明若走得有些艰难，“里面晃里晃荡像是装满了水。”

“不是水。”老头儿问，“海洋也闻不出来吗？是火油。”

他说：“我刚才疏忽了，其实从甬道开始，这个墓就充满了火油味道，只是你们在里面待了太长时间，结果反而不太感觉得出。李先生应该知道吧？”

大叔摇摇头，没说实话：“我闻不出，我有鼻炎，但嗓子口却有些甜，人吸多了火药粉末就会嗓子口发甜。”

他恨不得靠鼻子吃饭的，有鼻炎才怪。

夏明若吐吐舌头，有些后怕：“这不就跟炸药库似的！刚才咱们开石椁时用了那么多撬棍铁锨的，没出事真是万幸。可以后怎么办呢？总需要工具切割啊。”

“多费些人工吧，”老头儿说，“有些古墓因为长期密闭会形成火坑子，比如辛追墓，可燃的主要是甲烷混合气。这个墓也是火坑子，人工制造的火坑子，非常罕见。明若，怎么了？”

夏明若蹲在怪鸟面前观察：“老师，我说刚才什么反光，它们的眼睛竟然是玻璃，好大块的玻璃，你看。”

楚海洋凑过去：“真的，磨得真好，这是经过丝绸之路从大食那边过来的吧？价值连城啊。”

“哈哈哈哈，一黄一绿！”夏明若指着老黄笑，“跟你眼睛一个色，你们仨什么关系？”

老黄不予置评。

周队长因为不放心，又跑下来了：“教授？”

老头儿赶紧说："老周来得好，和海洋一起把这两个东西抱出去，出去就把它们密封，里面的液体不要倒掉，留作化验。"

"那棺椁怎么办？什么时候才能处理？这石棺这么大，运出去可不容易。"楚海洋问。

老头儿掐掐手指："三天好了，辛追墓也放了两三天的气。"

三天后考古队回来，又整整抬了三天，才把石棺给弄出去，人人都脱了一层皮。外面正是大伏天，饭菜几小时就馊了，别说是死人。幸亏附近乡里有个老的后方工厂，愿意全力支持国家的考古事业，把地下冰窖借给了他们，大伙儿这才如释重负。

但冰窖还是不够的，天天都得调来大量的冰块维持。原本的计划是将石棺和尸体运到洛阳后再作处理，但由于天气炎热，运输成了一件非常困难的事。那几天考古队确实大费周章，老头儿的脑袋更秃了。

后来他忍不住，嚷嚷着要开棺，因为他也属于专家带头人之类的级别，加上周队长这几年也成绩斐然，上头就同意了。

考古队于是聚集在冰窖里，激动地心怦怦跳。棺盖一打开，所有人都跳起来自发地逃出去了，老头儿号叫着抽打了半天才把他们赶回来。

火油味是没有了，但那是比火油更难挨的气味。

腐尸味。

臭，真臭，但幸福。

这是建国以来，继马王堆辛追墓后发现的第二具完整湿尸，为男性，头颅、躯干、四肢，一样不少。虽然全部情况得进了实验室才知道，但从尸体半腐烂的手上，人们看见了软组织。

一时间，棺内所有的金银玉器都变得不重要，对于考古者来说，一具古代尸体才是真正的无价之宝。对古代中国人的人种学研究，总不能一直落在虎视眈眈的日本之后，那又如何对得起自己的祖先。

周队长鼻翼翕动，想笑，想哭，想放声大喊，他背过身去见老头儿，见其已经满脸泪水。

消息第一时间传到了洛阳，传到了郑州，传到了北京。考古所轰动了，专家学者们兴奋不已，所长、考古学界的泰斗夏鼐先生本来要亲自过来，可惜因为远在呼和浩特而未能成行。

放工后，老头儿在河边洗脚，一边洗一边唱："不敬青稞酒呀，不打酥油茶呀，也不献哈达，唱上一支心中的歌儿献给亲人金珠玛。呀拉索，献给亲人金珠玛。人民的江山万年红万呀万年红！哎！小史！"

小史正在努力给他搓袜子："巴扎嘿！"

"嘿！"老家伙继续，"敬上一杯青稞酒哟呀啦嗨，献给敬爱的毛主席，祝您万寿无疆！嗨！"

考古队成员个个含笑，心想老头子又错乱了。

老头子还在唱："阿拉木汗怎么样……"史卫东拎着袜子抽动着伴舞："亚克西！亚克西！"

夏明若爬到树梢上，大笑鼓掌，还不忘撺掇："再来一个！再来一个！"

"不来了！"老头儿抹一把汗，"喝酒！明若同志！买酒去！"

"得令！"夏明若从树上哧溜滑下来，招呼跟屁虫，"狗剩！"

"到！"

"占领公社供销社高地！"

"噢——"刘狗剩领到几张毛币，撒丫子冲了出去。

夏明若跟在后面催："全力冲锋！炮火掩护！注意隐蔽！"

刘狗剩过土坡时不小心把鞋跑掉了，单脚跳着回来穿。

夏明若又喊："指导员——坚持住——"

楚海洋从工地走来，怒弹夏明若脑袋："欺负小朋友。"

"你不了解情况，小朋友心甘情愿的，"夏明若高声问，"狗剩子——！你是不是心甘情愿的——？"

小朋友回头手舞足蹈："是——！"

"喏！"夏明若一脸坦然。

楚海洋没话说了，老头儿却突然回神："对……对！我要去给北京发电报！得派技师来！"

"要去！要去！"他急忙忙穿上鞋子，楚海洋拦住他，"别，您待着，我去。"

夏明若笑道："您去了北京还不定派什么人来呢，八成是个姓技的。"

老家伙想了想，拒不承认，扭着老腰回去休息了，史卫东抖动着八字眉跟上。

当天晚上考古队摆开筵席痛饮庆功酒，碰着搪瓷缸嘶吼壮志未酬誓不休，嚼得树皮，吃得草根，来日方长显身手，我等甘洒热血写春秋。

大叔尤其喝高了，跳到桌子上大唱黄色歌曲，什么哥啊、妹啊，我俩滚炕头啊，一想泪花流啊。老头儿也不清不楚，又鼓掌又跺脚说好！好！真性情！

北京效率就是高，第三天便听说技师们已经在往洛阳的路上了。

众人欢呼雀跃，埋头苦干日夜不休，连墓室的地砖全都一块块掀开清理，于是意外找到一只隐藏坑，里面是一块石刻板，板上有猫鬼图案。老头儿研究半天，说可能是造墓时就埋下了，如果他的推测正确，那只能说明坟墓营造者心怀鬼胎，且与墓主有仇。

这墓主真是可怜，跟猫鬼就是纠缠不清，至于为什么纠缠不清，那得研究个三五年。咱们寻常人看考古，看的是猎奇，又挖出了什么好宝贝？这宝贝得值多少钱哪？而考古人看的是宝贝背后的历史，所以一具尸体可能比一屋子瓷器都珍贵，一罐古酒可能比一桌子玉器都值钱。宝贝、古董都是有价的，而历史的真相是无价的，一个盘子绝不可能影响中国三百年，而一件事可以，比如萧何月下追到了韩信，比如崇祯杀了袁崇焕。

在修整期间，夏明若突然偏离正常轨道，说要教刘狗剩算术，结果发现这个小朋友离“笨蛋”还有一段遥远的距离，问过乡小学的老师才知道他正在第三次攻读一年级。

对此夏明若表示了极大的感动，拍着小朋友的肩，指着夕阳说：“居里夫人埋首实验，邓稼先两弹元勋，林则徐虎门销烟（这有什么关系？），狗剩，你已经和他们站在了同一起跑线上，真理就在前方！胜利也在前方！”

刘狗剩眼里闪动着晶莹的泪花，仰望着人生导师那被蚊子叮得面目全非的小脸蛋，发誓从今往后，上天入地，刀山火海，永远追随。

楚海洋劝他悬崖勒马：“怎么谁都不跟，偏要跟着他？”

刘狗剩好奇了：“为什么不能跟？”

“你都不知道他是什么人，”楚海洋一边修电表一边说，“我们上小学时，武斗风气还挺浓，老有人在书包里装砖头。只是人家装一块，夏别信要装两块，拍了一块还有一块，号称备用武器，那叫一个阴损。”

“最无耻的是，”楚海洋接着说，“这人念到高小时结仇太多，为防范别人拍板儿砖，只能在帽子里垫铁皮，结果脑袋上被磨秃了一块，好几年不长头发。”“瞎说！”夏明若说，“你才秃呢。”

楚海洋大笑：“哟！瞧瞧，还不承认，把帽子借你戴的人是谁啊？帮你上药水的是谁啊？我说你现在怎么不垫了？垫呀，垫了，老头儿的今天就是你的明天。”

不巧老头儿正好出现，他慢慢从楚海洋身后露出脸来，慢慢眼珠子斜向上，一字一顿："秃、瓢。"

楚海洋跳将起来，一手拽着老虎钳，一手拖着电线电表，稀里哗啦地逃走了。

第五天傍晚，技师终于出现在村口，考古队以及全体村民鼓着掌隆重迎接。

技师团队一共十来个人，主要负责从冰窖里起运男尸，有几个则负责初步处理尸体，其中有个从公安系统借来的年轻法医，非常醒目，名字叫做林少湖。

夏明若一听他的名字便问："你从云南回来了？"

那法医正整理着器械，猛然抬头："你说什么？"

按说这人长得也不错，就是线条太硬，眼神太利，站在那里便不怒而威。

夏明若愣是被吓退了一步："我坦白，我交代，我幼儿园时里通外国，投寄反革命匿名信给小学班主任，还悍然袭击过工宣队造反先锋王大妈……"

"你刚才说什么？"林少湖问他。

夏明若又退了一步："云……我……我说云南。"

林少湖的表情仍然冷峻，眼睛里却渐渐放出光来："你认识程静钧？"

夏明若点了点头。那人突然笑了，这一笑仿佛阳光消融了坚冰："程大少是不是依旧不务正业？"

夏明若很想庄严地说不，他正追随着伟大的共产主义战士白求恩同志的脚步为祖国边疆的卫生事业贡献着光和热，可一想到那人稀里糊涂的用药方法，又立刻叛变，承认还是林少湖看人透彻。

可惜林少湖一笑完了就板回脸：“我现在去看看尸体。”

夏明若老老实实答应：“哎。”

那人便转身走了，走了几步突然回头：“他好不好？”

夏明若怔了怔：“好，好得很，太好了。”

林少湖又走了，夏明若回头教育刘狗剩说：“你看，警察叔叔，多威风。”刘狗剩深以为然，从此后在幻想当居里夫人之外又添一目标。

很遗憾，天太热，即使技师来了尸体也运不出去，还得调冰柜车。技师们只好不停地为男尸注射防腐剂，几天下来，楚海洋也成了防腐专家。

不过有技师在，大伙儿肩头的担子轻了不少，想着终于能够睡个好觉了。

因为大吴的神功盖世，夏明若只能在工厂车间里搭了个铺。他后半夜失眠，琢磨着大叔和豹子应该睡着了，便爬起来去看技师们工作，结果发现楚海洋和老头儿也在，又怕被他们念叨，偷偷再往回走，半路上遇见林少湖。

林少湖把头放在水龙头下冲着。

夏明若喊他：“警察叔叔。”

林少湖水淋淋地仰起脸来：“怎么还不睡？”

夏明若问：“你困啦？”

“有点儿，”林少湖说，“那个尸水都收集好了，可以送往北京化验。”

“哎，叔叔，”夏明若靠在墙上笑着问他，“你怎么认识程静钧的？”

林少湖说：“从小就认识了，上海滩上谁不知道程家。”

“邻居？”

“算吧，我是驻军子弟，两人住得挺近，就记得他们家的大门从来不开，偶而一回开了，我跑去看，才深切地感受到什么叫做资本家。”林少湖回忆说，“我还记得他爸爸妈妈，两人经常出现在白俄开的西餐社，穿着十分考究，但待人还是很客气的。”

“程静钧呢？”

林少湖说：“他是大少爷。我一开始还以为他脑子不好，因为他看上去什么都不懂，简直是不食人间烟火，我们当时有个形容叫‘金丝鸟’。所以……”他顿了顿，“所以后来他被人拉去跪玻璃碴儿，还是很可怜的。”

“不讲了，”林少湖说，“陈年旧事，没必要讲给你们听。”

夏明若问：“你放他走的吧？从学校的囚室里？”

林少湖抹掉头发上的水：“我也送他上了火车，以为他不能活着回来了。”

“嘻！”夏明若大笑，“活得可滋润了！”

林少湖走进了树影里，微弱的星光下看不见他的表情：“嗯。”

他静默了半晌，大概在点烟，黑暗中亮起一点火星。

“1975年我参加侦破培训班，有记者来采访，我和我的战友们便登了报。他大概看见了，就给我写了封信，这封信辗转到我手上时，时间已经整整过去了半年。信上没署名，而且就写了两个字：‘少湖’，可我第一眼就知道是谁写的。”

林少湖说：“我这个人对字迹很敏感，尤其像这种小时候练过字的。”

他深深吸口气，声音有些抖动：“见笑了……你不知道我捧着这封信哭了多长时间，就觉得过去十几年真的没什么，在天山上踩着齐腰深的雪伐木头没什么，被关进斗室没日没夜写交代材料也没什么，重要的是程静钧还活着！他还能给我写信！”

他真的哽咽了：“你说世界上还有什么比这个更好的？”

夏明若善意地微笑：“警察叔叔哭了。”

“胡说八道，谁哭了？”林少湖狠狠抽一下鼻子，“别出去说！”

“我哪有那么坏。”夏明若笑道。

“走了，不跟你胡扯，”林少湖要往地窖走，又威胁，“别出去说啊，否则我饶不了你。还有，程家还没平反呢，这些话外传了对他们不好。”

夏明若赌咒：“向毛主席发誓。”

林少湖要进屋，夏明若又喊住他：“警察叔叔，那是整整十五年啊……”

林少湖回头笑了：“你学历史的，应该知道古来的道理，从前种种，譬如昨日死；从后种种，譬如今日生。既然过去了，便不值得纠缠可惜，十五年，不算什么！”

他转过身，腰杆挺得笔直，大踏步走去。

夏明若微笑着跟上他，钻进地窖。

地窖里有颗脑袋反光很厉害，老头儿与楚海洋肩挨肩，几乎贴在古尸身上，夏明若喊他们，两人充耳不闻。

夏明若便也贴上去看：“眼珠突出，腐烂初期。”

楚海洋命令之：“戴口罩。”

夏明若便取块纱布往口鼻上一蒙：“研究什么？”

“还能有什么，”老头儿说，“盔甲呗。”

男尸身上穿着一整套金甲。

当然不是真用黄金打造的，而是在铁甲上镀了一层金，那时候的镀金技术已经很高超了，而且古代贵族乐得干这事，没人愿意真穿一身黄金盔甲。一件全身式铁甲的平均重量是六十斤，要是换成黄金，穿着之人根本站不起来。

就制式来说，这种盔甲又叫做明光铠，前胸、后背有两块圆护。所谓“明光”，就是将这两块圆护打磨得特别光亮，就如镜子一般，上了战场，阳光一照，闪闪发光，威风凛凛。旧小说里常常提到“某某某拍马而上，只见他，一顶红缨冲天冠，前后兽头护心镜”，其实就是说这人穿着明光铠。

还有墓中棺椁后站着的两具陶俑，据老头儿观察是将军俑，身上也做出仿佛穿着明光铠的样子。

现在古尸身上的铠甲因为接触了空气，不复开棺时的明亮夺目，但去除氧化层并不是复杂问题，复杂的是，如何完整地将盔甲剥离尸体。李老先生也曾经从尸体上剥离过衣物，棉麻丝织金银网玉衣，每一种方法都不一样，但盔甲却还是第一次。

经过一千余年的金属锈侵蚀，编连甲片的组带已经变质硬化，如果是一片片揭离甲片，组带就要被破坏；而想将盔甲整体脱下，在不能破坏古尸的前提下又显得十分困难。

“少湖同志，你说怎么办呢？”老先生想咨询一下其他学科专家的看法。

林少湖托着下巴，严肃地说：“用硝镪水把盔甲溶掉。”

“……”

老头儿肩头耸动着，夏明若抱着他安慰：“您要理解他，在他看来，这些都是镀金的铁皮而已……老师，别哭了啊，乖……”

楚海洋用镊子轻轻夹起一段组带，在灯下反复看：“细麻绳……三股的，比较坚实耐磨……我看还是选第一种吧，揭离时就把甲片编号，修复时再重新编缀。”

“噫！真麻烦。”夏明若说。

“两害相权取其轻嘛。”楚海洋说。

老头儿想了想，同意了。当晚众人回去休息，第二天上午开始剥离工作。由于大部分考古队员——包括周队长——都被抽调去处理新出土的文物了，尸体随身佩戴的金石玉器以及一把玉柄长剑也被一起运走，所以反倒是这边显得人手不足，好在老头儿没有门第观念，把大叔和豹子也带进了工作队。

如果把揭离盔甲比做手术，那主刀的便是林少湖和楚海洋，老头儿总指导，夏明若等人打下手，其余人则在甲片反面写编号，然后将其装进木箱，托运往北京。

甲片揭离后便是衣物，主要是丝绸制品，层次繁复。楚海洋只能先喷蒸馏水湿润后，再一点儿一点儿地慢慢揭开，揭下一片，夏明若便在其正反面涂上透明的有机玻璃溶液，以隔离空气。

这种溶液肯定不是最优选择，丝绸的形状颜色虽然会得以保存，但也会因此变硬。只是“文革”所造成的各方面停滞使得我国文物保护技术落后，随着科技发展，有机玻璃溶液终将会被更先进的东西所取代。

过了几天，林少湖捏着手术刀，心情愉快地说：“终于轮到我的专长了。”

他往地窖里一钻就二十小时没出来，助手换了一批又一批，老头儿又穷紧张，派夏明若去看。

夏明若推开厚重的大门，见那人在头顶上悬了一盏小灯，正面无表情地掏着古尸的肚子。夏明若默默地退出去，然后把豹子骗进来一起看热闹，两秒钟后豹子扑在门上吐了，脸色瓦蓝翠绿的。

夏明若惋惜地望着他，林少湖掀开古尸肚皮上烂布一般的肌肉层，对豹子说：“脾胃不和，胎气上升，出现呕吐，五周时始，十六周止。”

豹子转过身来，林少湖举着手术刀问：“不吐了？”

豹子连忙把头摇得像拨浪鼓。

“不想看的话就可以出去，”林少湖说，“如果想看，那就把门关好，不许走动，除非我同意，否则不许发出任何声音。”

豹子抬脚要走，夏明若手疾眼快地把门踢上，扒上他的肩与之耳语："我是为你好，胆子太小怎么当手艺人？"

豹子抬头一想对啊！他瞪着夏明若，只见其人一脸关心坦然。

"谢谢！"豹子握住夏明若的手，动情地说。

"都是工人阶级，要互帮互助。"夏明若说。

"安静，"林少湖仍然埋着头，用刀指指角落，"人家在这儿待了一天了都没说过话。"

角落里低矮处有两个反光点，一黄一绿。

夏明若眯眼看了看，喊："老黄。"

老黄回答："喵。"

夏明若指着它大笑说："喏，喏，说话了说话了。"

林少湖慢慢抬起眼睛，夏明若立刻严肃地侍立一旁，豹子捡起老黄，躲到夏明若身后，大气不敢出。

林少湖对夏明若说："你观察他的手臂。"

夏明若便戴上手套，在深棕色的尸体上按了按："还有一点儿弹性呢。"

"奇迹吧？"林少湖微笑着说，"千年不朽，对于研究古人的人种、体态特征和病理简直是天赐的宝贝，可惜不在我的研究范围内。"

夏明若问："为什么不腐烂？"

"因为做过防腐，"林少湖示意看尸体的大腿，"这一片，还有这一片，很明显吧？这是瘀血斑痕，我推测可能经过皮肤穿刺，以便把血液沥干净，同样的痕迹在他的手臂上也有。"

夏明若不住点头，豹子捂着嘴看房顶。

"然后，和棺液也有点儿关系，李老先生刚刚告诉我棺液可能是因为墓中水蒸气渗入而形成的。"林少湖说，"条件所限，我只是初步化验了一下，棺液里氯化钠的含量很高，汞的含量也很高，还有一些化学成分我一时查不出来，估计是什么稀奇古怪的丹药溶化在里头，古人常常会做这种事。”

夏明若对豹子说：“听明白了吗？意思就是这个人被腌过了。”

豹子喉头耸动说：“你不要再讲了……”

这时候楚海洋推门进来：“咦？谁放别信进来的？这地方不让他来。少湖老师，东西找来了。”

“啊，谢谢。”林少湖从他手中接过一支银簪。

“狗剩偷来的，他奶奶的宝贝嫁妆，‘文革’时差点儿被当四旧破掉。”楚海洋笑着说，“你看怎样？老太太天天擦，弄得雪亮，几乎都没有氧化层了。”

“那我得快点儿用，以免有人挨打。”林少湖说着便取了只试管来，管里有一些褐色溶液。

林少湖把银簪扔进了试管。

夏明若瞬间明白了：“有毒？”

“哎，”林少湖把试管举高，凝视着，“没有实验室，有古老的智慧……嗬……嗬！看见没有？”

三个人连忙围过去，林少湖将簪子取出，只见原本明亮的银饰，一端却微微发了暗。

“硫化银，”林少湖说，“古代砒霜提炼不纯，常常含有硫，硫一旦遇到银，就会产生化学反应，硫化银就是黑色的。”

他摇头笑笑，将银簪清理干净还给楚海洋：“职业病，我从他胃里刮下了一点东西，没想到猜中了。”

“我去喊老师！”夏明若跑了出去。

不一会儿，被人以粗暴方式从床上拽起来的老头儿撞进了门：“毒死的？”

林少湖说：“有可能。”

“怎么解释？”老头儿问。

林少湖说：“因为他脖子上还有一个不明显的小洞，但是非常深，直至大动脉，如果这个洞是被人用尖锐的物体刺伤的话，毒性没发作时，因失血过多而死也有可能。”

老头儿找了张凳子一屁股坐下，因为地窖储冰，所以人人都裹了件从厂里借来的大棉袄，看起来笨拙可爱。

“死于非命？”老头儿喃喃自语，然后才对林少湖说，“还有什么情况，你一并告诉我。”

林少湖就翻着他的记录本一条一条往下念：“有动脉硬化症；脊椎不好，有增生；胆囊涨大，里面有十三粒结石，腹中有蛲虫卵、鞭虫卵……”

豹子冲出门外，余音袅袅：“啊啊啊啊啊不要再说了——！不要！不要！……”

“等等，以上。”林少湖平静地合上记录本。

老头儿沉默着，半晌方开口：“这个人不是杨昭。”

杨昭是元德太子的名字。

说起隋，一般人都知道两个皇帝：文帝，炀帝。其实隋代满打满算有五个皇帝，杨广后还有他的孙子恭帝杨侑，杨侑后还有杨浩，杨浩后还有泰帝杨侗。当然，后几个都是傀儡，都是身不由已的小孩子。

杨昭就是恭帝杨侑的父亲，大业二年（公元 606 年），死在了太子行宫里，比自己的父亲隋炀帝杨广还要早十二年。

林少湖问：“杨昭去世时多大？”

“很年轻。”

林少湖说："那肯定不是了。我看了一下这个人的牙，他的年龄在四十五岁以上。"

那他是谁？

"不知道，"老头儿说，"而且，不一定姓杨啊，毕竟我们有一样东西没找到。"

"什么？"林少湖问。

"墓志。"老头儿说，"掘地三尺，至今不见踪影。"

此话出来，众人一阵沉默。

林少湖摘掉手套，脱掉大褂，夹起工具箱。"李教授。"他把记录本交到老头儿手上，"到此我的工作已经全部结束，我先行一步。"

"啊？"老头儿问，"去哪儿？一起走嘛，我们明天就开始和河南省方面交接工作，三五天后也起程回去了。"

林少湖没有回答，夏明若倒笑起来。林少湖命令："不许说。"

夏明若笑眯眯："我不说。"

老头儿好奇不已："打什么哑谜呢？去哪儿？"

楚海洋丈二和尚摸不着头脑，林少湖走过他身边，拍拍他的肩膀："海洋，北京见。"

楚海洋说："一路顺风。"

"那是当然。"林少湖向老头儿鞠了个躬，掀开地窖的隔热帘走了出去。

老头儿望着直发呆，问学生们："大半夜的，他去哪儿？这姓杨的还开膛破着肚呢，虽然还有别的技师在，但法医都这德行？"

数日后，重庆。

"嘉陵江、长江、解放碑，"林少湖止步，回头，"别躲了，你们到底要跟到什么时候？”

大叔与豹子从电线杆后讪讪地出来，大叔抽打豹子，埋怨说没事长这么大的头做什么，你看一下子就暴露了。他告诉林少湖：“哪里哪里，顺路而已。”

林少湖说：“我要去歌乐山。”

“巧了，”大叔说，“我们正好也要去。”

“我突然想过江。”

“哎呀，真是无巧不成书，”大叔说，“我们也要过江。”

“看看时间……还是先吃饭吧。”

“哎呀，少湖知音也，我们也要吃饭。”大叔说。

林少湖挑起眉毛：“我看出来了，你们没钱吃饭了。”

豹子赌气说：“本来有钱，结果全被他抢去买了个破罐罐！”

“你懂什么？”大叔怜爱地抚摸着怀中那只酱菜缸，然后对林少湖谄笑：“吃什么？”

有什么吃什么，反正什么都是辣的。

林少湖从第一口就开始呛咳，咳了五分钟还没能咽下去。

“经不起考验！”大叔抢过他的碗，“拿来给我！”

码头上浓雾弥漫，小食摊子就摆在江滩上。来来往往的挑夫棒棒，赤膊光脚，精瘦而健壮。他们扎着麻绳，提着扁担，沿着湿滑的石阶下来，向老板买上一碗酸辣粉，呼噜呼噜灌下去，发一头大汗，酣畅得很。

大叔坐在一条三腿板凳上依样画葫芦，自我感觉豪爽极了；豹子直喷粗气，对林少湖张开嘴，问：“在不在？舌头还在不在？”林少湖斜斜看他一眼，豹子打个激灵，躲到大叔身后。

小食摊老板说：“雾散了，快开船咯。”

林少湖迎着江雾，看见隐隐绰绰的山城，感慨说：“水墨画一般。”

大叔说：“你看是泼墨山水，当年我看，可是生死场。”

林少湖问：“你来过？”

“是抗战。”大叔说，“南京沦陷后，师父带着我从水路逃到重庆，结果一来就赶上了大轰炸。当时也是夏天，我们坐着一只小舢板，在江中心团团打转，就是靠不了岸。头顶上日本人的飞机隆隆作响，船舱里淹着混浊的江水，老弱妇孺，哭成一团，这份绝望与生不如死，你们总算是不用体会了。”

“唉！”大叔长叹，“过去了！毛主席说，俱往矣！”

林少湖审视着他，然后问：“我说，你到底是什么人？”

大叔啪一个敬礼：“报告警察同志，我是夏明若的舅舅。”

“报告夏明若的舅舅，我是仵作，不是捕快。”林少湖是何等人物，早八百年心里就有数，便笑着说，“你们到底是要去哪儿？”

“和你去一个地方，云南。”大叔举起他的酱菜缸，“我的徒弟笨得很啊，看不出这是元代的东西。云南深山里也有这么一个东西，叫我朝思暮想。”

“太子墓里就没有吗？”

“有，”大叔说，“但我不能拿。还有，那不是太子墓。”

“我看了报纸，据说是亲王墓。”

大叔摇头大笑：“这帮考古的！这肯定不是李老头子说的，他那老学究不会说这么没谱儿的话。”

林少湖凝视他：“你知道是谁？”

“我知道。”大叔说。

“是谁？”

大叔说："去看墓志。"

"没有挖到墓志。"

"哦！"大叔猛拍脑袋，"想起来了！墓志被我藏起来了。"

"啊？！"

大叔一脸淫笑："就在我挖的那个横洞里，一块一尺来方的青石板。"

"你这个人……"林少湖喃喃道。

浓雾初散，丝丝阳光透下，雄壮的川江号子响起来，大叔仍然抱着酱缸："少湖，相识一场，答应我一件事。"

"你说。"林少湖点头。

"墓志的事等十年再说，"大叔说，"等我死了。"

"什么？"

"行不行？"大叔抱缸作可爱状。

林少湖说："你亏心事做多了吧？"

大叔叹口气："挖来挖去，挖了自家的祖坟，你说亏不亏心？"

林少湖刚想说话，大叔摆摆手："但这不是最重要的，我家那个祖上，正好是反动标兵、革命对象，是一定要被钉死在耻辱柱上的。现在为我那祖上翻案还是太早，还是可能会连累那些做学问的人。"

林少湖满脸疑惑："翻案？"

"不明白没关系，以后就知道了。"大叔说，"我们和那些考古的，区别在于我们也看史书，但从来不太信。要知道隋史是唐人写的，唐书是后晋人编的，宋史是元代人写的，元史则出自明代人的手笔。一代写一代，有些东西就不能写得太真。比如说我偷了你的东西，然后把你杀了，但这件事非得告诉我的儿子，我会怎么说？"

林少湖大笑："那你会先把我说成是贼祖宗。"

“没错，”大叔肯定，“走吧，船来了。”

林少湖拦住他：“你姓杨？”

大叔摇头笑了笑，凑到他耳边说：“我师父姓李，师叔姓杜，我姓宇文。”

林少湖说：“不可能。”

大叔板起脸：“有啥不可能的！我告诉你，史书上说被灭族的不一定就真灭了，就比如慕容宗室当年被刘裕连根拔除，杀得婴孩不留，但慕容氏确确实实仍然存在！”

林少湖笑着问：“在哪里？”

大叔理直气壮地说：“都是辽东鲜卑，我当然知道！慕容氏肤色白皙，生性骁勇，男人长得极为俊秀，我告诉你，他们改姓夏了！”

林少湖刚从水壶里喝了口水，这时喷出来：“我知道了，宇文兄，走吧走吧，上船赶路……”

宇文骥蹲在船尾的甲板上吹江风，他的徒弟闲晃了一圈，回来蹲在他身边。

宇文骥问：“他信啦？”

宇文豹说：“信个屁！您老跟夏别信就是天生一对！您怎么不编得邪乎点儿？”

“混账！”大叔教育他，“你小子就没有夏别信灵活！我能说实话吗？我能说我一铲头正好打在墓志上结果把墓志打成八块吗？那哥们儿再讲义气，也是个公安！”

豹子说：“切！”

大叔嘟囔：“反正那人姓宇文我可没骗他……”

林少湖突然走上甲板，站在大叔他们身后，把两人吓了一跳。

“宇文先生,”林少湖举着一根小臂粗的针筒，“请给我一点儿血样好吗？”

“啊？”

“我对你们的血统很感兴趣，”林少湖十分诚恳，“出于医学研究的目的，请配合。”

他不由分说卷起大叔的衣袖，强行扎了针就跑，大叔哀叫一声倒在栏杆上，脸色蜡黄蜡黄的。

“师傅！”豹子大喊。

“豹……豹子……”大叔虚弱地说，“下了船就给我买猪肝，还有，告诉北京的慕容别信，说……太……太他妈狠了，让他保……保护自己的珍贵血液要紧！”

西北篇

北京的慕容别信打了个大喷嚏，继续埋头填写学生登记表，填到家庭成分，熟练地写上：工人。

他爹说："放心吧，咱们家上数八十代贫农，下数八十代还是无产阶级，跟地特反坏右军阀一点儿关系都没有，怎么也运动不到咱头上。"

夏明若放下笔观察他爹："爸呀，你怎么脸色不好？"

夏爸爸摸脸，叹气。

"怎么了？"

夏爸爸说："唉，烦恼……"

夏明若在椅子上僵了半天，眼泪在眶子里打转，颤抖着问："……妈终于不要你啦？"

他爸忧伤地问："如果我和你妈离婚，你跟谁？"

"那还用问，跟妈呀！我妈那么女中豪杰，我要是敢说一声不，明儿你就看不见你儿子了。"

"唉，儿子也靠不住，我这老了可怎么办呢……啊啊呸！"夏爸爸拍桌，“谁说你妈不要我？！”

“那谁不要你？”

夏爸爸捂脸，羞愤道：“妈勒个巴子的，是王国栋！”

“啥？”这回轮到夏明若拍桌了，“王国栋竟然缠上你了？这是闹哪出啊？前几年听说他出工伤被铅球砸了脑袋，医院说没问题，这不是还是有问题吗！”

夏爸爸点烟，抽烟，吐烟圈，幽幽地望着远方说：“我不该给那厮介绍对象，更不该把隔壁胡同的那个写诗的张大秀介绍给他，最不该的是，在他俩吹了以后，我竟然及时地跑去安慰他并且痛斥张大秀。如今那厮既学会了写诗，又把我当成感情寄托，那首《赠导师夏修白》弄得全厂都会背了：月亮啊 / 他 / 为什么是月亮 / 因为 / 在夜里 / 他有光。照耀啊 / 在 / 心上 / 多么地 / 多么地凄迷 / 闪亮……”

夏明若从椅子上滑下来，往门口移去，夏爸爸拉住他的衣裳领子：“你别想去背给海洋听。”

夏明若抽搐着，连嘴都笑豁了。

夏爸爸抓住他追问：“儿子，怎么办呢？给想个主意啊！”

…………

前文说到夏爸爸是个眉清目秀的骗子，个性狡猾，每年都要带坏一批刚进厂的小青年，这个骗子的本名叫做夏修白。

这个名字正常吗？不正常！

又是修正主义，又是白专道路，简直是视革命大好形势于无物，罪大恶极！

于是夏修白被全街道揪斗，被居民委员会大妈押解至派出所改名，在那儿偶遇了正被铐在凳腿上的初中生王国栋（注：该生参与某校“百万雄师”与“工农前线”两派武斗，用板儿砖拍人）。

居委会主任大婶手舞足蹈，唱道：“老子英雄儿好汉，老子反动儿浑蛋！要是革命你就站出来，要是不革命，就滚蛋！夏修白你革不革命？！”

夏修白起先倒是跟她进行了激烈的搏斗，但是没搏斗得过，后来便跟着抽筋：我革命！我革命！当机立断改名“夏东彪”，取义毛主席万岁！林副主席万岁！折腾完了夏东彪就回家了，顺便也把住在一个大院里的王国栋保出来。

过了几年林彪坠机了，夏东彪赶忙改名“夏东恩”，即热爱毛主席、周总理。等到“文革”结束后，他又把名字改了回去，于是夏修白还是叫夏修白。

这么两面三刀你还不能说他，一说他就给你哭。

他泪眼婆娑，扑在桌子上号啕说：“呀呀呸的！我家老头子师从沈锡卿，九岁登台，十八岁给梅先生配戏，人称昆腔‘麒麟童’，上海滩玉兰、芳华、雪声哪家剧团、哪个名角不喊一声师父？死之前你们说他是黑帮大毒草，死之后倒说他是人民艺术家，有这么糟践人的吗？”

这时夏明若必定帮他配戏，爷儿俩咿咿呀呀那叫一个精彩。

至于王国栋，今年二十八岁，颇为魁梧，片儿警，新出炉的区十佳青年诗人，代表作《让我的情诗插满你的坟头》，内有名句：

“我要燃烧 / 啊 / 灼伤！ / 我要冲撞 / 啊 / 疯狂！ / 我挣扎的冰的摇摆的光与暗的灵魂 / 带着铁锈 / 和 / 忧郁的 / 苍白 / 血迹斑斑地 / 斑斑地 / 来到 / 你的坟前……”

张大秀就是因为这首诗才跟他吹的。

一物降一物，就像老黄降耗子，夏修白降王国栋。王国栋非但公开宣称夏修白就是他的精神导师，还隐隐流露出愿与其赏风吟月、共度余生的意思。夏先生避之不及，且一想到要被情诗插坟头的将来，脸就有点儿绿。

这天傍晚王国栋下了班，冲个澡，又颠儿颠儿往夏家来。

正巧大学历史系和数学系篮球赛，夏先生便被儿子拉着看球去了，夏妈上夜班，只留下老黄看门。

老黄立于墙角，凛然地看王国栋一眼，继续蹲守耗子。

王国栋还挺高兴："黄啊，回来啦？有空上我们家蹲几天，最近我们家也闹耗子，我们家耗子个大味美，富含维生素和矿物质。"

老黄低头思索，然后跟在他屁股后面走了。

结果王国栋也没回家，就把老黄往自行车龙头上一堆，直奔学校看比赛，一路上都在嘀咕老黄啊，知音啊，春雷一声动，诗歌的黎明已经到来了云云。

…………

但他把老黄带去了却再没带它回来。

十天后，一只虎斑纹大猫流浪在沈阳街头，有好心人根据猫脖子上的铭牌（写着"吾乃常山胡同赵子龙是也"），千里迢迢送猫上北京，两家晚报追踪报道，狠狠宣扬了一把心往一处想劲儿往一处使，一方有难，八方支援，社会主义大家庭充满了爱。

可问题是夏家一直没想起来猫丢了。

正乘着凉呢，热情正义的女实习记者们就冲进来了，满大院的老少爷们儿赶紧捂着胸口逃回家穿衣裳。三分钟后，夏家父子白衣胜雪衣袂飘飘地出来，要模样有模样，要身段有身段，一唱三叹：感谢祖国感谢党，感谢社会，感谢你啊——好心人！

名为送猫，实则借机上北京旅游的小学生说出了练习已久的“不用谢！是雷锋叔叔教我这么做的！我的名字叫做红领巾”后，心满意足地走了。两人这才转身要教训老黄，结果发现它经历过如此艰难险阻竟然又胖了，不愧是一只猫蛊、一只妖猫。

目睹此情此景，王国栋又诗意大发，当晚纠缠夏修白不止，非要他说诗歌闻后感，夏修白怒吼：“国栋你要闹哪样啊？你是要我死吗？”

夏明若则抱着猫上楚海洋家串门儿。

楚海洋正坐在帐子里整理洛阳古墓发掘资料，夏明若把老黄一扔，也往蚊帐里钻：“都是要寄给老周队长的？”

“嗯，”楚海洋埋着头，“发掘报告由河南方面撰写，最后由老头儿过目把关。”

夏明若与他有一搭没一搭地聊天，问话说：“最近好几天都没有老头儿消息，去哪儿了？”

楚海洋说：“在历史所，天天舌战群儒。”

战的就是墓主身份问题。

因为墓志被某盗墓贼意外毁坏并且无耻窝藏，墓主的身份便成了争议中心。老头儿不得不同时面对来自太子派、亲王派、驸马派、保皇派（认为墓中埋葬的就是隋炀帝）的挑战。

这些观点老头儿通通不同意，但他本身的观点又是那么的含糊不清，目前他只认为，第一这是个武将，第二他地位特殊。此人衣着精美，隆重下葬，棺椁两旁侍立着千秋万岁与将军俑，且使用了石棺椁。

由于“凶礼不记”的传统，隋唐两代的文献中都没有记载什么品阶的官员方可使用石葬具，考古界根据历年资料分析，两代的石椁棺均仅用于皇室成员和功绩卓著的勋臣。老头儿则倾向于勋臣说，还是因为墓中壁画也绘有列戟。

前些年，陕西发掘了唐代功臣、镇国大将军、薛国公阿史那忠墓，墓里也发现了列戟，一共是十二戟；而本墓中竟然有十八戟，可见此人是何等的功勋通天。但此人偏偏还是个罪臣，毕竟用猫鬼压墓是极其歹毒的咒术……

林林总总的猜测困扰着众人，而营造此墓者的态度则湮没在历史迷雾后，也许真要等到宇文大叔良心发现，把墓志掘出来，一切才云开雾散了吧。

时间在争论中过去了几个月，深秋时候却传来了令人担心的消息：夏明若的老师失踪了。

夏明若的老师姓钱，叫钱可汗，也是李老头儿的学生，所以严格按辈分儿夏明若其实是老头儿的徒孙，楚海洋的师侄。

这个钱可汗老师并不是纯种的汉人，长着一脸络腮胡子，十分高大，个性也很有点儿北方边疆民族的特色，勇猛彪悍，有时候视规则于无物（要不怎么与夏明若一拍即合）。

他参加了一支前往古丝绸之路的科考队，十月底出发，一路考察了武威、张掖、酒泉、敦煌，到了玉门关时他却与几名科学院的同事一起说要四处看看，说好了一天之内回来，就没带什么给养。结果却从此失去了联系，算到今天已经三天了。

甘肃方面专门派了搜索队四处寻找，但消息传到北京后谁都坐不住了。楚海洋和夏明若主动提出要去，于是经过批准，草草准备后，来自北京的搜索队一行十人也登上了去往兰州的飞机。

先说西域。

每个人心中都有一个西域。

《大唐西域记》里说彼方：沙则流漫，聚散随风，人行无迹，遂多迷路。四远茫茫，莫知所指，是以往来者需以遗骸以记之。乏水草，多热风。风起则人畜昏迷……

《法显传》说彼方：多有恶鬼，热风，遇则皆死，全无一者。上无飞鸟，下无走兽，遍望极目，欲求度处，则莫知所拟。唯以死人枯骨为标识耳……

玄奘与法显均是出家人，不打诳语，可见西域凶险：不毛之地，雪山戈壁。

但西域又是何等壮阔与美丽。

西域有明月出天山，有大漠孤烟直，有饮马傍交河，有春风玉门关；西域有箜篌、琵琶、胡笳、羯鼓，有胡旋、胡腾、柘枝、绿腰，有葡萄、石榴、蜜瓜、沙枣；有美酒，有佳人，有天马，还有我三军将士。

去年战，桑干源，

今年战，葱河道。

洗兵条支海上波，放马天山雪中草。

万里长征战，三军尽衰老。

…………

就好像一台连本大戏，九州海内既要有人唱“檀唇胭脂腻”，也要有人唱“戎马纷纷，尘烟一望昏”。

夏明若也是满心苍凉而去的，甚至有点儿千里奔丧的意思，不仅仅为了钱可汗老师，也是为了他自己。

那苏联产的军用小飞机颠啊簸啊，遇见了气流啊雷暴啊，夏明若恨不得连胆汁都能吐出来。楚海洋拽着保险带东摇西晃，夏明若闭着眼睛，喃喃说要交代后事："……就跟我爹埋在一起，自有王国栋帮我们看坟，让他别在我们坟头插玩意儿……"

楚海洋正竭力忍着吐，夏明若喊他："喂，海洋啊。"

"什么呢？有屁快放！"

夏明若说："老钱没什么希望了吧？"

"别胡说！"楚海洋说，"这么多人找着呢，你他妈别和我说话了！"

"你别哄我了，"夏明若苍白着脸说，"今天都第四天了。老钱上课时老拿我打比方，说我没水在沙漠里只能活一天。想我夏明若，号称不死之身，也只能活一天，何况老钱乎？"

他长叹口气："怎么办啊？"

"别和我说话……"楚海洋捧起大桶，终于呈喷射状呕吐，夏明若说："你这么一吐，我又要吐了！"

他刚捂着嘴站起来，就听见驾驶室里骚动，过会儿一名空军战士掀帘子出来，嘴里说："谁的猫啊？啊？"

夏明若立刻钻座位下面去了，楚海洋吐完了擦擦嘴，埋头看地图。

"谁的啊？"小战士嗓门儿还挺大，他拎着老黄等了一会儿，"没人认啊？没人认我拴起来啦！我真拴起来啦！"

底下还是寂静一片。

"嘿！奇了怪了！难道是凭空出来的？"小战士说，"那我拴厕所里了啊！"

夏明若低骂："缺德！"

小战士说："也不知谁这么缺德放只猫出来，逮都逮不住，你看看我这脸上被挠的！我再强调一遍啊！知识分子同志们，这可是飞机，不是拖拉机，纪律！注意纪律！”

夏明若等着他回了驾驶室，偷偷溜进厕所解救老黄，表扬说：“挠得好，够贞烈。挠的就是这号人，动手动脚的，把咱们当什么了。”

老黄被整得蔫了吧唧的，往背包里一窝就睡着了，夏明若一开始还有心思闹它，越往后人却越沉默，到了兰州下飞机，简直是眼泪汪汪了。

结果人家说：找到了，哦耶！在敦煌。

问是怎么找到的，人家说，敦煌文物所的工作人员早上进莫高窟临摹壁画，发现失踪人员裹着军大衣在十六国时期的275窟里头躺着呢。

问怎么会回敦煌去的？

回答说：几个人闲逛时遇见了建设兵团的卡车队，脑子一发热，就跟着跑了。

营救队面面相觑了一会儿，兰州也不待了，背起铺盖跳上飞机就往敦煌赶。到县城换汽车，一路上荒原莽莽，夜海茫茫，头顶上几点寒星，四下里风刀刺骨，等卡车行入一片黑黢黢的峡谷，有人说：“快到了。”

敦煌所已经得到了消息，正举着手电筒油灯在路口迎接，钱可汗也位列其中。这高大壮汉激动得不能自已，张开双臂奔跑向前：“同志们！同志们！我的好朋友们！”

营救队也争先恐后地跳下车，齐刷刷脱下胶鞋，往那人头上狠命抽去。

“钱大胡子！你怎么不死在沙漠里头？”

“他妈的胡子！你他妈的！”

“我抽死你丫挺的！我抽死你丫挺的！”

“……”

钱大胡子被打得满地乱窜，嗷嗷告饶说：“我错了！我错了！”

夏明若说：“呸！”

钱大胡子这才发现了他，两眼湿润了："夏明若！"

夏明若冷冷道："主公。"

钱大胡子说："我好想你！"

夏明若拍拍衣服上的灰："恕末将甲胄在身，不能施以全礼。"

钱大胡子冲上来熊抱他和楚海洋，楚海洋说："钱老师，放手吧，太肉麻了。"

钱大胡子很大一声哼："你们汉人就是这个样子，矫情！"

敦煌所的同志们笑着打圆场："好了好了，见了面就好。时间不早了，大家回去睡吧，明天早上还得追赶科考队呢。"

敦煌文物所在莫高窟边上盖了几间宿舍作为工作人员的居住地。环境当然是简陋的，条件也十分艰苦，尤其是喝水问题。莫高窟的水是从宕泉河引来的，咸中带苦，入口极涩，据说刚开始喝时还得拉几天肚子。但睡在这种屋子里，还真能体会几分西域的艰辛、豪迈与苍凉。

北京的人员挤在一间宿舍里睡通铺，众人心情大好，说说笑笑，商量定了营救队两天后返回北京。

有人轻轻议论说钱大胡子是个好人，真汉子，硬骨头，"文革"时批斗游街，被造反派捆在审讯室三天三夜，还不让睡觉，却愣是没说过一句违心话。

夏明若支着头笑眯眯地听，突然发现钱大胡子老往门外张望，便问他："老师你看什么呢？"

钱大胡子说："我的向导，他们去月牙泉了，怎么到现在还不回来？"

"向导？"

"哎，半路上遇见的本地人嘛，也是少数民族，两个人从来没有出过新疆，但普通话倒说得蛮好。"大胡子眼睛瞪大，笑起来，"好了！回来了！"

他跑出去高声招呼："喂——！朋友——！朋友——！"

野地里有人答话："哎！来了！"

夏明若一听那声音，立刻从被窝里钻出来，站到大胡子身后。

正睡着的楚海洋被他一脚踏在肚皮上，惨叫着醒了："别信，总有一天我要弄死你！"

夏明若回头说："嘘——"

"好朋友！"大胡子豪迈地笑，"快来！喝一口酒！"

那两人渐渐走近，渐渐走近，走到不能再近，就在面前了，夏明若慢慢从大胡子背后露出脸来。那两人像被雷劈中了一般定格，接着转身逃去。夏明若举起猎枪，咔嚓一声上了膛，奋起直追。

逃在前头那人边跑边喊："相煎何太急！相煎何太急！"

"呵呵呵呵！好嘛！"夏明若咬着牙，"我叫你少数民族！我叫你没出过新疆！我叫你会说普通话！"

那两人终于齐齐号叫："楚海洋——！海洋救命——！"

楚海洋从屋里冲出来把夏明若一把拉住："好了，别闹了！"

夏明若又怒又笑："他妈的骗子！"

大叔远远狡辩："谁谁谁骗你啦？我本是陇西布衣，只可惜命运多舛，所以人海漂航啊！"

夏明若又把枪举起来。

楚海洋把他拖走，塞回被窝，一屁股坐上去压着，然后对屋外喊："好了！进来吧！"

大叔心有余悸闪进来："这小子，狠毒啊。"

楚海洋笑着问："长见识了吧？"

大叔点头，凑过来在夏明若头上狠狠敲一记："还你的！"

豹子也不甘落后，卷起袖子报仇，夏明若吃痛，蒙着头假哭起来。

大胡子丈二和尚摸不着头脑："怎么了，海洋？我的朋友们，怎么了？"

楚海洋摆手大笑说："没事儿，遇见亲人了。老师，我介绍一下，这是我们的舅舅，以后一路上有他，可就热闹了。"

提到西域，提到丝绸之路，就不得不提到张骞。

张骞曾两次出使，一次在汉武帝建元二年（公元前139年），一次在汉武帝元狩四年（公元前119年），史记上评价其为"凿空"，即前无古人，开辟之举。后来德国地理学家李希霍芬第一次使用"丝绸之路"这个概念时，便将张骞通西域作为这条东西方交流要道的开端。

当然张骞走得还是很辛苦的，中途曾被匈奴关了十几年。

学界一般认为地理上的丝绸之路是从长安始，抵罗马终，为了好理解，我们用王国栋的名作《我是一匹骆驼》来说明：

> 长安烟一般轻盈的宫廷缪斯啊／你把我变成一匹孤独的骆驼，
> 面朝着荒漠／和／慈悲的佛。
> 边关的箭啊……／射向我／射向我／射裂了我！
> 我的魂在沙漠北面／我的魄在沙漠南面。
> 何时才能见到你啊／缪斯？
> 难道只有越过高原／抵达爱琴海边？
> …………

这首在《人民警察报》的"小星星"文学副刊发表（稿费两元三角）的划时代的伟大诗作，很好地解说了丝绸之路的南北两条路线问题。

北线，从长安开始，经河西走廊到敦煌，过玉门关，穿过沙漠到哈密，沿着塔克拉玛干北面的绿洲城市吐鲁番（高昌）、焉耆、库车、阿克苏等，然后到喀什。

南线，从玉门关出来，沿着大漠南边的绿洲经米兰、尼雅、克里雅、和田（于阗）等到喀什。

会合后继续向西，翻过帕米尔高原（葱岭），穿过哈萨克斯坦、阿富汗、伊朗、伊拉克，最后达到地中海沿岸——很遗憾不是爱琴海，借以此哀悼国栋死去的爱情——的罗马（大秦）。

其实原来还有一条中路，并且是中路最早，张骞第一次出使取道天山南麓，走的就是中路。中路先到罗布泊，再沿着涸海北岸到楼兰，然后再北上到喀什，不过因为楼兰的废弃，中路也早已不复存在了。

这次的科学考察，走得就是中路。

科考队有十五个人，其中两个是向导；带了二十七峰骆驼，几乎一半用来背仪器和给养；一台大功率电台，这是联系外界的新式武器。可就算这样，过戈壁滩还是在拿命赌博，历年来因为科考牺牲在沙漠里的也是大有人在。

茫茫戈壁，空中没有一只飞鸟，地下不见一点儿绿色。

当年汉武帝派贰师将军李广利讨伐大宛，过罗布泊时损失惨重，到了大宛后惨败而归，抵达敦煌时十个人里只剩了一个。但当时罗布泊还是有水的，如今连水都没有了，凶险程度更胜以前。

加上正值寒冬，一到晚上滴水成冰，也就是中午时候稍微好些。当然也没有路，没有驼队蹄印，向导凭借着惊人的记忆力和地形学才能，带领着考察队沿着胡杨枯枝和死去的兽骨缓慢前行。

大部分时间赶路都在晚上，白天风沙大，有时候什么都看不见；太阳虽然没什么热量，可晃得让人发昏。而且据向导说，晚上更容易认路，除了有星象可看，沙漠里的月光明亮，甚至可以照着读书写字。最主要的是钱大胡子是夜行生物，天天鼓吹着运动产生热量，可以避免冻死。

如此走了几天，豹子后悔了，一边吃干粮一边抱怨。

夏明若在脸上蒙了块纱布，躺在帐篷里对他说：“轻松的方法也有，你现在往外走，不出三天，就能永登西方极乐。”

豹子骂他：“去你的。”

夏明若撩起面纱冲他笑，豹子立刻丢了干粮扑到他面前，磕头哀求说：“别信哥哥，求求你现在收拾我吧，别等以后了。以后沙海茫茫，保不定哪天就被你整死。”

夏明若宽宏大量地说：“知错就好，注意吸取教训。”

豹子说：“那是那是。哥哥您歇着，我先退下了。”

夏明若说：“等等我，我去找海洋。”

大叔正巧这时钻进帐篷：“还躺着呢，快起来，我要收帐篷了。”

夏明若望望他背后：“海洋没跟你在一块儿？”

“海洋在喂骆驼。”大叔坐下来喝口水。

夏明若跑出去，老远就听到有人嗷嗷喊，钱大胡子正抱着一头躺倒的老骆驼哭得上气不接下气。夏明若眨巴眨巴眼睛，裹紧军大衣，走到楚海洋身边，问：“又怎么了？”

楚海洋说：“随他去，哭完了就好了，还不是一峰骆驼病了，我们要扔，他不肯呗。”

豹子也过来看热闹：“非扔不可啊？”

夏明若点头说：“有时候就得这样，留下来派不上用场还得浪费草料，别的骆驼也会受影响。”

钱大胡子是多重感情的人，当然不愿意，一时间闹得不可开交，谁劝都不听。过会儿大叔从帐篷里出来，贴耳说了两句，他立刻答应了：

“扔就扔吧。”

夏明若喃喃：“什么呀……”

他跑去质问大叔：“你用什么妖法把我们钱大胡子给迷惑了？”

大叔说：“美貌呗。”

夏明若咔嚓一声又把枪上了膛，大叔竖起兰花指向楚海洋方向逃窜，边逃边指责：“坏孩子！你讨厌！”

楚海洋笑着把草料袋扔给他：“活该。”

大叔接过来继续喂骆驼：“你也好不到哪儿去。”

月光照在崎岖不平的戈壁上，他给那头病倒的老骆驼多喂了些水，拍拍它的背，让它走。据说年老的骆驼和马一样，也能认得路。

“走吧，”他说，“回家去。”

老骆驼仿佛听懂了一般，摇摇晃晃站起来，钱大胡子看见了，便牵着缰绳送了一程。

而后考察队拔营前行，驼铃声声，翻越过一个又一个沙丘。其间夏明若一直在叫唤屁股疼腿疼，说自己看到骆驼鞍就想哭，最后发明了一种横向趴骑法，据说这个姿势比较潇洒，以前人家打死了狼啊、野狗啊、野猪啊，都这么挂着。

但两三小时后，驼队便停下了。

因为月亮下去了，而前方有一大片雅丹地貌，黑暗中通过很容易迷路，说不定会在这由狂风和水流造成的土堆迷宫中打转直到天明。

于是再次搭起帐篷休息，收拾停顿，夏明若抱着老黄钻进睡袋。

大叔羡慕地直咂嘴巴：“抱猫啊，真暖和，我脚指头都快冻掉了，怎么就没个猫陪我睡呢？”

豹子立刻献殷勤说：“师父，我陪你睡。”

大叔说："滚。"

"……"（宇文豹面壁）

楚海洋嘿嘿笑，喊道："老黄。"

老黄从夏明若的睡袋里抬起头来，黑暗里就看到两只眼睛，一黄一绿，小灯泡似的。

夏明若说："老黄你去陪舅舅睡，舅舅冷。"

老黄迟疑着，大叔一挺身坐起来："还等什么？快来呀！"

老黄喵呜一声钻进他的睡袋。

豹子终于崩溃了，他扑到大叔跟前问："师父，我和猫你选哪个？"

他师父说："猫。"

"我和骆驼你选哪个？"

"骆驼。"

"嗷嗷！那我和哈密瓜呢？"

"当然是哈密瓜，"他师父呵斥，"快给我睡觉！再啰唆小心我劈了你！"

豹子哭着说："呜呜……我还不如死了好。"一会儿不死心又问，"那我和沙枣呢？"

他继续喋喋不休，纠缠不止，其他人堵起耳朵努力睡着了。

明天，后天……

过了这片雅丹群，楼兰就不远了。

早上起来温度是零下十四摄氏度，队员们一个个自顾自哆嗦着小身子，唯有钱大胡子老实，喊冷。他的拇指早年被冻坏了，气温一低就不能弯曲。

冷归冷，钱大汉他压根儿不在乎，从睁开眼睛起就活蹦乱跳地唱歌，说看中了一个姑娘，美得像天上的月亮，迎娶姑娘他带了五十头羊，结果娶了姑娘的娘……唱完了每日一歌，他宣布纪律：今天依然不许洗脸，不许刮胡子，不许刷牙，厨子做饭之外也不许洗手，谁要是受了伤，那就舔舔。

于是大家都很羡慕老黄：猫洗脸它不用水啊。

整理好后吃早餐，几十年不变的羊肉拌饭。

天气冷，饭一出锅上面就迅速凝结起一层白乎乎的羊油，夏明若每咽一口都要挣扎半天，大胡子鼓励他："要坚强，想想革命先烈……"

夏明若于是钻进他的大帐篷，木然地嚼着，脑袋里想着松潘大草原上的红军。

过会儿大叔掀开帘子送来一只铜盆，盆里是尚未燃尽的木炭："做饭剩下的，让它上你们这儿发挥发挥余热。"

大胡子挺高兴："太好了，我刚刚还想这破手指今天怎么绘制路线呢！"

大叔问："咱们什么时候出发？"

胡子张开十指在火盆边上烘着："等气温再升个几度……我说那个夏明若啊，你一顿早饭吃了四十五分钟了啊。"

夏明若蜷缩在帐篷角落里，此时回头，嘴里鼓鼓囊囊，完全是一副立刻能吐出来的神情。

胡子看了一怔："哟，你继续，我不和你说话了。"

大叔毫不客气地笑起来，夏明若一脸恼火地继续嚼着。

大叔夸奖："多好的孩子……"

夏明若咽下羊肉饭，冷冷说："我叉死你。"

大叔如今打扮得与西域向导一般无二：裹皮袄，戴皮帽，脚蹬长靴。他摸摸自己颇具特色的小胡子，仰着脖子呱呱笑，夏明若则再也不答理他。

钱胡子活动手指，觉得差不多了，便开始收拾东西。收着收着掏出一卷纸，皱眉看了一阵，恍然想起来，赶忙交给夏明若："差点儿忘了，别弄丢了。"

夏明若接过来："什么？"

"敦煌所的同志们在榆林窟秘洞里发现的，可能是北朝的东西，现在消息还没有公布，"钱胡子说，"原物是一个卷轴，正在修补，这是他们的临摹件。我们看了都认为是曲谱，你带回家让你爸看看。"

"行。"夏明若接过来。

"给你爸看？"大叔叉着腰问，"你爸搞音乐的？"

"不是，"夏明若说，"我爸修收音机的。"

大叔指着夏明若，转头向胡子："啊？"

胡子笑着说："朋友，道在民间啊。知道那架战国编钟吗？"

大叔问："湖北那个？叫什么曾……曾侯乙墓吧？"

"没错，"胡子说，"其实十年前也挖出过一架，年代比曾侯乙墓里的还要早，当然规模小，损毁重，部件完全散落，而且中途运输出了差错，其中四只钟叫人偷了，等发现时已经运到了外蒙古。"

当时正在闹"文革"，事情太不光彩，当权派便要捂着，这件国宝便被藏在了某大学历史系的仓库里。1969 年，历史系的教师基本上都被打倒了，死的死，残的残，入狱的入狱，进牛棚的进牛棚。钱胡子由于凶悍爱打架，谁也奈何不了他，于是因祸得福，光荣地踏上了扫厕所淘粪池的岗位。

有一天开完了批斗会，两革命小将聊天说漏了嘴，钱大胡子便揣着一把柴刀夜闯历史系。结果看大门的正好是李长生老头儿，师徒俩一拍即合，狼狈为奸，白天各干各的，晚上偷偷摸摸修补文物。

但编钟毕竟是一件乐器，修补易，恢复铜钟原有排列难啊，并且这古代乐器还特殊，按敲击部位不同，一只钟能发出两个音。可这两人别说听音了，可能连简谱都不识，正烦恼间，遇见了闲人夏修白，当时还叫夏东彪。

半夜里他们把仓库门窗关得严严实实，夏东彪将铜钟蒙进棉被，贴着耳朵拿小锤挨个儿轻敲了几百遍，宫商角徵羽，总算定了顺序，可惜中间少了四只啊。

"你爸不简单。"钱大胡子说。

夏明若说："那是那是，也讹了你们不少钱吧？"

钱胡子拍大腿："不说我都忘了！不但骗了我们三十斤粮票，还想骗我的姑娘去当儿媳妇！我告诉你夏明若，"胡子义愤填膺，"我姑娘可不能给你！"

夏明若拱手说："多谢师尊，你家姑娘酷似李逵，力能扛鼎，人称代战公主。夏明若从小体弱多病，恐怕不是对手，家父自不量力，高攀了。"

大胡子点头："知道就好。"

他说："我 1955 年上北京读书，老师关心少数民族学生，带我们去看戏，我第一次看见你爸，那时他才十四五岁吧？你家老老爷子在台上演什么……"

"鲁肃。"夏明若说。

"对，鲁肃，"钱大胡子说，"你爸就背着个手，站在幕布侧帘后面看。我哪里听得懂什么昆戏京戏，光顾着看他了，心想哎呀，这个人长得怎么这么精神啊……就是后来落魄了吧？"

夏明若说："岂止是落魄，差点儿抹脖子。幸好有一位工人阶级的女儿出现了，我们院儿里上年纪的都说是傻姑救佳人。"

这些事夏修白可从来不对人提，夏明若印象中他爹也就哭过一次，那是 1965 年夏天，得知明若的爷爷没了。其实老爷子进了牛棚后没熬多久就去了，而始作俑者竟然瞒了家属整整七年。

骨灰找回来后，夏修白大哭一场，哭完了满世界找酒喝，用筷子敲碗唱“秋江一望泪潸潸”，唱到后来哽咽不能言。夏明若感慨说：“幸好有我娘在啊，我爱我娘，我娘撑起一片天。”

楚海洋正好进帐，笑着说：“这话说得好，以后你妈生气可不许上我家躲着，你爸也不许来。”

夏明若说：“啐！敢欺负我爹，小心我娘削你。”

钱大胡子问：“海洋，都准备好了吧？”

楚海洋点了点头，又摇头：“骆驼状况不太好，老师你过来看看。”

众人便跟着他出去，还没接近驼队便觉得动物们十分反常，躁动得很。楚海洋走向一头驮冰块的骆驼，它的铁掌昨天掉了，脚底被坚硬而锋利的盐碱块割得鲜血淋漓，十分可怜。

“作孽哟。”大胡子心疼了。

楚海洋说：“从玉门关算起今天是第十三天，骆驼还没有喝过水，一路上也找不到草料，只喂了少量豆饼……”

胡子埋着头不说话，大叔狠咳一声，拍拍骆驼：“听我的，这头身上的行李卸下一半来给另外几头分摊，时间不能耽搁，赶快收拾动身。”

胡子苦着脸叹气。

大叔说：“别给我磨蹭！楼兰古城东边有座烽火台，烽火台再向东六十步有水脉，有水脉，就有牧草，懂了吗？”

夏明若问：“你怎么知道？”

大叔斜着眼睛：“哼哼！”

夏明若打个响指：“听舅舅的准没错，老师，快走。”

这时，听到远处几个科考队员呼呼喝喝，胡子心里烦，猛踢一脚沙子，转身便骂："又怎么了？！"

那边喊："钱老师，你快看天上！！"

胡子抬头一看："哎呀！这太阳怎么……"

……红糊糊的。

就像一只巨大的红气球，高高挂在头顶上。

众人看得傻了，好长时间谁都没说话，就在那静默的十几分钟里，红光暴涨，沙漠竟被映射得如一片无垠血海。

夏明若扯扯大叔，大叔摇头："我也不知道……"

胡子连连后退："不对劲，不对劲……"

"是不对劲，"楚海洋把温度表给他看，"这简直是夏天。"

而牲口们开始真正地狂躁，无论谁都拉不住辔头。它们坐立不安地踢蹬，打转儿，最后极有默契地围成一圈，匍匐着，呦呦哀鸣着，再也不愿起来。

夏明若甩掉面纱，在自己胸口重重捶了两下，见别人看他，便解释："我喘不过气来。"

楚海洋也把领口解开，皱眉说："奇怪，我就像胸口正压着块石头。"

夏明若顺便把军大衣扒下来："这是怎么了？"

大叔茫然四顾，突然看见一早儿就出去寻路的两个向导翻过沙丘，跌跌爬爬，没命地向营地奔来。他怔住了，转身一把擒住夏明若的手腕。

夏明若瞪大眼睛，发现他竟满头冷汗。

"穿回去！不能脱！"大叔低吼。

夏明若说："啊？"

大叔放开嗓子吼起来："弟兄们！黑风暴——！黑风暴要来了——！"

所有人的脸色都变了。

立刻有人喊起来："不可能！这是冬天！四五月份才是风季！"

大胡子跳起来："放你个屁的不可能！风都来了还不可能！"他急促说道，"罗布人有个传说说冬天有一种风叫'寒鬼风'，说是五十年刮一次，刮一次地上五十年不长生灵，他妈的原来不是哄娃娃！不会就让我们碰上了吧？"

他将骆驼身上的重要物资卸下来往帐篷里堆，又冲着傻愣愣的队员们嚷："快呀！"

众人这才如梦初醒，立刻分散跑去加固帐篷，一时间营地里鸡飞狗跳，你撞我我踩你，鞋都跑掉了，喧闹声不绝。

夏明若钻进帐篷又钻出来，楚海洋吼道："少爷！这关头你就别添乱了行不行？我们几个可都得去筑防风堤呢！"

夏明若惊慌地说："谁添乱了？我的猫不见了！"

他急忙忙冲出帐篷，四下里喊："老黄！老黄啊！"

正巧乱军之中大叔也在喊："豹子！豹子！……别信，你看见我徒弟没？"

"没看见！"夏明若急得汗都出来了，"还有我的猫呀！我的猫哪？"

他原地找了两圈，扣上皮帽就跑，大叔也跟着。夏明若跑太急，不小心栽了个大跟头，吃了满嘴的沙。大叔拉他起来，见其唾得正起劲便有些幸灾乐祸，关切地问："好吃吗？"

"呸呸呸呸！呸！"夏明若抹嘴，"香，好一股骆驼骚味。"

大叔大笑，说："走，咱俩加快速度，起风之前还能回来。"

夏明若倒站住了："咱们去哪儿？"

"四处转转，东西丢了还能傻坐着？"大叔说，"没事，据我经验，现在离真正的黑风暴还有一阵子。”他指着最近的沙丘说：“到顶上去，昨天我告诉豹子说是个古墓，你知道的嘛，豹子向来连睁眼瞎话都信。”

“不谋而合啊，”夏明若裹紧了军大衣紧跟他，“我也觉得老黄就在这个方向，好歹养了十年的猫了，行为模式我一清二楚。”

其实行为模式这种东西很难说，比如此时的营地中，老黄正从炊事员古力姆的挎包里往外钻。

古力姆拎着老黄的后脖子，憋足了力气在它脑袋上练弹指功：“阿……阿囊死给！猫（第二声）的么找死！我佛（说）两根胡萝卜子（这）么重？！原来都四（是）你的缘故！”

老黄波澜不惊地忍受着，因为它是一只做大事的猫。

至于豹子，更是哪儿也没去，只不过和睡袋一起被沙子埋了。十几分钟后，他们重新团结回楚海洋周围，后者才惊觉大叔与夏明若已经不知去向。

相比古荒大漠，这样的沙丘小得可怜，高度也不值得一提，可真要凭着人的脚力往上爬，又是要命般艰难。尤其是大风呼啸黄沙流动，两人几乎是一步一跌，大叔干脆解下腰间的麻绳，把两人系在一起。二十分钟后他们到达坡顶，张望着近在咫尺的雅丹群。

大叔指着百米外的峡口喊：“昨天晚上本来想在那儿扎营，但向导们坚决不同意！因为两面沙崖太陡，而且也不是必经之路！别信你是没来过沙漠，其实风沙比什么汽车坦克都要厉害，真是压死人不含糊，你看咱们脚下，刚踩的沙坑，小半米深，可眨眼就被抹平了！”

夏明若仍然在唾沙子：“呸！……哎哟，嗓子都痛……好歹出发前我还花了半个晚上把《土壤学》和《沙漠研究》看了！”

“啥？纸上谈兵！罗布沙漠啊，那冬天就是和塔克拉玛干不一样，和内蒙那边的也不同，风特别大，”大叔摆摆手，喊道，“行了，回去吧，看样子扑空了！”

夏明若弯腰不停咳嗽，怀里的手电掉了。

话说这人全身上下也就这只手电值钱，光束集中，且照程极远。原本属于学校里的俄文老师，往上可以追溯到抗战胜利后苏联红军控制东北时期。他捡起手电来无意间拧亮，峡口附近便有东西一闪而过——也就是那么零点几秒，却叫两个人都看见了。

“反光？”夏明若不确定地问大叔。

“拿来。”大叔接过手电，再细细一瞧，又什么都没有。

两人各自愣了一阵，随后不约而同地往峡口方向冲，大叔边跑还边有意见：“想不到你也是个见钱眼开的主儿！”

夏明若冤枉死了：“舅！我拴在你身上呢！”

“哦！哦！”大叔赶忙停下，夏明若一时刹不住撞在他后背上，两人稀里哗啦一口气滚到了沙丘底。再爬起来，夏明若磕到了，灌了满鼻腔的血，他使劲儿地捂着，鲜血便沿着指缝一滴一滴落在黄沙上，结成一个个暗色团块。

大叔托着他的下巴让他仰头：“年纪轻轻，倒病恹恹的！你他妈豆腐做的吧？”

夏明若最不爱听这话，瓮声瓮气地反驳，大叔用脏得结了板的衣袖替他擦血，左右开弓动作颇为粗鲁：“我说乖乖，舅舅可比不得你爹娘，忍着些。”

夏明若被他擦得满脸生痛，嗷嗷叫着说：“行了行了，心领了。”

大叔便空出手来解绳子："你先回去，我马上就来。"

夏明若含糊地拒绝，表示沙漠广袤，掩藏有大量的古代人类活动遗迹，散落文物之多，相当惊人，碰见不捡，那叫瓜娃子。

大叔说："我还真没骂错你。"

夏明若催促他快走，一会儿又问："这血怎么止不了啊？"

大叔指指鼻子说："因为里面有沙，被沙子磨着哪有不出血的道理。"

夏明若咕哝："偏巧我就是鼻黏膜最脆弱，算了，不想它就得了呗，舅舅快走。"

说也奇怪，一下沙丘，就有股横风推着他们跑，两个人是连滚带爬跌跌撞撞，互相搀扶着好容易才到了峡谷口，要不是穿得厚重，早就报销去半条命。一路上大叔都亮着手电，那宝贝仿佛轻易不肯露出真面目，反光点时隐时现，近到跟前，又看不见了。

大叔将手电咬在嘴里，抽出靴子里的匕首朝沙里迅速地插着，夏明若也顾不得什么血了，观察得极为专心致志。大叔缓慢地向前移动，突然刀尖隐约传来"叮"一声，似乎碰见什么硬东西。

大叔扔了匕首就往下挖，只挖了不到十厘米，无比郑重地举出了一只白酒瓶子。

酒瓶子上标签仍在，正面：大救星二锅头，63°，北京·通县，国营大柳树乡小黄庄东方红酒厂；反面：主席语录，革命不是请客吃饭。

大叔心潮澎湃："奇迹呀，夏别信小同志！我们竟然在罗布沙漠的腹地找到了一只白酒瓶子，还是空的！"

夏明若也很动情："这是来自家乡的酒啊！我仿佛听见了我爹那无比亲切的声音：'明若啊，今天逃课吧，咱爷俩出去溜达溜达！'"

两人激动地将酒瓶子砸得粉碎，站起来要往回走，夏明若却发现了不对劲："舅舅，那是什么？"

大叔顺着他手指的方向看，只见一股黄烟从瀚海般的沙丘后蓦地升起，旋入天际，夏明若说："大漠孤烟直。"

大叔的脸瞬间变了色："你还有心情背诗！那是风！黑风暴——！"

只在夏明若瞪大眼睛的一当儿，那股烟嘭地散开，如冲天巨龙卷起万吨沙石雷霆般地杀来，刹那间天昏地暗，浊涛滚滚，狂沙如幕。夏明若手足无措，大叔拉起他便跑。

也只跑出几步，天边的黑浪便翻了过来，如一口大锅扣住了人。浪头携着尖厉的呼啸，带着寒气，夹裹着卵石沙粒以及一切它所能扫荡之物，鬼哭狼嚎，排山倒海，从夏明若和大叔头上滚过，把两人猛然推倒，压趴，将子弹般嗖嗖飞行的沙粒劈头盖脸地打在他们身上。

四周伸手不见五指，大叔的脸上痛得就像鞭子在抽，他摸到夏明若的胳膊，立刻把他拽过来，打开手电一照，发现这小子倒他妈的手脚快，满脑袋蒙得严严实实。

"别信！"大叔对着他的耳朵喊，"站起来！跑——！"

夏明若勉强支起身子又跌倒："往回跑？"

"不——！"大叔喊，"顺着风跑！逆着风是要死人的！"

大叔咬牙拉他起来，奋力迈开脚步："跑——！"

夏明若眼睛完全不能睁开，他觉得似乎正踩在波浪上，甚至控制不了自身，这一波一波的狂浪抛着他往上翻，推着他往前冲，然后把他扔进流沙中埋葬。

几乎是绝望之际，大叔却喊了一声"天助我也"，夏明若被他拉着掉进了一个大坑，扑簌簌直摔到底，人都摔蒙了，吓得大叔给他掐了半天人中。

夏明若扯掉面罩，还有些眩晕，他感觉风小了许多，便问："这是哪儿？"

大叔说："我也不知道。刚才那阵风把我们吹进了雅丹群，雅丹地带沟壑纵横，跟迷宫似的，咱们现在大概在哪个深沟里吧……哎哟我也管不了了！真是谢天谢地！"

夏明若仰头，借着手电光看见风暴仍在咆哮，与高高的沙崖贴肩而过。

"真像是死过一回似的。"夏明若喃喃，"上回在云南娘娘墓里遇见涨水，现在想起来真是小意思。"

大叔摆手说："往后你就知道了，其实都是小意思。人生百年总有一死，躺在棺材里，那叫大意思。"

夏明若说："舅舅你思想反动了啊，不经常进行政治学习吧。"

舅舅说："我倒是想，就是没人肯教啊。"

"行了，别废话，"他说，"抓紧时间休息，你也不腿软，我这把老身子骨早就撑不住了。"

夏明若也不是什么安分人，东张西望突然又喊起来："那是什么？"

大叔看也不看躺下，拍去满头的沙："风呗。"

"不是，"夏明若拼命推他，急急说，"你快看！海市啊！"

"啥？"

夏明若说："海市蜃楼！"

大叔翻身坐起来，看了一会儿便压着夏明若的头让他匍匐在地。

"那不叫海市，"他轻声说，"那叫过阴兵，你开眼了。"

他喃喃道："我还是解放前在贵州山区看见过一次，没想到又遇到了。"

风暴像疲倦了般渐渐停止，只扬起微小的沙尘缓缓飘撒在空中，能见度虽低，但仍能看见沙尘后面有一支全副武装、影影绰绰的军队正经过悬崖的豁口，距离夏明若他们还不足三十米，甚至听得见叮叮当当的兵器碰撞声、脚步声，以及偶尔的骆驼鼻息声。

夏明若伏在地面上细密地喘着，突然鼓足一口气匍匐前进，大叔立刻拉住他的后领把他拖回来。夏明若说：“干吗？”

大叔压着嗓门说：“知道你胆子大，但现在可不能靠近。”

夏明若问：“靠近了就会消失？”

“那倒也说不定……”大叔挠挠头，突然双手合十神神道道说，“阿弥陀佛百无禁忌紫微星君破煞急急如律令！破，破，破！”

夏明若决定不理他。

《××自然科学》上曾刊登过一篇豆腐块文章，解释的就是民间所谓“过阴兵”现象，主要论点是“全息影像”。有些人迹罕至的山沟因为自身环境而形成了特殊的电磁场，在某种条件下——大多是雷暴闪电等极端天气——电磁场会记录下生物电信息并储存；一旦相同的外界条件再次出现，电磁场便会将其所记录的信息发射出去。

这种解释大概是相当接近实情的一个，但同样经不起仔细推敲。文章传阅时，物理系表示理论上是讲得通，但撇开声音不谈，记录影像——立体捕捉再立体投射到无所凭依的空气中——是件多么复杂的事，这个由山崖上含微量硅与铁的岩石而形成的磁场到底是如何做到的？

到了历史系这边，更是要问个为什么。因为在他们掌握的资料中，许多“过阴兵”现象就发生在平原的农村，或是田耕上，或是小桥头，甚至是居民家旁的巷子口，并且在夏秋季节，月明星稀微风轻拂的晚上。

所以尽管研究者一直在努力剔除这件事的迷信色彩，民间仍在传言

“冤魂索命”，说什么前头开路无常鬼，后边押队夜游神，越传越玄乎。

夏明若此时还没空想这个，他只是被好奇心所驱使，纯粹想去看看。

大叔自然拦着：“别别，咱们好手好脚地回去。”

夏明若都不耐烦了：“你知道的嘛，这就是全息……”

“全息影像，”大叔说，“你给豹子科普的时候我也学了一点儿，但问题是这如果是影像，那1948年和我一起冲撞了阴兵的小伙子为什么到今天还没有回来？”

夏明若扭头：“呃？”

“为什么？”大叔冲他撅起小胡髭，装模作样要生气。

夏明若转身坐了起来，想了想，又双膝跪地爬走了。大叔无可奈何再扯他回来：“你小子还真是不见棺材不掉泪……”

他反手利落地将夏明若“砰”一声劈倒，踩在地下，嘴里又嘀嘀咕咕：“您老人家天上有灵思想放红光照遍亚非拉……快把这姓夏的孩子给镇压了，太难带了……”

远方立刻响起了嘶哑的呼喊：“别信——！舅舅——！哪儿哪？人哪——？”

“夏明若！向导——！”

“你们在哪儿啊——？”

大叔发了一会儿呆，颇为感触：“还是主席灵啊……”

回应他的是千奇百怪的风声，天边的巨浪又聚集涌起，仿佛一天黄黑水再次泼将而来，冲得斗大的卵石乒乒乓乓地撞击滚动。

楚海洋终于赶在狂风前头找到了夏明若和大叔，他脏得像团泥，而且气急败坏。他揪着大叔的衣领子拼命摇晃：“舅舅！你你你你你你！”又把夏明若提起来摇晃：“别信你！你！你你你你你你你！！！”

夏明若惨叫连连："啊——啊——"

楚海洋连忙停手："怎么了？"

夏明若继续惨叫："哎呀——没啦……"

"什么没啦？"楚海洋更紧张起来。

"阴兵没了……"大叔无力地垂下头，"你把阴兵喊没了……"

"嗯？阴兵？什么？"楚海洋仰头想了半天，猛地一拍手，"哦！那个阴兵！那不是因为我没的，是风的缘故。"

夏明若跪坐着抹眼泪，委屈极了："妈勒个巴子的楚海洋，老子再也不理你了……"

楚海洋吼道："都说了不是我了！"

他气鼓鼓地将面前两人架起来，夏明若破布一般耷拉着脑袋，楚海洋转头问大叔："阴兵什么样？"

大叔叽里呱啦上下比画，说什么骑着高头大骆驼啦，头上戴着小白帽子啦，身上哪儿挂了刀，哪儿又裹皮毛啦，楚海洋连连点头说："哦……嗯……那是突厥的装束。"

他对夏明若说："少爷，我都解释给你听了，是突厥，敦煌壁画上也有，回去时候陪你看个够行不行？能消气了吗？"

夏明若指着大叔咬牙切齿，无声地骂："贼汉！编，给我编，哪能看得这么清楚？你帮谁呢？你在给那小子台阶下呢。"

大叔甩着乱糟糟的头发望天："哼！"

楚海洋拍打着衣服上的沙粒，谁知刚拍干净，又是一阵狂风裹挟着沙子兜头浇下来，他苦笑两声："走，回营地。"

"那可不行，"大叔说，"回营地可是逆风，力气稍微小一点儿就顶不住。咱们向导说这风暴里还藏着黑龙，万一被它卷跑了那可就找不回来了。"

“有龙卷风也没办法，刚才向导说了，”楚海洋蹲在他身边，仍然不甘心又徒劳地拍着自己，“这场风至少要刮四小时，四小时后天就黑了，如果不回营地就全都要被冻死在外头。这也是我为什么着急出来找你们的缘故，谁晓得你们躲在这儿看聊斋呢。”

大叔说：“你不信阴兵哪？”

楚海洋懒洋洋说：“信，我那儿还有一大摞资料呢，说是什么抗战时期的东北，某庄老百姓天天晚上听见关羽领军大战鬼子兵，可热闹了……别信！又去哪儿？”

夏明若体力透支，又流了点儿血，早就不成威胁，他一瘸一拐走了几步，强忍着嗓子里火辣辣的痛感说：“你们两个，这回一定得相信我作为科学工作者的直觉。”

楚海洋说：“我看这阵风快过去了，别信，咱们得趁此间隙快走。”

大叔也觉得天色比刚才亮堂许多，不由心中一喜：“好极了！快走。”

夏明若摆手说等等，随后竟然朝着雅丹深处走去。他在刚刚阴兵经过的豁口停下张望，又走了十几米，狂风把他的军大衣吹得猎猎直响，终于他微笑着回头，张开双臂：“同志们，我立功了。”

楚海洋跑过去想把他拉离风口，却也惊诧于眼前的景象：“这是……”

“红柳！”紧随而来的大叔欢呼，“是红柳！这下面有水！我们的骆驼有救了！”

稀疏的红柳丛林蔓延到视线所能及的范围之外，沙暴的无情肆虐让其倒伏，但灌木们仍然艰难而生机勃勃地活着。

“回营地！带骆驼！”楚海洋的喜悦溢于言表，毕竟无论是对骆驼还是对人，此时的水源都弥足珍贵。

夏明若满脸微笑，不断小人得志地强调："我立功了，我立功了。"

楚海洋拉起他发足狂奔，大叔紧随其后，三人刚刚跳进科考队用盐壳突击筑起的防风堤，新一阵黑风暴便卷土重来。

缩在帐篷里的队员们差点儿把这两人掐死，钱大胡子红着眼眶对夏明若说："你要是有事了我怎么对你爸爸交代，夏修白非把我削平了不可，他又不是没这个胆……"

夏明若气喘未定，一手搂着老黄，一手搂着钱大胡子不停安慰，最后才想起来红柳丛这件事。另一名真正的向导茫然无知地摇头表示从来没有到那片雅丹群里去过，因为科考队正在经过雅丹群的最边缘，通常是选择绕行而不是横穿迷宫。但沙漠植物的发现还是让众人高兴不已，事实上骆驼的情况很令人担心，有一两头几乎是虚弱极了，他们丰厚的脂肪在漫长的旅途中被消耗殆尽，正变得骨瘦如柴。

豹子提议庆祝一下，说着便喜滋滋地从包袱里拿出了一瓶大救星二锅头。夏明若和大叔几乎是同时号叫，紧接着合力将豹子扔出帐篷外，让其正面接受沙暴摧残并且不许任何人搭救。

夏明若的鼻血终于止住了，但饱受虐待的鼻子已经毫无知觉，就像长在别人脸上似的。楚海洋违反用水规定给他拿来了漱口水，水太珍贵，夏明若没舍得吐掉，直接咽下去了，突然又吐出舌头问："你拿的什么东西给我？"

"大救星二锅头。"楚海洋说，"63°，高粱特酿，正好消毒。"

"噫——"夏明若咕咚一声往后倒去，不省人事。

楚海洋满意地抱紧了二锅头："降妖克魔，这果然是宝物。"

傍晚时分，黑风暴终于停了，沙漠显得寂静而温柔，天空飘落下几颗零星的雪珠，气温降到了零下二十摄氏度。夏明若裹着一整张狼皮簌簌发抖，每一个经过的人都要在他头上扭两下："小狼崽子。"

钱大胡子靠紧一匹虚弱的母骆驼，怜悯地轻拍着它嶙峋的脊背，决定冒着严寒拔营前进。

寒冷就像锥子，但仰头就能得到安慰，因为那儿有西域的明月。考古学人，就是常常在这样的月色下，穿越了沙海、密林、雪山、戈壁……长路漫漫而步履弥坚，艰险重重而不改初衷。

驼铃悠悠，钱大胡子骑在骆驼上左摇右晃，突然唱起吐鲁番情歌来：

葡萄架下的姑娘，你不要，不要再歌唱，

你的心儿要跳出了胸膛，你就像夜莺带走了它，

把它拴在了你的辫梢上……

他唱完问夏明若："好听吗？"

夏明若抽着鼻子说："好听极了，您再来一个。"队伍里有人接茬："胡子！来一个——！胡子！来一个！"

钱大胡子立刻来劲了，掏出手鼓砰砰砰一阵拍："那来个通俗点儿的！《怀念战友》"

"噢——！"队员们欢呼着。

手鼓响起来，钱大胡子那浑厚低沉的嗓音在夜色中回荡，一曲终了，胡子对夏明若喊："阿米儿！冲！"

夏明若哈哈大笑，两腿一夹骆驼肚子便冲到了队伍最前面，小手一挥豪迈地吆喝："前头就是峡谷！同志们——！跟我来！"

队员们紧随着起哄："噢噢噢！指导员——！跟上跟上！"

"小心！"大胡子一边笑一边喊，"夏明若你别摔着！小心沙崖！别把老黄举起来！危险！……别扔老黄！"

“哎，你说那孩子，”大叔偷偷问楚海洋，“难不成真是妖怪变的？你都没见他中午时候流多了少血，嘴唇都是白的。”

“这我也说不清，”楚海洋低声说，“我印象中他爸就带点儿妖气。”

“别说了，”大叔打了个冷战，“我这人胆最小了，就怕这些妖啊怪啊的，看见个把僵尸还吓半天呢。”

楚海洋说：“你见过僵尸？”

“见过好几个，”大叔与楚海洋并排前进，“江西一个，湖北一个……可惜舅舅我胆小啊，又是黑灯瞎火的，所以摸完东西就逃了，都没敢好好儿看。”

楚海洋边听边笑：“说吧，僵尸什么样？”

大叔摸摸下巴上的胡楂：“李老爷子告诉我，其实我们所谓的僵尸就是你们口里的干尸，千年不烂的那种。我给你说个我看得最清楚的，哪一年来着？”他挠头：“记不清了，反正就是那几年，镇压反革命、三反五反你知道吧？”

楚海洋说：“怎么可能不知道。”

“死了不少人啊，也冤死了不少，这个不谈了。”大叔摆手，“就谈某村斗死了一个地主。这老东西是罪有应得，曾逼死过佃户家的姑娘，姑娘才十七岁，再有两个月就嫁人了。

“老地主死了也没办法，村里人就随便找个地方要把他埋了。但当时是夏天，怕尸体腐烂传染疾病。村民们便在葬坑里撒了好些石灰，要知道石灰是吸水的，所以没过多久，老地主便成了一具干尸。

“但村民不知道，过了几年，阳春天气，公社开河。当时可没条件用炸弹，开河全靠人力，我流落此地也被拉进了挖土方的队伍，与我同组的社员有三个，其中有个壮汉叫老雷。

“老雷矮墩墩，全身腱子肉，是个干活的好手。

“有一天放工，人们各自散了，我和老雷也准备上生产队长家吃晚饭去，老雷却说要到河里洗洗脚。我说：‘行，我等你。’

“老雷便弯腰卷裤管，顺便把手里的洋镐往地下一插，结果老地主‘腾’地就从地里直挺挺地站了起来，与老雷脸对着脸。

“挺好的汉子，就这么被吓死了，可惜啦！”大叔长叹，“那洋镐正好插在了僵尸脚上。”

楚海洋问：“后来呢？”

大叔说：“后来不知道，后来我就走了。”

陈年旧事让两人都静默了一会儿，眼见夏明若他们已经进入雅丹深处，连忙扬鞭追赶。

“到了！红柳！”大伙儿争先跳下骆驼，扎好营地，然后贴着植物的根部开挖，掀开了两米多深的沙子就看见了冻土层，再往下掘，不到一米，沙土中便渗出了水。众人欢呼起来，钱大胡子迫不及待地舔了一口，到嘴里便吐了：“呸！盐卤水似的！”

“也就是骆驼能喝点儿，人就忍着吧。”

“要不拿试剂中和一下？”

正七嘴八舌地说着，楚海洋回头望了骆驼一眼，这一眼发现了蹊跷：“哎？我们有多少只骆驼？”

炊事员古力姆说：“二斯六（二十六）啊！”

楚海洋又细细数一遍，连比带画说：“额上有白色瘢痂的那头呢？古力姆！就是替你背炊具的、你叫它肉孜的老骆驼！去哪儿了？”

古力姆愣头愣脑：“啊？”

“你还‘啊’？”楚海洋好气又好笑，提高嗓音问，“肉孜是谁骑的？”

“没人骑，那老家伙都快累死了，这几天一直拴在队伍的最后面，连器材都没给背。”有队员回答。

轮值到照顾牲口的豹子第一个急起来，翻身就上了自己的坐骑：“我……我去找！”

还是夏明若眼睛尖，指着地面说：“有蹄印，往这条沟的更深处去了。”

“一起去，”楚海洋也跳上骆驼，弯腰再拉夏明若上来，“抱紧了，不许挠我痒痒。”

夏明若把老黄交给古力姆，笑嘻嘻说：“切，谁稀罕。”

钱大胡子颇为担忧，吩咐他们：“骆驼没了就算了，人得尽快回来啊，水带了吗？指南针呢？带支猎枪。”

“您放心吧，两小时之内找不着我们就原路返回。”楚海洋一扯缰绳，对豹子点点头，“走！”

骆驼一路小跑，很快就将营地甩在后头。沙面上的蹄印在月光下分外清晰，三人循迹而走，不知不觉竟出了雅丹群，开阔地并没有延展多久，另一片雅丹又出现在眼前，豹子十分泄气：“回去吗？今天是上弦，再过一阵子月亮就下去了。”

“蹄印也不大看得见了，”楚海洋有些犹豫，转身他又呵斥夏明若：“叫你别挠你还挠，哪天剁了你的手。”

夏明若贱笑不止，突然愣了愣，指着骆驼脚下问：“那是什么？”

楚海洋顺着他的手指看，也愣了。“……芦苇？”他极不确认地说。

“没错，是芦苇，枯死的芦苇。”夏明若从骆驼上滚下来，急匆匆四处张望，大喊说，“我们这几个笨蛋！这是一条河！红柳、芦苇，还有刚才看见的撑柳，我们一直在沿着干涸的河床走！海洋，你看那边！”

楚海洋眯起眼睛远眺："冲积河岸。"

"豹子，我们继续前进。"他将夏明若摁在身前，一手拉缰绳，一手掐着那人的后脖子。夏明若说："你可不许挠我啊。"

楚海洋催促着胯下骆驼前进，哼哼冷笑说："挠不死你。"

豹子问："那牲口还在前面？"

"嗯，"楚海洋说，"骆驼是有灵性的东西，尤其是上了年纪的，前方必定有比刚才更丰富的水源。"

大约走了一公里，沟壑愈加密集，地面蜿蜒崎岖，甚至出现了干涸的小水湾。三人纵鞭急行，掠过碎礁、盐块和大片的芦苇，看见了月光下晶莹剔透的冰湖。

那只叫肉孜的老骆驼正站在湖边，烦躁地喷着鼻息。

楚海洋猛然想起了什么，猛然勒紧缰绳："豹子！下骆驼！"

豹子正疾驰得高兴："什么——？你说什么——？"

楚海洋拉着夏明若滚下地，两人都摔得不轻，却立刻跳起来奋力喊道："下骆驼！"

豹子问："到底说啥？"

话音未落，天旋地转，豹子突然一个倒栽葱砸在了冰面上，头顶心着地，差点儿就见了阎王。摔他的不是别人，就是他身下的那头骆驼。

另外两人飞奔而来，夏明若拉起豹子，发觉鼻子里就剩一丝凉气了，着实吓得不轻。楚海洋想也不想，抡起巴掌劈头盖脸打下去，豹子一个激灵，醒了。

"我为什么脸疼？"他趴在地上问。

楚海洋咳嗽一声就去牵骆驼。

豹子问："我摔啦？"

夏明若说："刚才让你下来你不听。骆驼渴了快半个月了，见到水还不跟疯了似的，它往前一冲一跪，不摔死你就算好的了。"

"可这水也喝不成啊。"

"芦苇上有冰碴子，你当它不会舔？"夏明若笑道，"行了起来吧，我们回营地去，明天带人来凿冰。"

豹子晃晃悠悠站起来："哎哟……跟了你们真是十条命都不够送！喏喏喏！"他指着冰湖对岸的远方，"夏少爷，您别告诉我那土墩是一个城啊。"

夏明若看都不看："我说它是城它就是城。"

豹子气呼呼举拳吓唬他："你小子！"

夏明若嘻嘻笑着躲闪，打闹之间真看见了那只土墩，立刻隐去了笑容："豹子，你刚才说那是什么？"

豹子仍在玩笑中："不是我，是你说的，你说那是一座城。"

夏明若静静地站着，楚海洋喊他："别信！走了！"

他点头爬上骆驼，一路若有所思，连豹子胡乱吹牛都不理。到了营地，别人都睡下了，他却抱着一本古代地域地图集拼命地翻，楚海洋催他关灯三次都未果。

最后一次，楚海洋生气了，夏明若却神神秘秘地说："不得了了，海洋，我可能看见赤奢城了。"

就像一把散落的珍珠，西域大漠中藏有不同年代的数量惊人的古城，有的已经被发现，有的仍在无垠沙海间沉睡。夏明若说他看见了赤奢城，他钻进大帐篷，将地图摊开给钱胡子看。

"这一幅是宋代绘制的西域全图，依照的是《汉书·西域志》，"他取来一支铅笔，用笔尖指着，“这一片是蒲昌海，就是罗布泊，当时还是好大一片水面；这里是塔里木河，河往西南，经过流沙和白龙堆，就是危须，危须向西南是山国，山国向西南是鄯善，也就是楼兰。”

钱大胡子举高煤油灯，靠得很近，烟气腾起很是熏眼睛。

“这图比例尺完全不对，位置也很含糊，”夏明若说，“如今水域消失了，塔里木河也早改了道，唯有白龙堆——就是雅丹——还在，总之，我们就在这一片不会有错吧？”

钱大胡子点头：“不会有错，继续。”

夏明若说：“说完了。”

“啥？”

夏明若强调：“我可能看见赤奢城了。”

“等等等等，让我理一下思绪，”钱大胡子敲着脑瓜子，“也就是说，刚刚那条红柳沟有可能就是……”

“曾经的赤奢水，”楚海洋接口，“如今早已干涸成几个小水潭了。”

“有证据吗？”

“双塔，”夏明若竖起两根手指，“非常清晰。”

大胡子死死盯着他的脸，夏明若郑重地点点头。大胡子深吸一口气，突然平地里一蹦三尺高，嗷嗷嗷冲出帐篷在沙地里滚了两圈，跑回来拉着夏明若，两只眼睛铿亮发着绿光：“现在！现在就去看！”

夏明若抬抬眼皮说：“您就歇着吧，您不歇我还要歇呢，我可是从早上七八点一刻不停忙到现在了。”

钱大胡子说：“咦咦咦！你这个小家伙！难不成我还比你闲啦？”

夏明若拍拍楚海洋：“走，回去睡觉。”

楚海洋跟着他，扭头要笑不笑地对大胡子做关切状：“早点儿歇啊。”

大胡子吼叫着用废纸团砸人："臭小子！"楚海洋笑嘻嘻地闪开。

大叔被闹醒了，迷迷瞪瞪从睡袋里探出头来，一副过来人口吻："唉，孩子大啦，不由人啦。"

大胡子点头说就是就是，熄了灯问："你怎么又跑这边帐篷里来啦？上回不是嫌我和豹子呼噜声跟响雷似的吗？"

大叔翻个身，嘟囔："我才不回那边呢……那边有只猫，掉毛，还老往人怀里钻……"

天还没亮，钱大胡子就钻出帐篷，一手夹着皮帽，一手夹着大衣，风风火火地掀帐篷帘子挨个儿叫队员们起床："懒虫们，打屁股啦！都睡了六个小时了还不起来！"他蓬头乱发，褐中带黄的虬毛胡子爬了满脸。

众人心不甘情不愿，磨磨蹭蹭爬到沙地上打哈欠，好在天气不错，风速大概相当于平原上的七级，就是冷些。吃早饭时，通报了今天的行程，知识分子们内部全票通过。

大叔拍着大腿呼天抢地："你们这些人哪！走走又停停啊——！见了岔道就要拐啊！啥年月才能到楼兰哪——！走了夜路还要走白路啊！！"

队员们用盐卤水痛痛快快地洗了把脸，如今至少都能看出是个人来了；吃饱喝足的骆驼也精神奕奕地扬着头，热心善良的维吾尔族小伙古力姆把炊具挂在肉孜骆驼身上，一边高兴地哼歌，一边用拐了八道弯的普通话安慰大叔。

大叔说："说维语，听得懂。"

古力姆如蒙大赦，连忙好一通叽里呱啦，意思是没办法啦，自己也跟过好多科考队了，每批都是一个样，见了新鲜东西就不要命！

大叔指着自己鼻子也说："那我老人家可是要命的呀！"

"蒜啦，蒜啦（算啦）！"古力姆推着他上骆驼。

夏明若的骆驼一马当先，老黄在它脑袋上正襟危坐，二者迎风招展，彼此心有灵犀。钱大胡子紧随他们，又拍鞍子又踢镫子："快快快！走呀！同志们走呀！"

大叔叹口大气："瞧把你们急的。"

北风卷起了细沙，在红柳尖上飞舞，楚海洋骑在骆驼上，对着地图研究来研究去，大叔问："怎么？还看出花来啦？"

"……嗯，"楚海洋咬着铅笔头，"如果猜测没错的话，那真是大发现了。我就怕别信看错了，可得替他兜着点儿。"

"你们胡子不是同意了吗？"

"嗐！"楚海洋笑着摆摆手，"那两人一脉相承，说穿了就是人来疯。"

豹子不知什么时候凑了过来，斜着身子看楚海洋手上的地图："咱们要去的地方图上没有啊。"

楚海洋说："这是我们科学院1960年绘制的地图，当然没有。"

"哦，"豹子问，"那城叫……"

楚海洋说："赤奢。"

豹子问："啥叫赤奢？"

楚海洋仰头想了想说："其实就是红城的意思。大沙漠中有很多古城以颜色命名，比如赫连夏的都城叫白城，西夏的都城叫黑城——这两个不是一家，前后差了一千多年——再比如青城。现在青城还在，就是呼和浩特。"

"哦，红城。"豹子貌似明白了。

"三十年代的时候发现了这个赤奢水边的城池，因为古籍上无法查到，所以到现在也没搞清楚它的来历，于是干脆以水为名。但由于国事危急，始终都没能组织考古队实地考察，结果就耽搁了。"

“一直耽搁到今天？”大叔问。

“嗯，”楚海洋说，“据说建国初新疆所还专门找了一次，结果没找着。”

“为什么？”

“因为它会移动。”楚海洋说。

豹子瞪大眼：“还长着腿哪？！”

“哪儿呀，”楚海洋小心翼翼地收起地图，“后来才想明白了，这个城四面流沙，不知道当初建城的时候是不是这样。总之会动的是沙丘，而不是城。当然还有河流。都以为城在水边，但沙漠河流往往改道频繁，有时候又凭空消失。当初偶尔发现没留记号，茫茫戈壁广袤无边，从何找起啊。”

“的确，”大叔感慨，“咱们运气不错，撞上了。”

“夏别信撞上的，从小他撞鬼的概率就比平常人高，”楚海洋伸长脖子张望，“咦？他人呢？”

大叔说：“还用你问？早冲锋去啦。”

行进途中经过芦苇滩和冰湖，周围宁静极了，湖面在阳光下像镜子一般反着光。冰层很厚，众人放心大胆地让骆驼踩上去。

赤奢城就在冰湖对面，离水面只有五六百米，此时望去，能看见土墙以及各自占据东西两角的高塔。钱大胡子举着望远镜，“东边的那个是佛塔，”他扭头，又着急，“看啥？有啥好看的？没见过水啊？快快快快快！”

大叔笑着说：“行啦您老，那城又不会跑。大块头过来砸冰吧！还是顺路带去的好啊，否则来来回回运冰化水，消耗的还是骆驼。”

大胡子马上服帖了，乖乖跑去抡镐。抡了一会儿实在心焦，便招呼不劳动的闲人说："快过来！快过来！"

夏明若问："干吗？"

大胡子说："叫你过来你就过来！"

夏明若一溜小跑到他身边。

大胡子正色说："阿米尔！我现在以司令员的身份命令你担任第一突击纵队队长！你将率领你的部下……"他指指其余的闲人，"不惜一切代价，迅速占领高地！"

夏明若说："阿米尔明白！"

胡子说："事成后颁发你共和国勋章！去吧！赤奢城是我们的！"

夏明若说："对，没错，是我们的！"他两脚后跟一磕，装模作样敬了个军礼，刚走几步又转回来："我有条件。"

胡子问："什么？"

夏明若说："我中午要吃饺子。"

钱胡子扬起巨灵掌，夏明若抱头鼠窜。

"还不给快我冲！"胡子吼道，"波兰是我们的！北非也是我们的！"

夏明若跑去跟楚海洋说，楚海洋满头的汗，问："谁陪你去？"

"没谁，"夏明若说，"就我和老黄，还有厨子古力姆。要不让舅舅也跟着？"

"得了吧。"有前车之鉴，楚海洋知道大叔也靠不住。他转念一想，觉得也没什么不放心的，厨子先去了，今天准能提前吃饭。

"记得帮古力姆干活，"他吩咐，"我们不久就来。"

"知道啦，"夏明若漫不经心地挥挥手，招呼古力姆出发。谁知古力姆的老骆驼肉孜却不肯离开水，两人是又拽又拉，豹子也过来帮忙，最后干脆三人一同往赤奢城去了。

半小时后，第二纵队进城，大胡子刚跑过东门，就中了绊马索，扑通扑通摔出去老远。其余人吓了一跳，愣神之际只听一声呼哨，城墙头上竟然冒出了许多人，个个端着枪，黑洞洞的枪口对准了他们。

众人慌了，拉扯缰绳要往回逃，城墙上不知是谁便朝天开了一枪，把他们全吓趴下了，只能乖乖地被牵走骆驼，夺走行李，随身的两把猎枪也没敢留着。这还没完，最后在武器的威逼下大家进了城，抱着脑袋，在灰白色、被流沙掩埋了大半的城垣下蹲成一排。

蹲下来才发现老黄和肉孜骆驼原来就在旁边发呆。它们背后两人高的粗木架上，绑着第一纵队的三名成员，底下是古力姆和豹子，木梢上拴着的是夏明若。三人都被剥得只剩一件衬衣，也摘了帽子，脱了鞋，嘴里塞着破布，在冷风中冻得脸色青白。

城墙上的人陆续下来，举着枪站在科考队面前。

他们似乎也在戈壁中生活了很久，脸色糙黑，嘴唇起皮，眉毛胡子上沾满了沙粒。他们打量着科考队，其中有个戴狐狸皮帽子的开口：“谁是头？”

钱大胡子刚要说话，被大叔眼神制止，大叔说：“我。”

狐皮帽子问：“你是谁？”

“好汉，”大叔说，“我们是北京来的考古队，主要考察的是罗布泊巨大的水文地理变化。大胡子，给他们看证件。”

“屁话！”狐皮帽子叉着腿，“老子当然知道你们是考古队！老子就想问问你他妈是谁，哪儿来的！闯了爷爷的地盘还他妈理直气壮的！”

楚海洋嘟囔：“我们这是穿越到哪个朝代了……”

“不许说话！”有人喝止。

大叔眼皮子一吊说：“我就是北京来的考古队的头，够明白了吧？”

这么不客气，狐皮帽子火了："你他妈……吃屎长大的啊？！"

一点儿道上的规矩都不讲。

大叔斜着脑袋，咧咧嘴："谁他妈的裤裆破了把你漏了出来？你他妈全身上下就光长卵子了吧？"

绑在桩子上的夏明若咕咕笑起来，狐皮帽子用鞭子指着他吼道："那个瘦眉窄骨儿的！冻不死你啊！你笑个屁啊！"

夏明若含着破布肩膀直抖，照笑不误。

狐皮帽子算是真被惹毛了，他高举着骆驼鞭，似乎思考着哪一个更欠抽，最后他朝夏明若走去。

楚海洋站起来："你敢。"

狐皮帽子回头盯着他。

楚海洋摘下帽子甩在地下，脱了大衣扔给大叔，往前走几步对他勾勾手："有种我俩练练。"

狐皮帽子怒吼一声提枪。

这当口，大叔突然毫无征兆地喊起来："救命啊——杀人啦——"

众人被他吓了一跳，就听到有人喊："卧倒！"枪声立刻噼哩啪啦地炸响起来。好一阵后众人抬头，发觉谁都毫发无伤，只是从古城门残垣中飞速跑进来一支队伍，足有四五十人，步伐整齐，手里端着冲锋枪。

钱大胡子说："乖乖！拍电影哪！"

狐皮帽子们的气焰瞬间没了，那支队伍跑到他们跟前，有条不紊地缴械、上铐，命令他们列队，蹲到墙垣底下去。也就是几分钟的时间，他们便与科考队完全颠倒了处境。

科考队还愣着，楚海洋冲出去解夏明若的绳子，其余人才活动起来，一哄而上松开豹子和古力姆。

夏明若哆嗦着吐了好几口唾沫："呸！呸！什么破布就往我嘴里塞！一股尿骚味！"

老黄也凑过来，喵喵地叫着。

楚海洋迅速地替夏明若裹上大衣："冷不冷？"

"冷得不行，"夏明若牙齿直打战，"老黄！先帮我把鞋找来！他妈的冻死我了！"

老黄喵呜喵呜几声叫，钻进他的棉大衣，捂在他的心口。猫身上毕竟热乎，夏明若终于缓过来了。

这时，有人拍了拍他的肩膀："还好吧？"

夏明若回头，身后站着林少湖。

林少湖头戴皮帽，身穿翻毛皮袄，不像杨子荣，倒像座山雕。

"医生来了，"他轮廓分明的脸上带着笑意，"冻伤了要赶快治。"

夏明若挂着清水鼻涕，裹着毛毯，搂着老黄躺在火堆前，林少湖不停指导他："先烤前胸，再烤后背……对，翻过来，要烤均匀。"

夏明若就颠过来倒过去前后耸动，老黄喵呜喵呜叫，最后林少湖说："停！"

"出汗没有？"他问。

夏明若气喘吁吁把老黄送出去："少湖叔，请用膳，猫终于熟了。"

林少湖"啪"一声打飞老黄，掏出针管，面无表情地对夏明若勾手指。

夏明若问："干吗？"

"扎针。"

夏明若眼神一闪，林少湖越过火堆猛扑向前，一招擒拿将人放倒，针起针落，夏明若惨号一声，不动了。

“想逃？”林少湖慢条斯理收拾好凶器，不知道从哪儿又翻出两条毯子，便把一条扔到夏明若头上，另一条则轻轻替楚海洋盖好。

楚海洋就在火堆旁酣睡。

夏明若挪动到他身边，偏着头一动不动地看，然后在他左脸上画了个王八。

“别吵海洋，”林少湖做一个噤声的动作，“他累了。”

夏明若点头，又在他右脸上画了个对称的小鸡，说道：“龟鹤延年。”

林少湖盘弄着医药箱，突然问：“明若你得过心肌炎吧？”

“啊，得过，”夏明若问，“你怎么知道？我早好了。”

林少湖说：“不错，还挺耐摔打。”

豹子步履蹒跚地掀开帘子跌进帐篷，叉腰扭胯哎哟惨叫。林少湖问他：“怎样？走了一圈有没有好点儿？”

“哎哟别提了！”豹子龇牙咧嘴，“我可是生生挨了一枪托！那帮狗日的！老子日后非往死里收拾他们不可！”

“别自己吓自己，你再挨十枪托也不会有事，”林少湖说，“不过多亏你，勇敢地保护了自己的同伴。”

老黄一听，立刻仰望豹子，圆溜溜的眼睛露出了纯真的喜悦。

夏明若摸摸它的脑袋：“黄啊，太假了啊。”

老黄瞬间恢复了正常表情。

豹子受了表扬有些不好意思，他摸摸鼻子，在火堆旁坐下来，问林少湖：“林同志怎么在这儿？您不是和咱们一起去云南山里的吗？”

“云南？”夏明若敏感地问，“你们又去那儿干什么？挖什么？”

“咳……”豹子说，“我们……”

“我去找程静钧。”林少湖把话题岔开。

“对，去找那个牛医了！”豹子拍着大腿笃定地说。

“他现在怎样？”夏明若问。

“暂住我家，准备明年考大学。”林少湖长舒了口气，“中间很费了些周折，他的户口丢失，国内举目无亲，父母亲的老朋友则基本上都没能熬过‘文革’。洋房倒还在淮海路，没有拆，但里面竟然住了十几户人家。物是人非啊，二十年前上海还是他家的天下，二十年后连立足之地都没有了，只能跟着我回北京。”

“回你家北京老宅？就是和我家只隔了一条胡同的？”夏明若说，“那户口怎么办？”

“就是，户口真麻烦，还牵扯到粮油供应，”林少湖笑了笑，“我还想到了走后门，结果派出所那办户口的女同志，听我说缘由，听着听着就哭了，拉着程静钧的手掉了半天眼泪，竟然立刻就给办上了，我们连来回跑腿的工夫都没费。”

“呃？”夏明若愣了愣，“办户口的女同志？多大年纪？”

“四十来岁。”

“是不是白白胖胖，上下一般粗的？”

“对，就是她，”林少湖思考片刻说，“大姐胖是胖了点儿……但眉毛弯弯还挺和蔼可亲。”

夏明若容光焕发，跳起来与林少湖握手：“谢谢亲人，谢谢敬爱的少湖叔叔，谢谢您给我娘留了面子，我携老父携老黄永远爱戴您！”

林少湖说：“啊？”

夏明若说：“我妈是片儿警，管户口。我爹常说我妈是真正的好汉，您见识到了吧？”

豹子挺感兴趣："好汉？啥样？"

"我给你们说个故事，"夏明若盘起腿，凑近了他俩，"我爷爷 1957 年不是出了事嘛，我爹也被拉去交代情况。我爹很像我早逝的奶奶，只耐看，不耐打。再说那帮人也缺德，我爹现在一到下雨天就膝盖疼，都是当年他们做的好事，逼着我爹往北海冻得实实的冰面上跪，还逼着他捞鱼，名曰卧冰求鲤。

"当时我爹才十七岁，基本上只会吹笛子，但也不能白白受罪呀。后来一有风吹草动，我爹就在家里喊：'玉环——玉环——"

"啊，玉环就是我妈。"夏明若解释。

"我妈家就住在隔壁，只要一听到声音，不管她在做什么，立刻抄家伙，带着我的大舅金环、二舅银环和三舅铜环，冲过来保卫我爹。想想看，我爷爷和我爹都已经是打入另册的人物了，但我妈统统不管，认准了就坚持，你说她是不是好汉？"

"是好汉！"豹子竖起大拇指。

"是好汉，"林少湖充满敬意，"改天我和程静钧登门拜谢。"

"谢就不用了，"夏明若说，"我娘还有个外号叫'杨大喷'，这么多天了，你们的伟大友谊故事也该传到祖国边疆了吧。再过两天，我妈可能会领着一拨一拨的大姑娘给牛医处对象。"

"……"

"不管怎样，"夏明若抱着老黄微笑，"苦尽甘来，大家都要好好过日子不是？"

林少湖埋头乐了一会儿又仰头大笑："杨大喷的儿子！哈哈哈！好了，我也该走了，今天必须押解他们上路。"

他探出帐篷问外面站岗的人："小陈，我们什么时候出发？"

那个叫小陈的跑步过来：“一刻钟后！”

“这就走了？”楚海洋坐起来，在夏明若头上敲一下，“吵死人了。”

“赖皮了啊！”夏明若捂头，“偷听！”

楚海洋边裹摊子边问林少湖：“话说您怎么到这儿来了？”

“我主动要求来的，”林少湖开始整理衣服，把手枪重新别回腰上，“抓人。”

“那些人是谁？”

林少湖想了想说：“这件事涉密了，我不太能说。总之这些人当中有逃犯，为了抓捕他们，公安和武警的同志们已经在大漠里埋伏了三天。其实你们今天砸冰，包括昨天追骆驼，都已经进入我们的警戒圈了，但我们没有接到命令，不能暴露，后来行动是迫不得已。”

“就像一场战争。”楚海洋说。

林少湖说：“工作不好做，敌方从来就没有停止过对我们的策反和武力威慑。不过，我们的战士也不是吃素的，对不对，小陈？”

“对！”小陈啪地敬了个军礼，“祖国的利益高于一切！”

林少湖说：“我们走了。”

他把狐皮帽子扣在夏明若头上：“缴获物资，给你留个纪念，过两天回了北京，请你们全家吃饭。”

夏明若追出帐篷：“少湖叔！当心点儿！”

“放心！我是谁呀？”林少湖跨上骆驼，挺直着高大的脊背微笑，“我是林少湖啊！”

他是有胆量，有担当，军人的儿子林少湖。

这也许是最奇怪的事了，程静钧后来上了大学，读了研究生，娶了个同样腼腆、在上海弄堂里长大的姑娘，生了两个温柔和善的好孩子，甚至回了南方开始教书育人，几十年培养了无数学生，户口却始终挂在北京南城的一间小院子里。

户主的名字叫做林少湖。

赤奢城曾用惊心动魄的方式来欢迎科考队，接着，又给了他们一个不眠之夜。

先说赤奢城东西两角有高塔，东面那个的是敌楼，相当于瞭望哨，表明此地不太平，屡有战争。队里便有人断定说附近有烽火台，夏明若问他为什么，他说："你问向导，保证有。"

结果跑去一问，果真不错，就在赤奢水对岸数里，还剩一米来高的土墩。

西塔的稍矮一些，是佛塔。佛教进入西域的时间很早，大漠古城中或多或少都有佛教痕迹。赤奢城中佛塔高十米，原先肯定要更高些，但还没塌就是个奇迹，大概是因为它是由夯土建成，几乎是实心的，土坯中又夹杂着芦苇、胡杨、红柳等草木纤维。还有个重要原因是此城废弃已久，避免了人为破坏。比如吐鲁番附近的一些古迹，壁画人物的眼睛早年间就被抠掉了，因为当地居民相信异教徒的眼睛会带来灾难。

佛塔外方内圆，四周还看得见原先回廊的墙基，莲花底，覆砵顶，属典型的火祆教与佛教建筑结合体；塔上部有小门可以进入，但进去后空间局促，只能一个人蹲着。塔内四壁的彩绘大部分都已经剥落，就剩下角落一小块，细看带着点儿犍陀罗风格，人物眼睛画得有些像猫，瞪得很大，看起来精神奕奕；正中央设有神龛，有彩塑释迦摩尼像一尊，小佛十余尊，风化不太严重。

右手边还有一尊半人高的小神像，楚海洋提着煤油灯看了半晌，探出头来说是毗沙门天。

众人围在塔下，齐刷刷地仰着脑袋："确定吗？"

"确定，"楚海洋说，"他脚底下踏着恶鬼呢。总体来说，这尊神像保存得最好，是石像。"

豹子悄悄问："毗沙门天是谁？"

夏明若摆个造型说："佛教的北方护法神，在咱们那边就是托塔李天王。"

"明若别乱动，掌好灯，"钱大胡子正在绘制塔内简图，便喊，"毗沙门天什么样？描述一下！"

楚海洋便回答："还是印度神模样，穿及膝铠甲，脖颈手臂有饰物。"

"脑袋呢？"钱大胡子问。

楚海洋便把神像脑袋举出来，扬了扬。

"再告诉您一个好消息，它脑袋与身体间的断裂口还很新鲜，然后，"他又伸另一只手，"我在地上捡到了这枚弹壳。"

钱大胡子愣住，楚海洋满脸苦笑地爬下塔，把弹壳放在他手上。钱大胡子立刻扔了笔，抱头号叫起来。

楚海洋叹气："人生真是充满了冲突与巧合。"

夏明若接口："就像那个郁热逼人的雷雨天。"

楚海洋看看他："四凤。"

夏明若说："萍。"

楚海洋问："我们怎么办？"

夏明若捅捅大叔："朴园，我们怎么办？"

大叔说："还能咋办，回去睡觉！"

众人欢呼雀跃，一哄而散。大胡子踉跄几步，仆街。楚海洋和夏明若只能回转，架起师尊，曳地而走。

队员们搭起四面透风简易棚，点燃枯柴垛，架起大锅烧洗澡水，一时间火光熊熊，群魔乱舞。大胡子缩在阴暗处呜呜嗷嗷地哭，楚海洋安慰他："没事儿，坏了再粘嘛，咱们不就是干这行的嘛！"

大胡子说："冤有头债有主，这笔账就记在武警边防部队身上，此仇不报，我非——"

"要报您去报，和我没关系。"夏明若说。

大胡子说他："破孩子！一点儿正义感都没有！"

"行啦，明天再说，"楚海洋把胡子扔进帐篷，推着夏明若狂跑，"洗澡去！"

两人冲到临时澡堂前问："轮到谁了？"

大叔热气腾腾，心满意足地歪在帐篷里抽烟："没轮到谁，冰块数量有限，所以基本靠抢。"

楚海洋闻言赶忙脱了大衣："那就算赤了膊也要抢到啊！别信！一起上！"

夏明若欢叫，紧跑几步一脚蹬飞了古力姆。

大叔抽烟，摇头，与老黄闲聊："啧，他这到底是什么妖怪变的？下午还差点儿冻死呢。"

老黄思索一番，喵喵数声。

大叔说："哦，原来是这样，难怪难怪。"

这里与北京有近两小时的时差，生活也应该晚两小时开始。但取冰的队员天不亮就冒着严寒与满天星星出发了：昨晚得意忘形，冰块告罄，为了生存只能再去一次湖边。

夏明若也醒得很早，笑容满面地走在最后一个，紧跟着豹子。豹子对他和老黄充满戒心："你想做什么？"

夏明若说："想去看看烽火台。"

豹子问："海洋呢？"

"还在睡，"夏明若说，"不带他。"

豹子一惊，拔腿便跑，夏明若问："干吗？"

豹子说："我害怕！见不到海洋我心慌气短，得让向导大爷救救我！"

真正的向导大爷买买提·买哈提是土生土长的维吾尔族人，身体硬朗，年龄七十有二，白发苍苍胡子老长，但十分与国际接轨，能说维、汉、俄、法、英、德等多种语言，原因很简单：他几乎从十岁起就开始为各国探险队和冒险家服务了。

老头儿健谈，说起话来没完没了，他亲昵地大声吆喝骆驼："嘿——嘿嘿嘿——快一点儿，亲兄弟！"

夏明若溜过去与他闲扯："天亮之前我能从烽火台回来吗？"

老头儿说："不能，会迷路，除非我带你去。"

夏明若说："那您带我去呗。"

"那可不行，"老头儿做了个张牙舞爪的动作，"如果知道冰块用完了，你们的大胡子会发怒的。"

夏明若满脸失望。

"噢，"老头儿很不忍心，想了想突然凑到夏明若耳边，神神秘秘说，"我给你看另一样东西，天亮前你保证能回来。"

"嗯？"夏明若来劲了。

"走进去，第一条沟，"老头儿指着赤奢冰湖对面雅丹高崖说，"就在那儿。”

那儿的确很有看头，比古烽火台还有看头多了，那儿是个垮塌了一半的古墓。这就是考古者梦寐以求的狗屎运，当年斯文·海定在楼兰时，白捡了一个被风吹开的，夏明若果然不输于他。

感谢买买提大爷，上次凿冰时他发现了这个地方。

夏明若手提煤油灯垂入墓坑口，自己趴在地面上津津有味地看了一会儿，跑回冰湖。凿冰队员的劳动号子声此起彼伏，夏明若抓住那个喊得最起劲的：“豹子！跟我来！”

豹子被他拉得险些滑倒，连忙稳住身子：“又干吗？”

夏明若说：“来嘛！来嘛！”

豹子说：“干吗呀，干吗呀？”夏明若不由分说要拉他走，豹子挣扎，结果两人一起摔倒在冰面上，顺势滑了出去，几乎从冰湖这头一直滑到那头。

夏明若手脚并用地爬起来，拍掉衣服上的碎冰碴儿，说：“正好，跟我来。”

“唉！”豹子叹气认命，把镐头往沙滩上一插，“去就去吧，难不成你还能整出个死人来？”

“咦？你怎么知道？”夏明若走了一阵，停下脚步指着黑洞洞的墓口说，“麻烦你和我一起把这个死人坑重新掩埋。”

“啊？！”豹子喊，“墓……墓葬啊？！”

夏明若笑着说：“得了吧豹兄，跟着舅舅这么久了，胆子也该练出点儿来了吧。”

“那是，那是，”豹子心有余悸地往洞口看，“我是怕老黄在里面。”

夏明若闻言，静默地凝望了豹子一会儿，缓缓说：“老黄，出来吧，被识破了。”

老黄探出脑袋，抖了抖身上的沙，然后跳回夏明若肩上。

豹子旋走。

夏明若两手比枪状抵住他的后背：“不许动！”

豹子说：“哼！杀了我一个，还有——”

夏明若说：“乓乓！”

“啊——”豹子以手捂胸，“好狠的心哪，兄弟也下手，要我干吗？盖坟？”

“至少弄得和周围环境一样。胡子刚刚宣布的纪律，我们科考队供给有限，最迟明天就得继续上路，所以这次只能粗线条梳理下赤奢城地面遗物而不发掘，发掘耽误了时间，就等于拿生命开玩笑。所以如果遇见古墓便保持原状，回去报告。这个墓已经开了口，不掩盖就会被风沙继续破坏。”夏明若说，“你先弄着，我去抱点儿枯枝来。”

豹子问：“要不要弄点儿记号？给你们那个什么什么新疆所？”

“千万别，”夏明若摆手，“记号都是替盗墓贼——很大概率是替你师父——弄的，绝大部分情况我们都迟他一步。”

“啧，还真麻烦。”豹子挠挠头，半蹲着小心翼翼向墓口挪去，接近了刚想伸脖子，结果古墓又塌了一块。

豹子怪叫一声随着掉下去，夏明若闻声猛然回头，大喊：“不能踩！！”

尘灰飞腾中，豹子条件反射地蜷起腿，双手急速乱抓，碰到硬物后赶忙扒在上面，牙关紧咬，面孔上青筋直暴。

“可恶！忘记了你比我重！”夏明若冲过来，“豹子！”

豹子被沙眯了眼睛，表情十分狰狞：“我……我没踩！快救我！！！”

“来了来了！”夏明若一边咳嗽一边扣住豹子的手腕，“抓紧了，不能踩棺木！”

“不踩！”豹子上吊缩腿撅屁股，姿势十分痛苦，身下仅五厘米，就是绝对不能踩的千年古棺。

“坚持！”夏明若也呛得不好受，“我拉你上来！”

“哎哟，快点儿吧，小哥哎！”豹子号，“小哥哎——！我的哥哎——！”

“我拉不动你！你再坚持一会儿，我去湖面上喊人！”夏明若亟亟说，“千万别踩啊！万一踩坏了是要枪毙的！”

豹子哭说：“哎哟，还不如趁早枪毙了我呢，等你把人喊来我早就踩下去了，算了吧，小哥你让开点儿。”

夏明若往后三步。

豹子深吸一口气，大喝：“哥们儿好歹练过！”两臂骤然发力，猛地就——猛地就没能出来，倒把棺板踢飞了。

“……”夏明若垂手直立，站在坑边看他。

豹子也仰头看他：“我有遗言。”

夏明若说：“我枪毙你。”

“别！别！拉我一把！”豹子求饶，又忍不住偷偷往下看。此时天色已经微亮，视线一触到棺材，豹子号叫起来，“死人！死人！”

“废话！”夏明若重新伸出手，吼道，“快给我上来！”

“我的妈啊！”豹子声嘶力竭，攀着地面奋力扭动，“死人在笑！他妈的他在笑啊！啊嗷嗷！”

“别怕！那是面具！”夏明若喊，“抓牢我！绝对不能再破坏墓葬内部！”

豹子又惊又惧，竟然借力蠕动了上来，可使劲中却把右脚的鞋挣脱了。

足有两斤重的大头军皮鞋准确地砸在死人脸上，腾起一蓬细灰。

“啊！”豹子瘫倒在地，脸色惨白。

“没有关系！”夏明若跳起来，不知从哪里找来一截红柳枯枝，伸下墓坑，“不要急，鞋子嘛，够出来不就行了，包他神不知鬼不觉，看我的，看……看……啊呀！”

他扔掉木棍，捂着脸长叹。

豹子惊慌道：“咋啦？咋啦？没够着啊？”

“我也有遗言，”夏明若轻轻叹口气，“我把古尸的面具给挑掉了。”

“同志们——！让我们感谢夏明若与宇文豹两位同志！”熊熊的篝火前，大胡子高举着搪瓷茶缸，充满喜悦地号召，“感谢他们让我们离败血症又近了一步！干！”

众队员同举杯：“干！”

大胡子酒劲上来，跑去拉夏明若的手：“感谢你啊感谢你！”

夏明若埋首在古力姆的身后，紧紧地攀着人家的背。

楚海洋笑着说：“躲什么呀英雄？你看豹子多放得开，边跳舞还边脱衣服。”

“就是！”钱大胡子接茬儿，“别误会啊我的学生，老师是真高兴！同志们也是真高兴！这次野外考察的批文本来就限得太死，如今终于有东西可挖，我们很幸福啊！偷偷地挖开，新疆所的人不知道，挖完了看一看，大不了再填回去，哇哈哈——！当然，夏明若同志，写检查你是逃不掉的。”

“考古考古，就是挖土！”他喷着酒气站起来大喊，“同志们！为了表彰夏明若同志，让我们来庆祝一下！”

队员们一听，呼啦啦向夏明若围拢来，抬腿的抬腿，抬手臂的抬手臂，将他架到空旷处，齐心协力喊着号子往上抛：“乌拉——！乌拉——！”

夏明若尖叫求饶：“我怕高！我怕高！”

大叔端着酒笑骂：“小心点儿，别摔着那小子。”

夏明若终于被放了下来，头晕眼花地爬回楚海洋边上，那帮人瘾头没过够，竟然又跑去扔豹子。豹子可没这么好运，扔两下倒要被摔一下。老黄也颇感乐趣，喵呜喵呜地随着豹子腾跃。

钱大胡子乐不可支，往沙面上一滚，四仰八叉躺着。大叔扔完了徒弟跌跌撞撞地回来，也这么就地一躺。

他们和队员们忙活了一天，终于将赤奢城的地面情况基本摸清。这个城大小是高昌古城的一半，也就是半平方公里，城周还有耕作痕迹。所以当年城里除了有佛塔敌楼，有兵营，有衙门府第，还应该有一条热闹的街道，上百间民房，有茶铺、酒肆，有客店、车马驿……

天色一亮，城市便醒来。

守门的士兵会在晨曦中放进第一支商队，领主整装要去欢迎大唐远道而来的使者；城外的农夫开始在河流哺育的绿洲上劳作，摊主夫妇捧出热腾腾的金黄的烤饼，铁匠和他的徒弟配合默契地抡着锤子，美丽的姑娘站在酒肆前吆喝“来哟来哟”；年轻的僧侣告别了师父，牵着骆驼，踏上了去往远方的征途。

赤奢水，母亲河。

当她终于失去了对这片土地和人民的怜悯，改道流淌向他方，这个生机勃勃的城市便也与西域无数的废墟一样，成为瓦砾与残垣断壁。诗人形容：“就像天幕下一具硕大无比的扶箕沙盘。”

“我的朋友，”钱大胡子咂了咂嘴，长叹说，“考古啊，它的诱人之处在于能够通过蛛丝马迹去还原早已逝去的历史，或悲或喜，历历在目。”

大叔将杯中酒一饮而尽，点头：“外人哪里懂得！”

钱大胡子嘿嘿笑，突然爬起来跳上身边的半截儿土墙，喊道：“今天，我们肤浅地还原了一个城市的历史；明天，让我们去还原一个人的历史。明早七点，起床挖坟！”

“胡子，好！”大叔不失时机地起哄，“弟兄们，再欢呼一次！”

半醉的科考队员们又将豹子抛起来：“乌拉——！”

一个人的历史，或者准确地说是少女的一生。

她十六岁，墓室壁画上写得清清楚楚。

她生活于汉文化广泛西传的年代，中原强大的王朝设立了西域都护府，经营也是警惕着许多芥子般的小国。看得出赤奢城受影响极深，壁画上除了有一小段佉卢文题记外，其余均是汉字，而这段佉卢文题记根据以往经验判断很可能只是壁画作者的签名。

墓室的主人处在画面的右下端，圆圆脸蛋，高个子，头发卷曲贴在面颊上，眉毛很浓，眼睛又黑又大，鼻梁挺直。她长身玉立，双手合十，遥望着西方，千年来一直没有移开目光。

“姑娘，拜佛哪？”大叔爬下墓室，轻轻地问她。

“不，”钱大胡子解读着壁画上的文字，“西方是她的故乡，鄯善。”

“噢噢！楼兰姑娘！”夏明若一伙趴在墓口上兴奋不已。

“没轻没重！”大胡子抬头吼道，“脑袋都给我缩回去，向后齐步——

走！再把墓压塌了壁画就没了！还有那个捣蛋的，你检查写没写好啊？”

夏明若吐了吐舌头，翻个身坐在地上写检讨书，楚海洋环着手观摩：“错了。”

夏明若仰头：“啊？”

楚海洋说：“夏白字先生。”

夏明若举起纸：“哪个呀？”

楚海洋用手点点：“这个字。”

夏明若问：“到底哪个呀？”

“这个！”楚海洋不耐烦，一把抢过纸笔教学说，“这个字应该这么写！你读过书没？你怎么考上大学的？语句不通……”等他再抬起头，夏明若不见了，老黄同情地望着他。

楚海洋说：“啊！”

夏明若从墓坑里探出脑袋，笑眯眯地冲他拱了拱爪子，却不留神被大叔撞到了一边。

“别信，别碍手碍脚！”大叔毛着腰移动，要和钱大胡子一起将棺板重新盖上。

夏明若连忙说等等，他爬到墓室一角扒拉出已经被细沙掩埋了的面具，小心翼翼地放回棺中。古尸面部按照当时的葬俗蒙着白绫，必须等到实验室才能揭，如果贸然去动，很可能会把脸一起扯下来。

大叔看着面具，赞叹说：“多漂亮。”

大胡子深以为然，他跳出墓室吆喝，外面的队员便开始掏坑，工具是清一色的小铲，手法是蚕食。他们正在掏一个较规则的出入口，并且严格控制出入口的大小，一旦棺木能被抬出，立刻住手。

豹子是非专业人士，负责搬运掏出来的细沙，他笑着说：“嘿嘿嘿，考古队集体盗墓……”

大叔一流星拳把他捶出老远，又赶过去蹬了两脚。

钱大胡子自知理亏，便故意沉下脸说：“干吗？我自己家的姑娘，看两眼都不行啦？再说了，”他嘀嘀咕咕找理由，“新疆所有个考古小队常驻楼兰，大不了我通知他们就是了……”

“问题是让他们挖还不如让我挖！”他又理直气壮。

“行了行了，师尊，”夏明若拍他的肩，指指自己，“我们的，明白。”

大胡子很感动：“还是你贴心。”

夏明若受到鼓舞，埋头挖土，挖了一阵想起来说：“难不成又是一个从楼兰嫁过来的？”

“哎哟，提醒我了，九成是。”楚海洋说，“楼兰穷山恶水，偏偏美人倾国倾城，据说西域王公皆以楼兰公主为妻，这位姑娘看样子地位也不低。”

被打飞的豹子又爬回来，心生向往：“美人儿呀，那到底该长什么样啊？”

“噢！那个嘛，”钱大胡子扔掉铲子，叉着腰站起来，抬头挺胸说，“楼兰人其实是亚欧混血人种；我这个民族呢，属于大月氏的后裔，基本上和楼兰人是同一个祖先。所以楼兰美女的模样，可以参照我英俊的侧脸自行想象。”

众人凝视了他一会儿，最后大叔开口：“胡子，在我们那边，长成你这样的一般不称为少女，而叫鲁智深。”

“……”胡子招呼，“干活！干活！”

沙漠的干燥对古墓来说是件好事，在水汽丰沛的地区，能很好保存下来的墓葬外围往往填压了几十、上百吨的白膏泥，令后来的考古者们叫苦连天。

挖到一定程度，夏明若的支撑架又派上用场，当他忙上忙下的时候，楚海洋开始给壁画刷上保护泥。当年洋人在西域偷窃壁画运回欧洲，用的也是这种泥，可那些被珍藏在博物馆里的艺术瑰宝，却大部分毁于二战，想来叫人欷歔不已。

因为材料不够，夏明若的支架只做了一半，他打个呼哨，与人换班。钱大胡子等人协助楚海洋，在棺木外裹上厚厚的毛毡，并用粗麻绳固定。

今天几乎没有风，天气晴朗而严寒；墓坑上下众人各忙各的，静悄悄一片。突然队中的助手兼电报员小于大呼小叫地冲来："好消息啊！好消息啊！"

大胡子问："什么好消息？"

小于气喘吁吁："老……老师！好消息！我刚才收到新疆所楼兰队的信息，他们在楼兰发现太阳墓葬啦！"

其余人问："什么叫太阳墓葬？"

"哦！"小于说，"这是他们起的名字，据说就是一个巨大的墓坑，除了棺椁外，坑里还层层叠叠垒放着粗圆木，首尾顺序一致，从上面看呈光线放射状，所以叫太阳墓葬。老师，他们高兴极了，这个发现会震惊世界的！真是个好——"

"好个屁啊！！！"众人齐声吼他。

小于被吓退了一步。

楚海洋说："同一个部队一连和二连还有竞争呢，好你个小于，吃里爬外。"

大胡子大怒："同志们，咱们也挖！挖了直接带回北京去，就不告诉他们！谁让他们有好处独吞！”

“啊？……不告诉？”小于怯生生说，“我已经告诉他们了，我们发现了赤奢城，还发现了古墓，他们正在派人来……”

新疆所人马未到，电报先到。钱大胡子看了满脸不以为然：“哼！”又连连催促：“快挖，快挖，挖完了就跑。”

众人问：“带着棺材跑？”

大胡子赌气说：“就带着跑！怎么着？还敢抢咱们家姑娘？对了，干脆我再看姑娘一眼。”

他说着就要去开棺，有人扑上去拦着说：“老师，纪律！”

大胡子挖着耳朵说：“嗯？啥？”

那人说：“纪……纪……您也让我看一眼行不行？”

大胡子吼：“有谁不想看的？”

队员们面面相觑，最后都贼兮兮地笑出来。

刚裹好的毛毡又被打开，众人将棺盖放在古墓边临时搭建的帐篷里，然后墓上墓下围了两圈，看着棺木大气不敢出。

棺是彩棺，底纹为云气纹，云气之中绘有宴饮、奔马、骆驼图案，还有奇形怪状地长角动物（有些像鹿）。除了这些，棺木两端还分别绘有日月图案，日中有三足乌，月中有蟾蜍。

众人直愣愣地盯着姑娘的面具，无言地问揭还是不揭？

大胡子也望着那面具。面具由上好木料雕成，过了这么多年开裂都不甚严重；正面用白漆打了底，画了眼睛鼻子嘴巴，黑是黑，红是红，十分好看。

大胡子清清嗓子，像是里头噎了什么东西，好半天才叹气说：“别揭啦，大伙儿好好儿看看吧。楼兰组那些人离我们近，又有大卡车，说不定明天就能赶到。往后咱们再想见她，那就得去博物馆了。”

众人沉默，楚海洋突然戴上手套去揭古尸的衣襟。

夏明若说：“干吗？”

楚海洋却只是略微碰了碰，感觉出衣物纤维已经脆化，便收了手，指着古尸的领口笑着说：“看。”

夏明若说：“哎呀，是蜻蜓眼！”

“隋侯之珠，”楚海洋说，“这位姑娘一身披挂的都是宝贝呀。”

“真的！”队员们也兴奋起来，“你看她耳朵上，也是蜻蜓眼！”

蜻蜓眼就是一种玻璃珠，原产于波斯，因为花纹独特就像蜻蜓的大眼睛，所以得名。曾侯乙墓中就出土过蜻蜓眼珠串，为浅蓝、淡绿基色白花纹。当时有学者认为这就是六国之宝之一的“隋侯之珠”，但目前持类似意见的人不多。

又有人说《陌上桑》中，罗敷的“耳中明月珠”也是蜻蜓眼，可惜同样没有过硬的证据。

“这种还比较常见，学名叫‘肉红蚀花石髓珠’，它的制作方法夏鼐先生曾经研究过，”大胡子又叹气，“大伙儿多看看，上了北京就看不着了。”

夏明若又发现了新大陆，说着便去拿：“这是什么？”

“是玉，”大叔拍掉他的手，“千万别动。”

“为什么？”夏明若笑道，“又长白毛了？”

大叔说：“你不懂，西域采玉有风俗。玉有灵性，如果河流里产玉，就必须有女人赤身裸体下水才能取到，否则玉就跑了，因为女人属阴，玉也属阴，同属阴才能相和。这儿古墓里的玉尤其带煞，男人更不能乱拿，得让个女人先破一下。”

钱大胡子说：“你这是迷信吧？”

“谁说的？”大叔说，“这是行为准则。”

夏明若却一脸当真说：“怎么办呢？我们这儿除了没女的呀，楼兰组也没女的呀。”

“那就不能拿了，”大叔问，“老黄呢？”

夏明若说：“老黄是公的。”

正巧老黄蹲在墓坑口看热闹，闻言想逃，被夏明若一把揪下来。这哥们儿一边奸笑一边抓着猫爪子去碰玉，老黄喵呜惨叫。楚海洋说：“住手，太残忍了。”

他打开笔记本刷刷写了个“母”字，撕下纸往老黄头上一贴：“去吧。”

老黄双目含泪，奈何被禁锢了自由，只能奋力挣扎，钱大胡子终于看明白了：“你们这是在玩儿吧？”

夏明若吐了吐舌头，钱大胡子抡起巨灵掌狠狠在他脑后拍了一下，然后把老黄放了出去。

“盖棺，”他说，“海洋留一下，咱们把壁画处理好再走。其余的人先回去，打好包裹准备明天起程。”

队员们点头，收拾一番便离开。夏明若和老黄硬赖着；至于大叔，墓穴就是他的家。

过了一阵子，夏明若满身沙土地从墓坑里跳出来：“老师！”

“啊？”胡子听信了某盗墓贼的花言巧语，正在与他分享古墓发掘经验。

夏明若说：“你来看，这墓室的北墙斜度不对劲。”

大胡子闻言下墓，楚海洋正蹲在那堵墙前，笑着说：“我都不敢动。”

大胡子一看，十分惊讶：“咦？这堵墙的颜色是怎么回事？壁画底色吗？”他举着煤油灯凑近细看，又叹息说：“这幅壁画很难挽救，颜料层全部霉变了。你们等等，我去换个亮点儿的光源。”

他说着出去了，夏明若说着抓起一捧土说：“怎么别的不霉单就霉这一面？这面不靠水呀。奇怪……”

楚海洋问：“奇怪什么？”

夏明若扔掉土说：“这墙后头好像有什么东西，我心里毛毛的。”

“得了吧你！”楚海洋拍他的脑袋，“装神弄鬼。”

夏明若扑到他怀里娇羞地说：“奴家怕鬼呀！”

楚海洋一脚把他蹬出老远，钱大胡子进来：“干吗干吗？这么狭窄的地方不许打架！”

楚海洋意犹未尽地收起拳头，脸一转，正经八百没话找话地对大胡子说：“老师，壁画修复敦煌所是专家，可以问问他们。”

“别忙，我先看看，这种情况可能敦煌所都束手无策，”大胡子纳闷说，“到底为什么会霉成这样呢？”

他戴上手套在墓室壁上轻轻一触，壁画碎片与沙土便哗啦啦掉了下来，他把碎渣放在手里小心地搓着，突然拿手去试推。

大叔正巧进墓室，见状大喊：“等等！”

但已经晚了，墙壁竟然被大胡子推出了一个洞，他愣了愣，又很惊讶地探头往洞里看，结果此时半边墓室轰然垮塌，将他结结实实埋在下面。

其余三人站得靠后，只是被沙土浇了一身一脸摔倒在地，头昏脑涨、耳边嗡嗡作响，又突然一阵怪响，墓室壁后的东西倾泻而出。不是别的，正是死人，而且是较为完整的软组织尚在的干尸，堆成那样高，足有上千具。

墓室里的火把瞬间被扑灭了，而后是更大的崩塌与闷响。

夏明若被撂倒在地动弹不得，手边还摸到半颗毛发俱存的脑袋，忍不住凄惨地喊起来：“救命——！”

楚海洋没回答，大叔倒号叫：“哎哟妈呀！死人身上有刀！”

夏明若喊：“你们在哪里？”

“我动不了啦！”大叔说，“死人的刀尖抵着我老人家的喉咙！”

楚海洋喊：“都不要动！墓室顶塌了！你们受伤没？身上痛不痛？”

“我好好的，”大叔问，“别信呢？”

夏明若一边咳嗽一边说：“我也没事。”

“老师！”楚海洋用更大的声音喊，“老师！钱胡子！”

黑暗中没有任何回答。

“糟了，胡子糟了，”大叔说，“我也在墓里被埋过，等挖出去时已经过了三天。虽然六点钟豹子会来喊我吃晚饭，到时候就有人救，只是胡子不知道伤得怎样，怕等不了。”

“其实这些死尸救了我们，”楚海洋的声音里透出焦急，“可胡子是被沙土直接掩埋的，情况肯定不妙，得尽快联系其他队员。”

夏明若明知自己身上压满了尸体，但还是努力推拒着那半颗人头：“海洋，我想通那墙是怎么回事了。”

楚海洋说：“是血，整堵墙都曾被血浸透过不知几次，所以壁画才霉烂得那样厉害。”

夏明若说：“嗯。”

“啧啧，血墙，”大叔长叹，“二位外甥看过公案故事没有？死人也会喊冤，今日一塌，怕是死人喊冤了。”

楚海洋说："迷……"

"喏！喏！科学院有什么了不起，解释不了就说迷信，"大叔说，"我早年也遇过，其实我会起卦——当然'文革'以后就不敢了，这事你们别对外说——有一年有个村子请我，说是刚刚平整出来的一块地不长庄稼，且种什么绝收什么。"

他一想：妙！

要知道很多古墓上头都不长庄稼的，撇开用炒熟的土为封土，或墓中的有毒物质渗入土壤等原因不谈，填充墓坑的夯土往往十分硬实，植被很难在其上生长。

但跑去一看，那土质酥松，根本不是封土，挖开后却是一个货真价实的万人坑，里面层层叠叠堆满了尸骨，不知道又是哪朝哪代的活埋地。

"你说这事怎么解释？只能说怨气冲天，草木尚且能知吧，唉！……胡子！胡子！"大叔又问，"胡子你到底是死是活啊！"

三人干着急地又过了十多分钟，突然听到外界人声嘈杂，豹子扯着喉咙在喊："师父！海洋！别信！还有队长呀——！"

大叔面露喜色，喊回去："臭小子！嚷嚷什么？！还不快挖！"

楚海洋十分惊讶："难道已经六点了？"

大叔说："没到啊？"

"怎么可能！"楚海洋说，"坍塌前三分钟我还看过表，四点二十。"

只有夏明若一个人哧哧笑起来。

大叔问他："笑啥？"

夏明若说："我们真傻，怎么把大救星忘了。"

大叔说："这儿就咱们四个人，都压着呢，谁去搬的救兵？"

"谁说是人了？"夏明若得意道，"明明是我们家老黄嘛！"

大胡子被从土坑子里刨了出来，不省人事，大伙儿都很着急。

外伤不谈，队伍里那半吊子卫生员说他的肋骨是肯定断了，脑子里还可能有什么积水，吓得一干人等捧着他的大脑袋跟捧金元宝似的，生怕一个不小心把脑子摔碎了。

新疆所快马加鞭，下半夜就到了，什么也顾不上，开着大卡车拉了大胡子就走。夏明若与楚海洋也跟随，一路风尘仆仆。到了楼兰大本营，那边的队医也为难地说："我也看不出他怎么了，得赶快往库尔勒送，晚了肯定来不及。"

于是又上路。

结果到了库尔勒，人家老医生在胡子身上敲打一番后说："没事，就这脑壳，铁锤都打不死。"

新疆所的强调说："他一直没醒呢！"

"废话！"老医生说，"用木杠子砖头砸你，你不晕啊？"

然后就挂上了葡萄糖，几小时后大胡子真的醒了，虽然晕晕乎乎，但看上去还真没有什么大碍，只是库尔勒医疗条件有限，老医生建议回北京重作检查。倒是夏明若在车斗里吹了十几小时的冷风，又加上担惊受怕，一病不起，躺在医院里发高烧说胡话，说："我不待在这儿，我要回去挖墓，一挖一个，一挖一个……"

他烧了个把星期都不见好，另外几个人也出现了腹泻症状，再加上钱大胡子一会儿清醒一会儿糊涂的，组织上便决定暂停这次科学考察，送这些人回北京。

新疆所老着面皮联系了空军的一个运输队，人家一听钱大胡子的名号就笑了，说："上回来是救他，这回去也是救他，这种——哟嗬！还是副教授——你们科学院干脆别养活了，否则后面必须有个加强排跟着。"

新疆所赔笑脸说："是是，您说得对，回去就杀了吃。"

说归说，解放军就是仗义，隔天就送他们上了飞机。只是开飞机的小战士看见了老黄有些闹情绪，连连喊："拴厕所里！不然我不干了！"

夏明若高烧冲脑，胆子肥了不是一点儿半点儿，竟然与他叫板："谁敢拴老黄我毙了谁！"

小战士眼睛一瞪，撩衣拍胯露枪匣子说："小白脸你有种！老子喜欢！老子今天倒要看看谁毙谁！"

夏明若双眼迷离面色绯红气喘吁吁，嘴里不示弱："好！哥们儿也喜欢你！有种出去练，这儿不好动手！"

楚海洋猛然跳上飞机，一个扫堂腿撂倒夏明若，抱拳说："解放军同志对不住，咱们快走，一刻也不能耽误！"

小战士深以为然，不依不饶地拴好老黄，驾机飞上了蓝天。

夏修白一开始没得到消息，得到消息时人已经从医院里扎了针回来了。他当即旷工前去迎接，哭得是眼泪汪汪。

夏明若晃晃悠悠地说："爹，人都回来了你哭什么？"

夏修白抹泪说："我是高兴啊，哭你很有乃母风范，像个男人，男人就应该站着出去，躺着回来。"

话说着王国栋从胡同里跑了出来："哎呀！看看你俩都瘦成什么样了！快进屋！"

夏修白问他："玉环呢？"

"夏老师，您吉祥，"王国栋缩腰谄笑问过好才说，"炉子上烧着水她走不开。这不，打发我出来买菜呢，咱午饭就在所里吃，给俩孩子弄顿好的。"

"早该这样了，"夏修白说，"行了你别耽搁，快去，买那个……"

“鸭脖子，”王国栋说，“知道你们爱吃。”

夏修白笑眯眯地在他肩上拍了一下，目送他走远，然后拉着楚海洋和夏明若往派出所里走。

派出所就在一间四合院里，远远地就看见杨玉环穿着制服系着围裙站在院子正中，夏明若嘶哑着嗓音喊：“妈……”

杨玉环嗷呜一声，捡了把笤帚就扑过来：“好啊！还知道回来？！我打死你这不孝顺孩子！”

楚海洋背着夏明若跳跃着躲闪：“阿姨！阿姨饶命！”

“呸！”杨玉环甩了笤帚，眼眶都红了，“海洋，你这孩子也性野，和我们家明若半斤八两。我说你还不快回家去看看，省得你爸妈担心。不过记得快点儿回来，我们等你吃饭呢。”

楚海洋乖乖地说“哦”，把夏明若交给她就夹着尾巴走了。

夏明若软绵绵黏着她说：“妈哎，妈哎。”

“呸！”杨玉环揉揉眼睛回厨房，“滚蛋！”

夏明若忍笑黏到他爹身上说：“咱妈就会欺负人。”

夏修白说：“可不是。”

夏明若眼神一转，竟然看见程静钧坐在墙根下晒太阳切萝卜，一边切还一边念念有词：“白萝卜、红萝卜、青萝卜、水萝卜……”

夏明若说：“哎哟！”

程静钧抬起头，推推眼镜，斯斯文文地笑。

夏明若抱着老黄和他坐到一条长凳上去，脑门上还敷着冷毛巾：“牛医，您怎么在这儿？”

程静钧说：“我现在不叫牛医了，我现在叫无业青年。”

夏明若问：“你不是在准备考大学吗？”

“是呀，”程静钧切完了一堆萝卜又开始切另一堆，愤愤地说，“但林少湖这小子不在家，没人做饭给我吃，只能找杨大姐来了。林少湖也是，只说是有任务，去哪儿都不说一声，也不说啥时候回来。”

夏明若心想，那能说吗？

过会儿楚海洋和王国栋回来了喊吃饭，夏明若对程静钧说：“虽然你已经认识了，但我还是要正式介绍一下，里面的那位是本派出所所长兼厨子兼保洁员杨玉环女士，眼前这位就是本所民警王国栋。”

王国栋赶忙敬礼说你好你好，过会儿反应过来：“别信你这坏小子，小程都在我们这儿搭伙快一个月了。”

程静钧点头说：“那是那是，杨大姐手艺好啊。”

夏明若说：“还是革命好啊，你看这从小吃燕窝长大的，如今连我娘做的菜也肯吃了。”

不巧杨大姐听见了，咆哮道：“说啥呢？！”

夏明若跳起来往楚海洋身后躲，没走几步就要摔，夏修白吼道：“发烧的回屋躺着去。”

杨玉环又在里头喊：“海洋，听电话！你们老师的！”

“他不是住院吗？怎么打这儿来了？”楚海洋接过话筒，只听一下就扔了。

夏明若问：“怎么？”

“吓我一跳，我还以为是熊呢，”楚海洋重新捡起话筒，揉揉耳朵，和颜悦色地说，“钱老师，您别哭，告诉我到底怎么了？”

钱胡子号哭说：“呜呜呜嗷嗷嗷！没啦！没啦！”

楚海洋问：“什么没了？”

钱胡子上气不接下气说：“呜！呜！楼兰姑娘啊！连棺材带人都没

啦！嗷呜——我就知道我不能走啊，谁让你们抬我走的啊，我一走了就没人给她做主了啊！”

楚海洋耳膜嗡嗡作响，一边捂着说：“您慢慢说，到底怎么回事儿？”

钱胡子哭道：“新疆所说，咱们一走上面就下了命令，要把古墓给原样封存。那古墓不是紧挨着一个尸洞嘛，而且还让我们不小心凿塌了一面墙，工作队便先清理干尸，这一清理就是五天，干尸数量是333具，这个数字很奇怪，我还要研究……哎呀别打岔！第六天刮了场小风暴，工作队回营地待了几小时，回去一看，墓室里空了，什么都没了！”

“全没了？”楚海洋也吃了一惊，倒是夏明若气定神闲地说：“我知道谁拿的。”

钱大胡子问：“谁拿的？”

夏明若摆手说：“那姑娘别找了，找不回来了。”

“胡说八道！”钱胡子大怒，说着便要挂电话，“那可是国家财产！你等着！就算终我胡子一生也要追回来！”

夏明若耸耸肩，老黄叹息：“喵……”

“竟然没了，”楚海洋仰头说，“我还想研究一下为什么楼兰姑娘和尸坑做邻居呢。”

“我觉得是巧合。”夏明若明显偏心漂亮姑娘。

“大概吧，不管了，吃饭！”楚海洋无奈地笑笑，“如果有缘，能再遇见舅舅，我们当面问问他，我老觉得他肯定知道。”

夏明若问：“能再遇见吗？”

楚海洋望着院子里阳光下的枣树微笑说：“能啊，怎么不能？”

就像行走在丝绸之路上的商人、士兵、僧侣与使者，就像合葬在一个墓中的青年爱侣，就像洞窟里面容沉静的供养人，就像远远眺望故乡的壁画上的楼兰姑娘，甚至就像孤独地葬骨于深山的濮苏族娘娘，就像被猫鬼镇压着的隋国功臣……

谁说他们不仍在时间里继续？

只要继续，就能相遇。

当然说这些都太远了，太阳落下，太阳升起，挥别了舐血、狂潮与伤痛，随之而来的，是缤纷多彩的八十年代。

不如春暖花开，我们再出发？

番外　东南篇

青麓茶场，长江下游一个名不见经传的国营小茶场，主产青峰、雀舌、碧螺春，品质中上。

夏修白出现在此地是因为这儿是他的老家，而夏明若则是因公，所以两人在茶场门口碰面时，双方都觉得不可思议。

老黄嗷呜一声扑到夏修白怀里，夏修白揉猫感叹："他乡遇儿子，此所谓五大喜，不过这儿有什么可挖的？哎对了，你妈给你做了一身新大衣，呢子的，贼帅。"

夏明若心想，新大衣又不准我穿，成天挂在衣橱里供着，别说贼帅，匪帅也没用。

他就解释了，原来茶场的这片丘陵被一条长江支流的支流——青麓河分割成两个部分，在河湾北面的岗上，最近探出了一处新石器村落遗址，亟待发掘，但是本地县政府人力财力都有限，加上不重视，所以没能力组织一支考古队，正好夏明若他们的队伍流窜在附近，上级就干脆派他们来看看。

夏修白极不以为然地说："有什么好看的，我真不理解你们，老把古人的灶台子、粪坑子当宝贝。"

夏明若说："嘿，此地的县长也是这么说的。"

夏修白说："我要是有这个闲工夫……"夏明若飞扑过去捂住他的嘴，李长生带着徒子徒孙微笑地经过，打招呼说："修白？巧遇巧遇，你好啊！"

夏修白赔笑说："都好，李老您辛苦了。"

两人目送考古队走远，夏修白问："你们住哪儿？"

夏明若指着小山顶上一座青瓦白墙的大宅院："县文化馆安排的，据说离遗址最近，而且主人家也很欢迎。"

夏修白张望了半天，回头一脸无奈的神气："你告诉他们，其实是咱家的老宅没有？"

"哪敢呢！"夏明若说，"你又不是不知道老宅里经常有古怪，说是别人家还好，万一让他们知道是我的，还不得头一天就给挖了？一个个都跟穿山甲精似的。"

父子俩埋头叹息了一会儿，各自拎着行李上山。这时刚刚入梅，天气凉爽，小山上雨雾弥漫，清香袭人，碧油油的茶树一行行整齐地排列着，一直绵延到了视线之外。

夏修白告诉儿子，老家前些天来信，说相熟的几个茶场都陆续被人承包了。夏家想承包茶场，但前些年那些事儿至今心有余悸，就怕又犯什么错误被人割了尾巴，所以喊夏修白回来商量商量，顺便玩儿玩儿。夏修白是厂里的著名老油子，当即递了张病假条就跑来了。

茶场的场长王月香是夏修白的嫂子，正陪着考古队说话，她看见小叔子老远就扯开了嚷嚷："老幺！快来！就等着你杀鸡呢！"

夏修白赶忙做手势说："嘘——嘘——"

王月香嗓门儿大，一说话漫山遍野的回声："玉环怎么没来啊？"

夏明若几个纵跃跳到她身边，故意提高了声音说："大婶你好，贵地风光真是宜人。"

夏修白紧随而上，热情洋溢："大姐好，初次见面，我姓夏。"

王月香愣了半天，夏明若拼命朝她挤眼睛，王月香心想这父子俩又搞什么鬼名堂？李长生问："修白啊，你怎么会来？"夏修白说自己来买茶叶，李老头儿哦了两声，竟然也没听出来忽悠。

夏修白此人，用北京话来说叫做"顽主"，正经事情不做，文化水平不高，但天南海北都知道一点儿，且没有那份浑不吝，反而附庸风雅特别装腔，正对了李长生的路数，李长生拉住他就侃，从三皇五帝一直说到中苏外交。有夏修白在，学生们也能少听点儿唠叨，皆大欢喜。

雨势渐渐大了起来，平常的农户家都正忙着插秧苗，茶场也不清闲，天天早上五点就出工，摸黑了才回来，因为过了梅雨就是盛夏，茶叶会变得又粗又老不值得采摘，好茶的季节也就结束了。

梅雨天也是考古发掘最不适宜的时候，这时节还坚持工作，那就是行为艺术，叫做泥与水、灵魂与劳模之舞，领导他们不下地，所以考虑不到这一点。

第二天雨势依然不减，大家就商量，要不还是先去看一眼？老待在场长家喝茶闲扯淡也不是个办法啊。李长生就吩咐夏明若和小史去找长筒套鞋和斗笠。

小史悄悄问夏明若："昨晚上你听到什么怪声音没有？就在天花板上面。"

夏明若意味深长地看了他一眼，回答说："有是有，不过应该是建筑材料热胀冷缩或者老鼠跑动。”

“哪能呢。”小史说，“我怎么听着像窃窃私语啊，你说不会是有鬼吧？”

“史卫东，我看着你就想到一句话——与数千年的信仰力量相对比，无神论的教育多么苍白无力。住进一屋子半夜听到点儿声响就说是鬼，你这是一个考古工作者的正确态度吗？羞愧去吧你！”

小史说：“去你的，夏别信。”

夏明若打发小史去不远处的茶场库房找鞋子，自己冒雨跑到茶园里见王月香，王月香正忙着采茶，气鼓鼓地说：“怎么？今天肯认我了？”

夏明若说：“唉，伯娘，我们实在有不得已的苦衷。您快帮我找七八套蓑衣斗笠，还有套鞋什么的。”

王月香说都在阁楼上，梯子就在厅堂里，自己去拿。夏明若说：“您老是把祖宗留下的护宅神仙灵牌放在阁楼上也不是个事儿啊。”

王月香说：“别提了，那几个牌牌和座像明明‘文革’时被人拉去‘破四旧’了，可不知怎么的又被送回来了。听说拿了灵牌的当天，有个造反派突然在河里淹死了，隔天又淹死一个，隔天还淹死一个，他们都吓得不得了。你大伯怕人家说我们破坏革命，只好藏起来，就藏到现在了。”

她嘴上说话，手里的活计可不停。她们这个茶场里二十多人几乎都是女工，而且都是熟练工，习惯在两只手的食指上绑刀片，采摘的速度比一般茶工快许多。

夏明若隔着雨幕看见不远处有个工人似乎是个小伙子模样，王月香说：“你不记得他了？他是我的本家侄子王新啊，小时候你们在一起玩儿过。他这几年在外头混得不好，刚来茶场。”

夏明若挠头想了想说：“还真是不太记得。”

这时小史笼着手在山顶上喊：“别信——！库房里只有茶叶——哪

来的鞋啊——？”

夏明若喊：“来了来了。”王月香说：“快去吧，别淋雨了。”夏明若走了几步，又回头多看了那个叫王新的几眼。

阁楼上被王月香收拾得挺干净，小史帮夏明若举着油灯，他四处张望，看见夏家祖宗们的牌位和画像整整码了两面墙，感慨说：“好大一个家族，怎么也姓夏的？”

夏明若说：“巧合。”

老黄轻手轻脚地跳上阁楼，对着排位喵喵数声，歇一会儿，抓耳挠腮，又喵几声。小史觉得背脊发凉，忍不住又问：“老黄是不是在和人说话？”

“老黄，别闹！”夏明若呵斥，又鄙视小史说，“你也就和它一个水准。”

两人拿了雨具下来，大伙儿穿着停当刚走出门，夏明若就听到有人喊他，回头一看是个样貌平平满脸青春痘的小伙子。

夏明若说：“王新，什么事？”

王新跑过来：“你们是要去那个什么古墓吧？大姑让我过来给你们带路。”

“不是古墓，是村落遗址。”领队的李长生纠正，“谢谢你小伙子，耽误你时间了。”

王新看上去是个很内向的人，他有些害羞地低下头，对老头儿的客气反而表现出不自在。

一行十多人淋着大雨行为艺术到遗址处，发觉是个离河流只有数百步的高地，高出周围地面三四米，高出河床约二十五米。高地顶上相当的平整，长满了灌木与杂草，从发现石器的情况看总面积大约在一万平方米左右。山间的平地并不鲜见，要不是本地的文化馆已经探明，谁也猜不着下面竟然有上万年前的文化遗存。

本地的县文化馆里只有两名工作人员，馆长老王，五十多岁；馆员小宋，二十出头，都在考古队里。这两人虽然没能力发掘，但显然还是有追求的，不但手工清理了许多植被，还在地上打了数百个木桩，一个个划好了作业探方。李长生拍着一老一少的肩膀勉励说“辛苦，辛苦”，那两人便嘀嘀咕咕埋怨一帮官僚不支持文化事业，否则只要给五千块钱的经费，光靠他们俩就能把遗址挖出来。闻言李长生的诸位学生便抢着和他们握手，说新时代考古工作者的虎狼精神实在是太感人了。

雨越下越大，夏明若劝李长生说：“咱回去吧，等天晴了再来，反正遗址放在这儿也没人偷。”

李长生环顾四周，说：“背山面水，左拱右卫，这个地方倒真可能有古墓。”

他只是随口一说，谁也不知道后来竟成了事实。

第二天依然是大雨如注，广播里说下午雨会停，谁知道非但不停，反而演变成了雷暴雨。从夏家宅院能隐约看见遗址平地，李长生就站在大门口翘首望了一天，生怕出什么变故。夏修白神仙一般地喝茶，连说：“别担心啦，水泡烂了挖起来还容易些。”

李长生拉住王月香问她那边会不会塌方，王月香也不敢保证，隔天一早儿就打发自己侄子去看。过了许久，王新回来说还真塌了一小块，而且他还在河滩上捡到一样奇怪的东西。众人看见他手里的青铜镜，个个都像见了鬼似的号起来。

“这是战国的。”李长生举着放大镜一寸一寸细看，“你们看这个工艺叫做错金银，春秋中后期才出现，但这个镜子的形制是战国时期楚国的，叫做错金银风鸟云雷纹铜镜。本地古时属越国，所以别小看这面镜子，在那时候也是舶来品呢。”

他把镜子翻个面：“可惜有些锈蚀，不过不严重，只需要专业处理下就可以。”

夏修白在一边雀跃地说：“给我看看！给我看看！”

李长生递给他，嘱咐小心些。

夏修白抢过镜子，借口找个光线好的地方便要一个人溜，夏明若跟上去低声说：“怎么？想掉包？”

夏修白说：“干吗？小孩子别多问。”

夏明若说：“爸你老实点儿，众目睽睽的，人家老李还当你是文化人呢。”

“胳膊肘往外拐。”夏修白没好气地说。

“我这是为你好。”夏明若说，“这个逮住了要枪毙的，你又不是宇文骥那老光棍，你还有我妈和我呢。”

他强行夺回铜镜，塞给李长生，李长生说了句“不看啦？”便和学生们扎堆儿研究去了。足足过了一两个钟头，他们才反应过来说荒郊野岭怎么会平白无故出现一面战国铜镜？那地方必定有古怪！于是急匆匆往那块儿赶，到了以后发现除了边缘一点儿塌方，没有任何的异常。

后来又想去搜底下的河滩，可是水太大了下不去，转了无数圈也找不出铜镜的来源。吃完午饭雨小了些，他们又把王新拽来，王新指着一片淤泥说就在那里看见的镜子，只露出半扇，颜色乌乌的，他还以为是锅盖。这半个月来大雨连绵，青麓河水位已经比往日高了不少，流量也比平常大，浊黄的河水打着卷儿朝下游奔去，声势之大，叫人有些毛骨悚然。

李长生等人蹲在河边，百思不得其解。

最后还是夏明若细心，在高地上发现了一个雨水直往里灌的小洞，直径只有十多厘米，深藏在草丛里。他们以洞口为圆心估计了个范围，往下打洛阳铲，没打多久就发现了古墓的封土。

于是一帮子学生又开始埋汰县文化馆那师徒俩，说什么叫做真牛，真牛就是能找到地表下十米的新石器遗址，就是找不到地表下三米的战国墓。

大家问李长生该怎么处理这战国墓，李长生问老王："你说呢？"

王馆长果断地一个字："挖！"

李长生摆手说："少安毋躁，考古这项工作一旦不慎重，就是实实在在的破坏活动。"他看见夏明若和小史还在河边孜孜不倦地摸着，便招呼说："快上来，水大，别被冲走了！"

谁知那俩小子突然高喊："还有！还有！"

李长生问："还有什么？"

两人从水里托出个电视机大小的东西喊："不得了！这回是大件的！"

眼见着天要黑，李长生指挥："都上来！回茶场！东西带着！"

茶场经常停电，今天也不例外，王月香打着手电在门口等他们。

众人顾不得浑身透湿，也顾不上吃饭，迅速在油灯下围成一圈。那东西分量不轻，但重的是它外面的那层硬壳，李长生动手刮开一角，发现里面还封了蜡，把蜡再剥去，露出黑红相间的表面，才知道原来是个漆器。

夏修白在一旁撺掇说："剥开看看，别舍不得了。"

李长生难得答应了，亲自眯着老眼操作了一个多钟头，大伙儿才有幸目睹战国彩绘乐舞团漆虎形盒的庐山真面目。

盒子剥出来只有茶缸大小，古人真是闲的，在它外面裹了一层又一层。

既然是盒子，那就是能打开的。李长生小心翼翼地刮去蜡封，一手拿盒盖，一手端盒身，微微用力揭开了一丝缝。大伙儿都兴奋不已，高高举油灯照着，谁知那老头儿往缝里看了一眼，又突然把盒子盖上了，而且还满脸诡异的笑容。

“怎么了？”夏明若问。

“有趣，有趣。”老头儿说，“快拿蜡来把这盒子再封上！”

“怎么了呀老师？”大家伙儿都急了。

谁知老头儿铁了心要卖关子，一个劲儿要蜡。夏明若找了几根蜡烛给他递过去，老头儿又亲自动手把盒子封严实了，嘱咐说：“你们千万不要随意打开，这是个很精巧也很危险的东西，非常有研究价值，最好的方法是维持原样。”

他招呼：“走吧走吧，快吃饭去，吃完洗洗睡，都不要乱好奇。”

怎么可能不好奇，夏明若他们后来陪着这盒子坐了半宿，一直在进行激烈的思想斗争，到了凌晨两三点才被王月香强行赶去睡觉，王月香随即把盒子和上回的铜镜一起锁进了茶场会计的保险柜。

第二天一早儿，李长生宣布要去县里汇报情况，只带上县文化馆馆长老王，其余人原地留守等他们回来。

老李和老王这两个人已经商量了一晚，老王的意思是立刻发掘战国墓，而且是抢在新石器文化遗址之前发掘。因为根据现场情况，这个墓的暴露只是时间问题，说不定再连下几天大雨，会连整个墓穴都一起坍塌了。再说因为前期的工作失误，他也不知道具体有多少文物被冲入了青麓河，绝不能再给国家制造任何损失。

李长生知道他说得有道理，但发掘古墓不是一两个人就能拍板的，必须经过论证。

时间紧迫，他们坐上每天只有一班的公共汽车往县城去了。到了县城，先去见主管文化的副县长，副县长很重视，带着他们去见县长。这个“文革”时期上位的县长对古文化遗址不感兴趣，一听到有墓倒是挺高兴，当即大笔一挥说：“挖去！”这么轻率李长生不乐意了，往科学院打电话，院里说：“给我等等！我们立刻联系省里，让先派专家组下来。”后来他们就在县城等专家组，再后来就不赘述了，还说茶场这边。

茶场里的老会计快六十了，还深度近视，自从保险箱里锁进了两个宝贝后，他吃不下睡不着，揣着保险箱钥匙就像揣着块烙铁，坐立难安。王月香看不下去，说：“钥匙拿来给我！”

她是个女人家，有贵重东西总是锁进五斗橱，再锁个房门，这也是农村人的习惯，防君子不防小人，所以只过了一夜钥匙就被偷了。等大伙儿发现了去查看，保险箱倒是锁得好好的，只是里面的虎型漆盒和铜镜不翼而飞。

王月香吓得一屁股蹲儿摔在地上，高喊着：“报案，快报案！”夏修白和夏明若带着无奈又好笑的神气看着她，说：“真报案？你不后悔？”

王月香骂道：“你们父子俩真不是好东西，平时发发神经就算了，这时候还来开我的玩笑！”

小史也十分慌张，问夏明若说：“怎么？你们有线索？”

夏明若说：“那还用问，如果不是王新拿的，我就跟我妈姓！”

夏修白赶忙说我也跟我妈姓，我妈姓白，“白修白”这名字可真够让人羞愧半生的。

王月香不相信：“王新挺好一孩子，不可能干这事儿。”

这时候，茶场工人都陆陆续续来上工了，王月香挨个儿问她们有没有看见王新。其中有个妇女回答：“王新？六点多钟我就在路上碰见他啦。他背着一个大旅行袋，我问他干吗去，他说是你让他去县里买东西……出什么事了？场长你脸色不太好啊？”

王月香摆摆手，面色苍白地坐下，满头的冷汗。老会计总觉得错在自己，在一旁忍不住抹起了眼泪。

李长生的学生们七嘴八舌讨论，有的说事不宜迟赶快去追，那两件东西可是国宝；有的说此地离县城有八十公里，还都是山路，没有车难道走路去追，等我们到了县城，国宝都说不定到香港了；还有的说当务之急是赶紧保护古墓，如今消息已经外泄，不出一周，必定有盗墓贼追随着王新的脚步前来。

提到盗墓贼，夏明若心念一动，他轻拉夏修白说：“爸，我出去一下，可能晚上也回不来。”

夏修白问：“去哪儿？”

夏明若说：“您别问，到时候就知道了。”

夏修白心想孩子大了，总有自己的主意，便点点头说：“去吧，小心点儿。”夏明若回房穿了雨具，揣上几只冷粽子便出了门。

那几个还在争着，争来争去也没个结果，夏修白说：“行了，先去打电话吧。”

王月香尖叫：“不能报警！我就这一个本家侄子！说不定还不是他，说不定他是一时糊涂！”

“行行，听你的。”夏修白说，“但是总得告诉李老一声吧。”

好在王月香还算识大体，让一名茶场工人带着几个学生，在大路上拦了辆拖拉机，奔乡里有电话的地方去了。夏修白走出宅院大门，远远地望见夏明若在对面半山腰、新石器遗址的那块平地上站着，撑着金黄的油纸伞，也不知道在打什么主意。

夏修白喃喃："这小子真是越来越玄乎了。"

细雨迷蒙。

只有夏明若知道自己在干吗，他在等人，而且那两人不负所望在夜里出现了。

豹子先看见的夏明若，放开嗓门喊："鬼啊——！"

"嘘！别惊动了我伯娘！"夏明若飞快地捂住他的嘴，"这么长时间了，你怎么还这个脾气？你见过穿海魂衫的鬼吗？"

豹子扯开他的手："你不知道自己有多吓人！三更半夜蹲在荒坟上，你什么意思啊你？！"

夏明若不理他，转向宇文骥："舅舅，出事了。"

怪大叔依然叼着手电，对他招招手，引着他七拐八拐钻进了师徒俩临时搭建的窝棚。大叔关了手电说："河里捞上来的东西让人顺走了？"

夏明若说："唉，您真是冰雪聪明，但您老跟着我们想不劳而获也不是个事儿啊。"

"此言差矣，我是雅贼，继续干这个是为了找东西，不为钱财。再说了，咱们也算是统一战线，你在明我在暗，互相关心互相帮助。"

他问："海洋去哪儿了？怎么只有你一个人？"

夏明若作惊讶状："你不知道？楚海洋死好几年了！"

大叔一脸严肃："别信，我要不是前天还在报纸上看过海洋的照片，这回绝对被你骗了。"

夏明若没好声气地说："那你明知故问个什么？他读研究生去了，真他妈浪费教育资源。"

"你别吃不到葡萄说葡萄酸，说吧，什么事？东西丢了怎么不报官？"

"要是能报官，谁还来找您啊。"夏明若说。他细细说了前因后果，特别提到了李长生开虎形漆盒的情形，说是只开了一丝，又赶忙合上了，还再也不许别人开。

“有这种事？”大叔疑惑地摸着胡子，突然一拍大腿，“对了！很有可能！”

“什么？”

“那盒子是个机关盒啊，里面不是有毒就是有小暗器什么的，一旦打开时触动了机簧，就会自动弹射而出伤人性命。这玩意儿倒是难得一见，不过就是有钱人的玩具，我十年前见过一个明代的。”

夏明若皱起眉头说：“机关盒？那王新岂不是很危险？”

“不打开就没事，况且战国时期的机关盒保存到现在，能不能用还是个问题，你们老李头儿也喜欢故弄玄虚啊。”

夏明若问：“你们有什么打算？”

“没什么打算，这天气开不了工。”

“那就跟我回去吧。”夏明若说，“最好能在老头儿回来前把东西追回来，否则他得上吊。”

大叔说：“这么说你是来请我帮忙的？”

夏明若摇摇头：“其实不算，我来和你说一声，免得你穷惦记。”

“你这小子嘴坏透了。”大叔说，“不过，我还真愿意帮你这个忙。”

夏明若面带微笑，就像眼见着猎物冲入陷阱，老东西就吃这一套。

大叔竖起一根手指：“你不知道，在咱们这行，一个墓穴通常只能拿一样东西，拿多了坏规矩，也损阴德，尤其是像我这样的雅贼。这个墓管他里面还有多少稀奇宝贝，我就看中了机关盒，谁也别想和我抢。”

夏明若嘻嘻一笑：“好是好，不过我们老李头儿的规矩你也知道，东西都是国家的……对了，你把罗布泊的那个鄯善公主藏哪儿去了？”

大叔严正声明："什么鄯善楼兰，你这是栽赃！"

"这次的东西和鄯善公主找回来了，你都得还给我们老头儿，要不……"

大叔打断他："走着瞧嘛，先看能不能找到啊。"

"好吧。"夏明若点头，摸摸脖子说，"我好像刚刚完成了一笔够得上杀头的交易啊。"

"你留着也是个祸害！"大叔和豹子齐声骂。

夏明若回骂说去你们的，约好了早上六点半大路上见，一起搭车去县城。等出发时，夏修白也不甘寂寞地要跟着，夏明若说："自己玩儿去，老跟着儿子多没出息。"

夏修白耍赖说："谁跟着你了？我去县里给你妈打个电话说我想她了不行啊？最好呢能赶在老李知道之前把王新带回来，年轻人一时糊涂走错路是正常的，没必要赔上一辈子。"

"随便你。"夏明若没好气地说。

双方会合，夏修白与大叔热情地握手，一个说"神仙，久闻大名，今日一见果然道骨仙风"，一个说"哪里哪里，修白贤弟谦谦君子一表人才，才令人心生亲近啊"。

夏修白又扑过去和豹子握手："哎呀，这位壮士豹头环眼，浑身正气，让人好生仰慕，请教英雄高姓大名？"

豹子激动地满脸通红："免……免高，您老喊我豹子就好！"

大叔远远地和夏明若咬耳朵："错不了，你和你爹绝对有血缘关系。"

夏明若托着腮问："那您就看不出一点儿青出于蓝而胜于蓝来？"

大叔审视他，然后把话题岔开，说："车来了，此地妖风甚炽，走吧，赶快走。"

车旧路差，一路颠簸，到县城已经是下午。四个人一只猫在车站边上找了个馄饨店勉强吃了几口，便兵分两路。夏修白和豹子一路，留守车站堵王新，主要是夏修白手无缚鸡之力，一旦王新反抗就得靠豹子。夏明若、老黄和大叔一路，准备去县城的黑市打听消息。

如今已经是八十年代，这个江南的小县城却丝毫没有表现出经济即将起飞的征兆，依然那么古老与落拓，一条被称为“大街”的主要道路，竟然还是前清的遗物，只有三米来宽。好在江南又细又密的雨丝让这小城蒙上了一层温润的绿色，栀子花的香味在雨雾中弥漫，沁人心脾。

黑市位于一条背街小巷内，看起来十分寻常，走进去却别有洞天。巷子深处再左拐，进入一间门边上写着“仓库重地，闲人免进”的院子，便看见好些个三三两两扎堆儿说话的人。

大叔说：“我们去找当铺掌柜刘阿毛，他爪子最长。”

夏明若问：“你怎么对这儿这么熟悉？”

大叔笑了笑说：“我爪子也长。”

这个当铺显然不合法，所以伪装成小杂货铺的模样。推开有些朽了的木门，陈旧的货架上摆放着落满灰尘的瓶瓶罐罐，下面有一节柜台，里面陈列的雪花膏看起来过期好几年了。

刘阿毛站在柜台后面打算盘，手边放着一壶酽茶。

他是个长相毫无特色的中年人，若是大街上遇见，必定过目即忘。得知他们的来意后，刘阿毛说：“没有来过，况且听你们的口气那人是个新手，别说摸不到这里，就算来了我也是不敢收的。”

大叔大笑：“你还有东西不敢收？”

他指着那只紫砂茶壶说：“时大彬的壶，我没看错吧？”

刘阿毛赶紧赔笑：“不不，老兄打眼了，要是真壶，我怎么敢端出来？这是照着时大彬的样子做的，不过就是年代早些，民国的。下面的款那是寄托款。”

“哦！”大叔摸壶，奸笑，“既然是假的，那就送给我吧？”

刘阿毛一愣，大叔继续笑：“怎样？你是刘阿毛嘛，刘大财主！”

刘阿毛估计在心里问候了大叔十几辈儿祖宗，最后扯出一个苦笑：“这……您老兄……这个那个……要不拿这只吧，这只是李仲芳的小壶，错不了。”

他说着真从柜台下面拿出一只扁壶来，底座只有半片手掌大小，通体铁色包浆，莹润可爱。大叔连谢都不说一声就揣进怀里，刘阿毛心疼得直嘬牙。

他叹了口气说：“老兄，我得给自己鸣个不平。我虽然只开这一个小小的当铺，可做过的善事恐怕还比庙里的菩萨多些。我是养家糊口，上有老下有小，怎么能不三思而行呢。再说这个黑市，也是老百姓自发形成的，前十几二十年日子难过的时候，多少人指望这黑市活命啊！如今虽然政策松动了，可这帮人最多也只敢倒卖些钢材、水泥，哪敢碰文物呢！”

大叔闻言，利落地起身告辞：“好吧，我们再去别处问问。我这次是受人之托，等有空了找你喝茶。”

刘阿毛连声说客气话，直到把大叔和夏明若送出巷子口，看不见了才回去。

大叔一出巷子，便把那只小紫砂壶扔给夏明若。

夏明若惊喜地问：“舅舅，你不要啦？”

“假的，李仲芳哪里做过这种壶。”大叔嗤笑，“让你爸上北京倒卖去，碰上傻子，说不定还能值块表钱。”

夏明若便把壶收好：“放心吧，我爸一定把它卖出瑞士表的钱。”

“这刘阿毛把我当傻子呢。”大叔十分不爽。

“那只时大彬的是真的吗？”

“也是假的，不过那只是民国的，这只是上个月的。”

两人边走边聊，转了几圈，等天一黑又回到了黑市附近。

“错不了，就在这里。”大叔蹲在墙根下说，“就算那个王新是摆摊卖的，最后也会到这里，咱们等时机吧。”

“刘阿毛嘴里真他妈没一句真话。”夏明若也蹲下，“尽想着把小爷当猴耍。”

大叔说：“干他们这行的，十句里面只有半句真。话说人不可貌相，刘阿毛那样的人物，县城里多了只蚂蚁都会知道，何况是两件宝贝。咱们爷俩这一趟算是打草惊蛇，如果东西真藏在这里，恐怕今晚刘阿毛就会急着出手，等好了吧。”

他们在墙根底下蹲了一夜，什么都没发生，半夜里哗啦啦下大雨，连个躲的地方都没有。第二天天亮了想找个招待所睡觉，结果几个牛气烘烘的招待所服务员都问他们要单位介绍信，没有就不让住，最后只好找了个澡堂子安身。

大叔往大水池子里一泡，舒服得直哼哼，继而百思不得其解，说：“难道刘阿毛改性子了？真没经手那两件宝贝？”

“不可能。”他自言自语，“狗改不了吃屎，我认识他也不是一天两天了。”

夏明若说：“或许他知道我们手里没把柄，所以比较放心。”

“把柄，把柄……”大叔反复地咀嚼着这两个字。

夏明若突然灵机一动，拍了个水花：“对了！咱们能不能去县医院蹲着？”

“医院？”

“是啊！”夏明若快速地说，“先假定那漆盒真是机关盒，如果贸然打开，一定会喷毒或者射暗器对不对？”

大叔摆手：“我没亲眼见过那盒子，可吃不准。”

“就这么猜着吧。那是只机关盒，一旦有人打开中招，肯定得送去医院吧？只要守着医院，就知道盒子在谁手上！”

大叔深表怀疑：“这靠谱儿吗？都几千年前的东西了，谁知道还有没有用。再说人家也不一定送去医院啊。”

“要不你还能怎样？我伯娘又不让报案。”

大叔摸着胡楂儿想了想说：“管他呢，快洗，洗完了睡一觉去车站，也不知道那边的情况怎样。”

那边的情况显然比这边顺利，王新被夏修白和豹子逮了个正着，他已经买好了车票，准备北上回老家去。

夏修白正指着骂他说：“倒霉孩子不识货，两件文物就卖一百块钱，你让人骗了知不知道？你还不如卖给我呢！”

大叔赶过去一听，气得脸都绿了：“你卖给我也行啊！我二百收啊！妈勒个巴子的败家子！我他妈揍死你！”

说着上去便打，豹子和夏明若急忙去拉说：“算了算了，多难看啊，他卖都卖了你有什么办法？”

大叔和夏修白对坐着长吁短叹，王新低着头站在他们中间，突然说要撒尿。

夏修白说：“去吧，混账小子，看我怎么在你姑姑面前告你！”

王新便去了，豹子跟着，过一会儿两人拉拉扯扯地回来，豹子说：“这小子要溜，被我抓住了。”

“溜？想得美！”大叔恶狠狠说，“追不回文物我就送你去吃牢饭！

知道我是谁吗？我是省里派下来的便衣，想和我斗，你还嫩着呢。说吧，东西卖给谁了？”

王新嗫嚅，说不清楚。

夏修白插嘴说：“要不我干吗发火呢，这小子把两件东西卖给收破烂的了！”

夏明若和大叔傻了眼。

“今天早上五点多卖的，是个黑瘦的老头儿，穿一件绿军装，背个箩筐。你说现在有几个收破烂的不是穿绿军装背箩筐的黑瘦老头儿？我大嫂家也真他妈的出人才了！”

听他愤愤地说完，夏明若和大叔苦恼地蹲在地上。夏明若说：“看来昨天刘阿毛没骗我们，他确实没见过。”

王新木讷地站着，夏明若问他：“那老头儿有什么特征？”

王新想了半天，最后说：“戴……戴个草帽子……”

大叔和夏修白跳起来揍他，夏明若说：“算了算了，你们两个，就跟犯罪团伙分赃不均似的，什么嘴脸。”

大叔骂道：“东挑西拣了几十年，最后找了这么一个下家！一百块？三百我也收啊！……不对！不对，有蹊跷……豹子，你快去黑市口藏着，如果看见这么一个老头儿就上去给我摁住。”

豹子点点头走了。

大叔说：“那绝不是一个真收废品的。修白，你工资多少？”

夏修白掰起手指算算：“加夜班费二十九块六。”

“你平常身上有一百块钱吗？”

“说笑了，”夏修白瞪大眼睛，“六毛都没有，全在我老婆那里。”

大叔说：“那就对了，一百块虽然不多，但也不少了。一个收废品的哪能随时随地揣这么多钱？必定是个文物贩子，而且一早儿就盯上这傻小子了。"

夏明若说："那不就麻烦了。"

王新被他们逼视，只好吞吞吐吐地说："不过，我……我还认识他……"

"那好，你就给我在大街上蹲着，县城就这么屁大一点儿，说不定还能给你碰见。"

"那……那你们别报案，我……我就是想买个收音机……"王新哀求。

"不报，等你将功赎罪呢，快去。"

王新也丧魂落魄地走了，剩下三个人采用了夏明若的歪招儿，跑医院蹲点去了。

县医院清一色的二十世纪五十年代的苏俄式建筑，又厚实又阴森，每处看起来都跟太平间似的。他们仨在急诊室门口探头探脑，医生护士来问了好几回，他们一会儿这个肚子疼，一会儿说那个腰子疼，就是不走。一直守到了晚上八九点，连夏明若都要放弃了，一辆板车急吼吼地送过来一个人。

这人倒不是旁人，就是刘阿毛的老婆，当铺老板娘。

刘阿毛也随着跑来了，看见他们仨脸腾地就红了，但是情况紧急也来不及说话，急救医生正拉着他问："怎么回事？喝农药了？耗子药？"

刘阿毛都摇头，医生急了："那你说啊，不说我们怎么救？！"

"被……蛇咬了。"刘阿毛说。

"蛇？"医生狐疑地望着他，"城里有这么厉害的蛇？我们这儿可没有抗蛇毒血清啊。"

老板娘叫人看着又好笑又吓人。她长得丑，脸盘比盆还大，中间有个肉乎乎的鼻头，额头上还有一块圆形的青斑，而且随着时间推移，斑越发的大，颜色越发的乌。

医生没见过这种病例，赶忙从架子上抽出本医书，边翻边说："呼吸困难，心跳减缓，肌肉无力，这倒像是某种神经毒素，不过这伤口，"他指着老板娘的额头，又指指书上的配图，"不像是蛇牙咬的啊。"

那三个人还伸着脖子在门口看热闹呢，夏修白在儿子身上轻推了一把，夏明若会意，突然跑进急救室说："我是白求恩医科大学的学生，请让我看看。"

说着便煞有介事地去看老板娘，然后叫道："哎呀，是见血封喉。"

县城医生和当铺小老板显然听都没听说过这名号，异口同声地问："什么？"

夏明若说："这是南方的一种毒树，叫箭毒木，它的树液里剧毒无比，但凡进入伤口，瞬间就能致人死命，所以叫做见血封喉。怪事怪事，箭毒木只有海南与云南的原始森林才有，怎么会跑到这里来……"

老板娘虽然动弹不得，神志却还清醒，一听这话大声地号哭起来，嘴里呜哩哇啦地骂。这老妇女平常必定是南霸天一般的人物，都到这地步了还凶悍之气逼人，幸好她的舌头也麻痹了，否则非把刘阿毛的老底全抖出来不可。

刘阿毛慌了："那有什么解毒方法没有？"

医生也望着夏明若。

夏明若于是露出一个意味深长的浅笑，淡定而又坚决地摇了摇头，随后他飞快地退出急救室，拉着夏修白和大叔逃离医生的视线。

夏修白问："真是见血封喉？"

"扯呢！"大叔问，"你不知道自己儿子叫别信？"

夏明若说："是不是见血封喉我不知道，但我知道那女的不会死，你看那精神头，我死了她都不会死。"

过了二十来分钟，刘阿毛安顿好了老婆，过来找他们了。他脸上还维持着那副老好人的可怜神气，在昏黄的路灯下显得分外落魄。

那医生也真够负责任的，果然就在病历上填了"见血封喉中毒"，而且还开了药，唤做"百分之零点九氯化钠溶液滴注"，共有三瓶，开完了药他就把老板娘扔在一边，去照顾某位喝多了的领导公子了。

刘阿毛找到夏明若，把他真当成了医学院学生，递过处方单殷切地问："这药有用吗？"

夏明若看了看，点头："哦，这是好药。虽然不是特效的，但应该很有缓解效果。"

刘阿毛这才安心，长舒了一口气，骂自己说："真是现世报！"

大叔嘻嘻笑着说："老婆手快，怪不得你。"

刘阿毛摇头不已，也老实了："贪心不得啊，这么一折腾，几天的生意又白做了。"

大叔问："那两件东西在哪里？"

"在我家。"刘阿毛说，"不过现在可能不在了。刚才我老婆被盒子里飞针刺了的时候，正好我小舅子也在。我吓坏了，便对小舅子说给八百块钱，两件东西都拿走，他一口答应了……"

大叔气急败坏地跳起来，夏明若逼问："你小舅子叫什么？干什么的？人在哪儿？"

"叫张柱，没什么正经工作，是个二流子。他现在在哪儿，我还真不知道。"

“李先生，我知道我惹不起你，这八百块钱都给你，让我脱身吧。”刘阿毛恳求，“我只是个小生意人，以后这种事情我再也不会碰了。”

说完，当真哆哆嗦嗦递过来一沓钞票。大叔还没反应，夏修白两只眼睛刷地亮了，一边抢钱一边说：“哎哟哟，刘老板，你看你这么客气干什么呢？这让我们多不好意思！下回可不能这样了啊，大家都是朋友嘛。”

他迅雷不及掩耳地将钱塞进兜里，生怕刘阿毛反悔，转身就跑。夏明若追上说：“爸，你也太没出息了啊，就为了这么点儿钱……”

“这么点儿钱？”夏修白激动得满脸放光，“自从娶了你妈，我身上就从来没超过五块钱去，连工资都是她到厂里帮我拿的！有钱的感觉多好，多充实！”

夏明若说：“有我妈在，就算有钱你又敢干什么呢？”

夏修白停下脚步，扭过头去悲凉地说：“这点儿我倒是和刘阿毛惺惺相惜。”

夏明若伸手说：“给我吧。”

“干吗？”夏修白捂紧口袋，“要还给人家？”

“谁说要还了，”夏明若说，“分我一半，我去书店把那套《中国通史》买了。”

大叔打发了刘阿毛，走过来说：“你们爷俩黑吃黑比道上的大贼小贼专业多了。不过拿就拿吧，就当是追宝资金，反正那厮也不是好东西。”

“看上去倒不是很坏啊！”夏修白拿了钱，对人家有好感。

大叔笑着摇头：“坏人哪能写在脸上呢，他是此地有名的文物贩子，如果能再多见点儿世面，说不定还能当上最大的。我猜想那两件宝贝绝不只卖了八百块，这八百只是他用来堵咱们的口的。”

“张柱是下家这件事他可能骗我们吗？”

“谁知道，姑且信着吧，也没别的线索了。”大叔皱眉说，“不过张柱我也不认识啊，该怎么找呢？”

夏明若说：“别想了，先去看看王新和豹子。”

今天正好是梅雨的间歇期，天气闷热潮湿，大街上挤满了乘凉的人群，竹椅条凳塞得都走不动路，还有些大人小孩干脆就睡在街上，到了后半夜露水重时才夹着席条逃回家去。

王新就挤在这些人中间，跟人借了张小板凳坐着，一看见夏明若他们，就跑过来说他等了好长时间，可惜再没看见那老头儿。

这也是意料之中，他们带上王新去找豹子，豹子倒是收获颇丰，摁住了好几个老头儿。

老头儿们怨声载道，不停央求说：“同志，小伙子，放我们走吧，我们什么都不知道啊！”豹子不听，把他们整齐地捆在墙根下面，等王新来了挨个儿指着问：“是这个吗？不是？看清楚了？那是这个？又不是……”

大叔说：“都放了吧，头道贩子现在抓住了也没什么用了。”

豹子问：“后面有线索了？”

大叔点点头，又摇摇头：“管他的，先找地方睡觉。”

他们就准备睡马路牙子上，王新突然说他知道一个好地方。于是几个人就跟着他往电影院走，从影院后台那边的破窗子里翻进去，一直走到舞台上。舞台上积了点儿灰，不过没关系，再把幕布扯下半幅，能铺能盖正好睡觉。

夏修白说：“这里好，这样就不怕突然下雨了。”

王新说电影院传达室里就住着一个看门老头儿，六十多了，晚上根本不巡夜，他每次来城里都睡这儿。不过就是没风，有点儿热。夏修白说：“忍忍吧，出门在外，哪能样样顺心呢。”

另外三人是长期野外工作者，恨不得在坟坑里都能睡着，压根儿没意识到这个问题。夏明若和豹子齐声喊：“抓紧时间，养精蓄锐！”喊完倒头就睡，三秒钟过后就再也晃不醒了。

大叔勉强坚持了一根烟时间，念叨了几声“张柱怎么找呢”，也睡过去。

夏修白没这么好打发，他老觉得身上痒痒，怀疑幕布里有臭虫，继而又担心找不到张柱，后来干脆坐起来想办法，结果真让他想到一个。

第二天是周末，一大早儿夏修白就在街角守着，给每个经过的小孩都发一毛钱，嘱咐他们看见了张柱就回来告诉他，然后再追加一毛。

夏修白想，这个小县城里总共才住着两三万人，还不如个大型工厂，居民们低头不见抬头见的，拐弯抹角都有点儿亲戚朋友关系。张柱既然是县城里著名的二流子，估计认识他的人绝不会少。

张柱果然没有逃过人民战争的汪洋大海，不大会儿就有十来个孩子排着队领赏，说张柱正带着一小妞在人民饭店吃早点。

夏修白赶紧把还在睡觉的都拉起来，孩子们带路，浩浩荡荡往饭店去。夏明若先跑进去探风，转一圈出来后哭了。他抹泪说：“在吃蟹黄小笼包，最高级的那种，那女的长得跟黑旋风似的也吃蟹黄小笼包，太糟践小笼包了！我堂堂一个 ×× 大学的大学生，知识分子，这辈子也没吃过蟹黄小笼包！蟹黄小笼包它……咬一口……蟹黄它……小肥肉它……汤汁它……”

夏修白赶紧安慰说：“走走走，给你买，爸给你买行不？”他进店一看，两块钱一笼，他立刻迟疑了，“这么贵啊。”

夏明若又号起来。

“我买！我买！你这倒霉孩子……”

大叔奸笑着提醒："修白贤弟，别忘了这儿还有三人呢。"说着两手往柜台上一拍，吩咐营业员，"先来十笼。"

夏修白捂脸痛哭。

他们这边动静大，好在店里人多，张柱和女友并没有注意他们。张柱是个瘦长的年轻人，长得奇丑，和他那女朋友倒是般配。

小笼包很快端上来，夏明若咬得满口油，含混地说："别去看他，等吃完了再理会。"

他爸问他："好吃吗？"

夏明若点头："好吃。"

夏修白便把自己面前的那笼也推过去："多吃点儿。"

大叔问他："你怎么不吃？"

他捧着豆浆就着油条说："这价格，看着我就饱了。唉，真是怪事，我小时候可会享福了，燕窝都不知吃过多少，还特别喜欢江鲜湖鲜，比如长江的刀鱼、太湖的银鱼、阳澄湖的螃蟹……"

夏明若说："是社会主义改造得好。"

"嗯，"夏修白点头，"其实现在也不错。"

他用筷子点点儿子，说："你有蟹黄小笼包吃应该觉得幸福。你知道吗？你妈当年生你的时候正逢饥荒，我们三个在老家。那时候老家人连米糠都吃不上，野菜也挖光了，树皮树叶都让人给啃了。我和你妈都是北京户口，属于逃荒的，不能去生产队拿工分，更不能占家里人的口粮，我可以挨饿，但你妈怎么行？后来我想了个办法，天天半夜起来在河塘里摸河蚌，摸螺蛳，摸小鱼小虾，有什么捞什么，回去给你妈煮汤喝，你妈喝不完我再喝。这还得偷偷的，因为河也是公家的河，万一被发现了要被扣帽子的，全家都得跟着倒霉。"

说到往事，他轻轻叹了口气："你说河蚌、螺蛳那些东西性多寒凉啊，一个产妇怎么能吃呢？但是没办法，困在北京更饿……不过世事难料，其实那些东西全是高蛋白，不但下奶，而且催肥，你看你妈现在胖的。其实你妈年轻时可美可苗条了，四九城绝对是数一数二的。"

夏明若说："爸，这点你别吹了，我见过我妈年轻时候的照片，不比现在瘦，再说瘦子敢叫杨玉环吗？"

大叔打断他们父子的谈话，指着张柱那边说："他要走了，豹子，快跟着。"

豹子迅速把第五笼的最后三只小笼包塞进嘴里，跟着张柱跑了出去。

"快吃，别浪费。"大叔催促夏明若，"你放心，有豹子在，谁也跑不了。"

豹子跟踪着张柱和女友走了几条街，到了人少的地方，突然侧插上前一拳就把张柱揍倒，紧接着把他往一条更僻静的小巷里拖，那女的见情势不对，尖叫着转身就跑了。

张柱抱头喊："别打我！别打我！不关我的事！"

豹子说："我还没开始问呢，你怎么就知道不关你的事。"

张柱说："我知道你要问的是什么，那两件东西我已经转出去了，我就是一个普通人，不敢留着那东西。"

这时其余人也陆续到了，夏明若上上下下地摸张柱的口袋，虽然没有文物的线索，但竟然掏出两千多块钱的外汇券。外汇券是稀罕玩意儿，如果货币也有发言权的话，外汇券少说也是人民币的两倍，兜里有一百块人民币不算什么，要是有一百块外汇券，那就是款爷了。

夏明若嫉恨地把钱塞回去："早知道二流子这么有钱，我当年就不考大学了！”

张柱喊：“你们不是便衣吧？别吓我！”

大叔把他的脸摁在墙上，在他膝窝狠踢一脚：“说吧，转哪儿去了？”

“哎哟！这……这我不能说啊，都答应人家了。”

豹子闻言上去抡圆了就是一个嘴巴，打得张柱半边脸都肿了：“说不说！”

“哎哟喂！”张柱捂着脸带着哭腔说，“我真不能说啊，这是规矩……哎哎别打了！别打了！大哥我求求你了！好痛啊！我这副身子骨受不起！”

豹子放下拳头，瞪眼盯着他。

“可这规矩……别打！！大哥，是真的，我要是说了，他们也不会放过我的。”

豹子冷笑了一声，转向大叔说：“师父，现在有些人就是他妈的贱，非得挨顿胖揍才痛快。”

大叔苦口婆心地说：“我就说过那些电影啊书啊不能多看，看多了就老误以为自己也坚贞不屈。你麻利些吧！”

豹子兴致勃勃地撸起袖管，张柱倒在地上蜷成一团哭起来，一张长脸上又是泪又是汗又是泥，原本就丑，这下更是没法看了。一直没说话的夏修白突然幽幽地叹了口气，说：“宇文兄，豹子老弟，你们这样不好，太粗鲁了。”

他蹲在张柱跟前，用比平常还要温柔得多的语气说：“小同志，我代他们向你道歉，你走吧。”

夏明若拉住他的胳膊，夸张地喊了声：“爸爸！”

夏修白说：“让他走吧，他也不是坏人。我看文物是追不回来了，何苦在这儿欺负人家呢。”

张柱仰头望着夏修白，哆哆嗦嗦，感激之情溢于言表，夏修白冲他笑了笑。张柱赶紧爬起来说声“谢谢”，刚要走，夏明若在身后突然以轻微但又能听见的声音说：“爸，你这样是在害他……”

张柱停下脚步，夏修白满脸融融的笑意说：“走啊。怎么了？”

张柱迟疑地迈开腿，夏明若又说：“瞧，这下可真是没救了。”

张柱不走了，转回来问夏修白：“你们在说什么？”

夏修白先是装腔作势不肯说，等人家央求半天，才轻轻地叹口气，说：“你以为他们是在逼问文物的去处，其实他们是在救你。那两件东西是我们偶尔得来的，起初并没有多想，后来才知道它们有古怪。”

他观察着张柱的脸色，用关怀备至的口气问：“你没事儿吧？”

见张柱木然地摇头，他便继续：“等我们发觉时，我们吓坏了，正准备把这两样东西埋到无人之地去，谁知一个不注意，就被人偷偷带到了县城，然后就辗转到了你姐夫，还有你手里。我们追查，并不是因为不舍得，而是实在不能让那两件东西留在人间。”

“你昨晚也见过你姐姐的情况了。”夏明若冲他爸挤挤眼，接着说，“她是运气好，只看了盒子，如果还照了镜子，长则半月短则十天，你就要操办姐姐的丧事了。”

张柱说：“咦？那镜子不是锈……”

“看起来是锈的而已。”夏明若打断他，“我告诉你从古到今摄魂镜都是做成锈的、黑的、钝的，要不怎么骗你们这些傻帽儿呢？不过实际上但凡接触过摄魂镜和锁魂盒的人……咳，好了都说完了，你快走吧，免得我们改主意。”

张柱急道：“不是，那……”

“走啊！”豹子吼他，“难不成你舍不得我？”

夏修白招呼说："宇文兄，豹子，儿子，我们也走吧，再晚就赶不上回省城的汽车了。"

这四个家伙装模作样往前走了二三十米，大叔悄声说："别信，你过了啊，你看你编的都是什么名啊，评书听多了吧？"

夏明若也懊恼："编顺口了，不过他好像挺相信的。"

"你小子胡乱发挥，这下让我们怎么接？"

张柱望着他们的背影迟疑半刻，追上去："我……转给马明慧了，就是刚才那个女的。"

"她原来不是你对象？你怎么不早说？！"豹子回头吼道。

张柱抹去冷汗哆嗦起来，他害怕，他是个色厉内荏的人，平时在县城里欺软怕硬，真正做起事来却是脓包一个。他的确是头一次参与倒卖古董，要不是昨晚上喝多了酒，要不是他姐夫刘阿毛突然拉他进来，借他十个胆也不敢沾文物。

据他说马明慧虽然只有三十多岁，在本地却是个"路子"，所谓"路子"就是和跨国文物走私集团有联系的人。马明慧原本经常从刘阿毛处淘货，谁知刘阿毛昨天晚上受了老婆中毒的惊吓，竟然把东西转给了他这个小舅子。马明慧不甘心走空，当晚就找到了他，允诺以高得多的价格收购，而且是用外汇券。张柱想都没想就答应了。

他拉着夏家父子不肯放，追问接触过那两件文物的人到底有什么后果，那俩家伙故意吊着他，光说些什么以后你就知道了，把张柱急得不行。

豹子问张柱："那女的住哪儿？"

大叔说："他知道个屁！快去找刘阿毛问。"

刘阿毛还在医院陪床呢。他老婆醒是醒了，但是整个人都变成了青色，连眼白都微微泛蓝，远看就像座粗胖的青铜像。刘阿毛气色灰败，头发蓬乱，满脸是纵横交错的指甲印。

他是真对那两件文物死了心，想也不想就说出了马明慧的住址，还告诉夏明若他们，马明慧的弟弟马明伟是县卫生局的驾驶员，经常偷用公车接送马明慧出入县城。

“你们若是想追回宝贝，那就得抓紧，马明慧说不定今晚就会转移。”

夏明若他们赶紧跑到马明慧家楼下蹲点。马明慧这种文物贩子，向来深居简出，但俗话说不怕贼偷就怕贼惦记，贼总是有办法。

大叔说：“就盯着这女的，快把茶场那帮哥们儿都喊来帮忙。”

“怎么来？没车啊。”

“屁个车！坐拖拉机也要赶过来！”

到了晚上六七点，那帮哥们儿果然排除万难地进城了。小史看见大叔和豹子便叫：“咦咦？这不是李师傅吗？您从罗布泊回来啦？”

大叔笑着说：“回来了，回来了。”

小史就叽叽歪歪说：“我们都当你死了，担惊受怕好多天哪。”夏明若一巴掌拍在小史头上说：“史卫东你烦不烦啊？现在是叙旧的时候吗？”

小史就说：“都怪自己没好好端正思想，深入领会党中央文件精神，以至于老被别信骑在脖子上，果然阶级斗争不能忘，要做铁拳头……”

这十多个人在马明慧家附近的巷子里蹲成一溜，个个面色凝重，旁人看见了第一反应就是绕道走。

天黑了，雨下了下来，马明慧家的窗帘依然拉着，白底绿竹图案的窗帘纹丝不动，下面的人等得就像热锅上的蚂蚁。

“开灯了。”小史轻轻地说，“怎么没动静啊，你说她今天晚上会转移吗？”

“八成会。她跟一般的文物贩子要找合适的买家不同，她是跨国走私集团专门负责收货的，东西到了就会立刻出手。”夏明若说，“等着吧。”

雨越下越大，但是没人抱怨，大家都想到了一个问题：如果马明慧真的今晚就转移文物，该怎么把她拦住？

“报警吧。”有人建议。

王新一把抓住那人的胳膊，恨不得要跪下了。一旦报警，他多则无期，少则劳教，总会为自己的一时贪心付出沉重的代价。

突然，两条光柱突然照亮了小巷，大伙儿猛然跳起来紧贴墙壁，屏息静气地躲在阴影里。

“八成是他弟弟马明伟的汽车，她要出发了。”夏明若低声地说。

车子并没有在小巷口停留，直接开到了马明慧的楼下。一个高大的女人提着旅行袋从楼梯口出现，钻进了副驾驶座。

“跟上！都跟上！”

大伙儿追着那辆墨绿色吉普车驶出市委家属院，眼睁睁看它在街角消失，正在束手无策之际，突然一辆大客车带着急刹车的尖啸停在他们面前，驾驶室里的豹子探出半个身子，大喊：“快上！”

众人一拥而上，上了才发现这哪儿是什么客车，分明就是辆殡仪车。车头正中顶着个硕大的“奠”字，车里四壁蒙着黑布，花圈、纸车、纸马、纸人、白布、黑纱一应俱全，座位倒是被拆了大半，因为需要空间放那口花里胡哨的纸棺材；车后窗张贴的挽联上，一边写着“音容宛在”，一边写着“浩气长存”。大伙儿往里一坐，灯光一打，个个显得相当之永垂不朽。老黄坐在棺材盖正中，端庄严肃，宛若图腾。

大叔脱下胶鞋劈头盖脸就朝豹子抽去：“叫你去弄车！你就给我弄这么一个玩意儿！！”

豹子边闪躲边扶着方向盘说：“没有办法，别的单位的车都借不出来！”

夏修白阻止说：“哎哎，宇文兄，注意安全！”

吵嘴间马明慧姐弟的车影儿都不见了，学生们问该往哪边追。大叔想了想说：“往 Y 市方向。”

县城没有火车，只有附近的 Y 市有，马明慧要把文物转移到香港或者更远的地方去，必须先经过 Y 市，然后到上海中转，马明伟才不会把公家的车开到上海去。

他们正加足了马力追，突然发现马明慧姐弟乘坐的那辆绿吉普停在前方路边，车上没有人。

“不要管，冲过去。”大叔指挥，“堵在前面才能抢占先机。”

王新对县城稍微熟悉些，说这附近好像是卫生局家属楼啊。夏明若说：“这不是明白了，他们没有把那两件文物放在一处。姐姐家放一件，弟弟家放一件，到时候拿了一起走。其实咱们这时候下去倒能连锅端。”

大叔摇头说：“这是人家的地盘，咱们也不是公安，贸然行动反而会被他们端了也说不定。”

他们一口气开出足有十多公里，停在了一座狭窄的水泥桥上。这地方荒郊野外，四周农田环绕，村庄都在数里外的远处，只有桥下的大河里偶尔亮起一盏昏黄的渔火。雨淅淅沥沥地下着，望不到边的起伏稻田与阴沉的天空连绵一体，夏修白聆听着蛙叫虫鸣，连说美妙啊美妙。旁人没他这么的好闲情，都在商量着怎么办。

豹子下了车，转了一圈说这地方他来过，过了桥就是火葬场。大伙儿顺着他手指的方向看，果然看见一片黑黢黢的建筑，中间立着根高高的烟囱。

夏明若问：“你这车就是这里搞来的？”

豹子苦笑着点头："一会儿用完了再给他们送回去。唉，其实我最怕死人了，师父火急火燎要车，逼得我没办法。"

他又换了一个方向指："你看，公墓就在那两座小山上，白天看密密麻麻的墓碑，可吓人了。"

这时间反正也不担心还有别的车，豹子干脆把灵车横着停在桥上堵路，大伙儿在车前站成一排，摩拳擦掌就等着马明慧上门。不久，夜空中远远传来引擎声，他们交换目光，同时在心里说了句："来了！"

"快隐蔽！"大叔突然喊了句，同时把车上的那些纸人纸马孝帆白布一股脑儿往下扔，"东西拿上快隐蔽！"

"什么意思？"有人不解。

"叫你躲你就躲！"夏家父子倒是反应快，一人裹着一块白布跑进桥洞里，旁人也学他们，大叔最后一个下车，背了好几个包袱，里面鼓鼓囊囊全是纸钱。

"怎么了呀你？"小史问大叔。

"少废话！"大叔忙不迭穿麻衣，"都扮上！"

夏明若边整理衣服边兴奋得两眼放光，连说这样有趣，还要求一会儿他和老黄打头阵。大叔拒绝说："你不行，你容易表演太过，还是修白贤弟去。"

夏修白在头上端端正正地扎好白布条，笑眯眯地做个保证完成任务的手势。

雪亮的灯光，车子来了，接近，刹住。

车门打开，马明伟下了车，却躲在车门后不敢靠近。他姐姐问："这是怎么回事？"

马明伟心中发憷，摇了摇头。马明慧说："你过去看看啊。"

马明伟答应了，他壮着胆子地靠近灵车，绕了一圈，拉了拉车门发现锁着，他于是贴在玻璃上往里看。车里其实有人，豹子还没来得及出来，而且就藏在那具纸糊的棺材下面。豹子本来能不动的，但熬不住背上痒痒（他背上还长着白毛呢），只好控制在最小动作幅度下去挠。他一动，棺盖上的老黄就跟着动。

车里漆黑寂静，但车尾的那具棺材却在不住地颤抖，棺材上有两点小光，一黄一绿，似鬼火，似幽魂，微微跳动。马明伟逃回到车上，锁紧车门，按着狂跳的心口对马明慧说："车……车里空的。不过说不定是公安的圈套，我们掉头吧。我早就跟你说过了，常在河边走哪有不湿鞋，你看吧！"

他刚要倒车，看着后视镜的马明慧却惊呼一声：车后二三十米处不知道什么时候多了一排纸人纸马，个个不自然地瞪圆了眼睛，带着莫名的笑容，面孔上两坨如火烧般的红晕，在车灯下有说不出的诡异。马明慧连手都发了抖。她原本不是一个胆小的女人，但深更半夜遇到这种情境，难免害怕。

她强作镇定地指挥："别停，开过去。"

这是个错误的决定。

见马明伟倒车，纸人纸马迅速往两边跳开，他们后面还有一排石块，吉普车立刻被卡住了底盘，进退两难。马明慧已经确定这是冲着着她来的，她抱紧手中的旅行袋，下定决心无论发生什么情况都不下车。

吉普车熄了火，一切都安静了，马明慧姐弟坐在车里紧张地望着前方，风挡玻璃外是连绵的雨丝和无尽的黑暗。在此期间，桥洞底下那群穿白衣戴孝的家伙偷偷摸摸打开灵车后门，又一个个鱼贯而入。

终于，马明伟鼓起勇气下车察看情况，准备推走石块。夏修白熬不住寂寞，推开灵车门豪爽地问：“要帮忙吗？”

这大概是马家姐弟最受惊吓的时刻了。马明伟连连摔了好几个跟头，马明慧在吉普车里放声尖叫。

“你你你是从从从从哪……哪里冒出来的？”马明伟失控地大喊。

夏修白无辜地说：“哪里冒出来？我们一直坐在车里呀，刚才你来看我们的时候，我们还跟你打招呼哩。”

说完他笑眯眯地挥挥手，那些同样打扮的小子从他身后探出头来，也挥挥手。

“你……你你你们想干什么？！”

夏修白说：“没看见吗？我们在送葬。”

“胡说！谁……谁会半夜送葬！你们是人是鬼？！为什么要拦着我们？！”

“我们没拦着你，是我们自己也被拦住了。”夏修白叹气说，“因为没有买路宝贝。”

他走到吉普车旁一边砰砰敲着玻璃，一边嚷嚷：“大姐，把你手上的宝贝给我们吧！”

大叔不知道从哪里蹿出来，沾着唾沫、数着手上那刀黄纸说：“不白要，我们买。”

马明伟拼命地甩手不肯去接，大叔抓着纸钱一个劲儿往他口袋里塞说别客气，我们买，真的买。马明伟吓得几乎要晕过去了。马明慧比他冷静，摇下车窗说：“你们是谁？不要装神弄鬼了，你们有什么目的？”

没人回答她，大叔突然凑近了马明伟，紧盯着他的脸：“像，真像。”

“像……像什么？”马明伟问。

“……”大叔一时没编得下去，光指着马明伟说像，又对着车上那帮家伙问：“像不像？”

三四个人走过来把马明伟围在中间，不怀好意地上下打量。马明伟已经是满头的冷汗，他想往吉普车上退，却被两个大块头学生挡住了去路。大叔拉了一把最近的小史，悄声说："各个击破。往坟山。"

小史立刻大喊："太像了！快抓住！"喊完给马明伟闪出一条往公墓方向的路。

马明伟被他一嗓子吓得魂飞魄散，想也没想就从缺口里蹿了出去，紧接着那几个人就跟在后面追，别追边咋呼："快快！抓住了带走！难得看到这么像的！"

马明伟跑得飞快，没多久就真被赶到坟山上去了，在墓碑之间逃窜，小史等人穷追不舍，大嗓门儿在夜空中传出很远。

大叔奸笑一声，转过头来继续对付马明慧。她已经无法再把车窗摇上了，就在小史他们胡闹时，豹子砸烂了吉普车的车玻璃。

夏修白拦住他说："不文明啊，对方还是个女人。"

豹子说："这是给马明伟一点儿教训，谁让他用公车走私文物。"

纵然这样，马明慧依然端坐车中，眼睛紧紧地盯着他们，双手始终不放开旅行袋。

大叔说："这倒是个人物，咱们都客气点儿。"

他对马明慧说："大姐，下来吧，就算你会开车你也走不了，下来我们好商量。"

马明慧没有理会，而是从包里掏出一把手枪。这是把普通的五四式7.62毫米口径的手枪，弹匣容量为八发，简单而结实。

大叔没有猜错，她的确有武器，如果刚才贸然明抢，说不定已经有人喂了子弹。

所有人都退了一步，除了豹子，他不退反进，把头探进车内。马明慧尖叫："别过来！"

"枪给我。"豹子对马明慧伸出手，"大姐，你一个女人家玩儿什么枪。"

夏明若大笑说："她一个女人家还走私文物呢，胆儿比我们加起来都肥。大姐，走私文物是要枪毙的，你知不知道啊？"

马明慧板着脸说："少啰嗦，你们是谁？"

她准备举枪对峙，夏明若没有给她这个机会，他突然将老黄扔进了车里，老黄喵呜号叫，扑在马明慧的脸上四爪齐挠。豹子乘机一掌拍掉她手里的枪，枪磕磕碰碰地滑进了坐椅底下。她还没有放弃，推开老黄伸手去够，老黄愤而反击，一口咬住她的耳朵，大叔和豹子趁机拔开车门闩，将她拉下车。

她是高大的女人，又来得蛮横，下了车反而更厉害，口中脏话不断，手脚并用，打得几个人近不了身。那些个未婚小伙儿又都不好意思和她有身体触碰，她也看清楚这一点，突然就开始脱衣服，脱得上身只剩一件胸罩。

夏明若都要哭了："大姐，不带这样的！"

她手里依然拎着装文物的旅行袋，作势又要脱裤子："谁敢过来！谁过来就告谁强奸！"

她从旅行袋里掏出战国铜镜，高高举着。

"让开！让我走！"她命令，"不然我就把它摔了！"

这下大家真退却了，这帮人虽然立场不一样，但都算是古物工作者，摔文物等于摔了他们的命。

危急时刻，幸亏夏修白既不要脸也没那么在乎文物，摊开白布就朝马明慧扑去。马明慧尖叫，夏修白一把裹住她，豹子紧随其后将她摁倒。

"女人家玩儿什么枪呢，连保险栓都不知道拉开。"豹子说。

铜镜当啷一声落地，骨碌骨碌地滚走，其余人都带着心碎至极的表情去追。夏明若先追到镜子，捧在心口，大伙儿手忙脚乱地将电筒拧到最亮。

“没破！”

“这里磕掉一点儿。”

“没事儿，那是锈……你哭什么呀！”

“我他妈的喜极而泣不行啊！”

机关盒呢？正要找，突然听到夏修白惨叫，大伙儿定睛一看，只见他耳朵边上插着一根细针，黑灯瞎火也看不清是什么样子。夏修白顿时就觉得整个脑袋都麻了，夏明若大喊：“爸！”

他爸急急说：“快帮我拔下来，别直接拿手拔………”

他说到最后两个字时，连舌头也麻了。夏明若冲过去拔下针，把它摊在手上，只见那玩意儿不过二寸来长，通体乌黑。夏修白硬撑着看了一眼，便“咕咚”翻倒在马路上，动弹不得。

夏明若急坏了，拼命摇晃他，喊：“爸！爸爸！”

马明慧跳起来扯开白布，上身还是光溜溜的，右手托着再次合上的机关盒：“东西还给我！”

大叔说：“大姐，求您快穿上衣服吧！古董再怎么好也是死物，何必为它糟践活人呢？再说了识时务者为俊杰，都到这个地步了你还纠缠个什么？机会有的是，好东西也多的是，有缘分的就留下，没缘分的就趁早松手，来日方长嘛。”

马明慧不听，光喊着：“还我！还我！”又突然扑到最近的夏明若身上，和他扭打起来。夏明若哪经得起她这么猛捶，光顾着喊救命了：“快把她拉开啊！哎哟喂！别挠我啊大姐！快！拉开！”

那帮学生哪见过裸女打架，吓都吓傻了，别说拉了。乱糟糟间那机关盒落地，被大叔一把抄走，他想也没想，便冲着马明慧打开了盒盖。

马明慧瘫软倒地。大叔摸着盒子啧啧感叹：“好东西，好东西啊！”

他吩咐豹子：“给她把衣服穿好，抬车上去。我算看出来了，这毒药如今毒不死人，顶多让人无法动弹。”

夏明若鼻青脸肿地爬起来，接过机关盒，装作要研究，转身就把它和铜镜一起放回旅行袋。趁着大叔和豹子处理马明慧，他把旅行袋递给自己跑得最快的同学：“我一去打岔，你就赶快跑，千万别让老东西和豹子抢走了。”

同学点点头，刚迈开腿，四周突然警笛大作，几束雪亮的探照光“啪”地打向他们，高音喇叭里传来喊话：“不许动！你们被包围了！举起手来！”

公安？

是谁报的警？

这事儿好像以前有过一回？

众人蒙了，只有大叔在动。他看一眼夏修白，夏修白意识还清醒，唇语说：后会有期。大叔略一点头，拉着豹子动如脱兔般跳进了桥下，紧接着听到扑通扑通两声水响。

警察们蜂拥上桥，对着大河乓乓乓连开数枪，奈何水里连人影也见不着了。

带头的警察气急败坏，命令：“全部铐起来！”

另外有支小分队前来说：“报告！公墓里还有四个人！”

“去铐！”

“是！”

这种情况叫做一网打尽。

十多辆偏三轮带着马达的轰鸣声从道路两边合拢而来，警察叔叔们潇洒地从摩托车上跃下，英姿飒爽。先是强迫他们抱着头蹲成一排，接着带头的在他们面前来回踱步，半旧的胶鞋发出响亮的啪啪声，探照灯打着，就跟电影里接收俘虏似的。

“怎么回事？殡仪馆报案说有人偷了他们的车，你们这伙偷车的怎么回事？”

边上有个秘书模样的提醒说：“好像跟文物走私有关系。王局你看，这个昏倒的女人叫马明慧，是有名的文物贩子，我们盯她一年多了。”

“原来是想黑吃黑！”王局断言，“哼！我告诉你们，你们这是撞在枪口上了！统统带走！回局里给我轮番审！”

马明伟和小史等人同时被铐了回来，马明伟脸色苍白，低头伏罪，其余人丈二和尚摸不着头脑。

“怎么啦？怎么啦？出什么事儿啦？这儿怎么这么多人啊？火葬场报案啦？车不是我们偷的啊！喂，别信，怎么了呀？”

“闭嘴！”夏明若驮着他爸爸，咬牙切齿地说。

小分队有个警察指着小史几个说：“王局，让我揍他们一顿，这几个太不要脸了，大半夜装鬼吓唬人，马明伟那小子尿都被吓出来了！”

“回去揍！”王局说，“收队！”

王某某，县公安局局长，四十五岁上下，侦察兵出身，退伍后搞了二十年的刑侦，看人的目光就像钢锥。在此等目光的逼视下，某些人心理防线迅速崩溃，开始交代罪行，比如小史。

有警察看小史的证件，惊讶地说：“王局，这人还是 ×× 大学的学生。”

“×× 大学？”王局冷笑，“最高学府也出了这样的败类！”

“不对啊王局，这伙人全是 ×× 大学的！”

王局瞪大了眼睛：“×× 大学改行当了？没造假吧？”

警察们凑在一起研究半天，报告说：“证件、钢印、红章都是真的。”

“这是个大案！震惊世人的大案！”王局开始围着会议室转圈。那伙人全被铐在会议室的板凳腿上，一个个披麻戴孝，垂头丧气。

王局逼问奄奄一息、而且已经是青铜色的夏修白：“你是这个团伙的首领？”

夏修白把头都摇成电风扇了，王局说：“不要狡辩了，就是你！”他拿起话筒，摇号，“给我接县委。”

李长生出现在公安局门口时，心内羞愤交加。羞的是自己的学生竟然和文物贩子一起被抓获，还偷了一辆灵车；愤的是出了这么大的事情却没有一个人告诉自己且没有人报案。

“你们脑子是怎么想的？！”他咆哮，“还说什么给我报过信，你们报鬼身上啦？”

学生们如丧家之犬般跟在他身后，他们刚刚被拘留了十多个小时。有两人抬着担架，架子上是夏修白和低头凝思的老黄。

“你们穿的都是什么？给我脱了！”李长生又咆哮。

大家默默地脱去孝衣。

“给我滚回北京去！半年内再也不许出来！这次的发掘你们别想再参与了！一群混账！”

夏明若低声问：“宝贝呢？”

“宝贝！还宝贝？”李老头儿低吼，“宝贝原来在我手上，现在让公安给半道截去了！”

夏明若神秘一笑，左手摊开，掌心上竟然是两根毒针。老头儿惊喜得眼睛都亮了：“你没交上去？”

夏明若说：“哪能呢，雁过拔毛不就是我们的宗旨吗？我把马明慧脸上的也拿下来了，您看，这是什么材质的？”

老头儿说：“我又不是火眼金睛，你收好别弄丢了，带回北京再说。那个盒子我细细思考过构造，说不定还能复制一个。哎那个史卫东，去给青麓茶场打个电话，就说我们准备发掘青麓战国墓了，还得麻烦她几个月。”

“省里同意了？”学生们问。

老头儿笑着点头：“就等着梅雨结束啦。小子们，都精神点儿！”

“哈哈！”

学生们笑完了问：“您不是让我们回北京吗？”

“谁让了？”老头儿又不承认，“你们不留下，让我找谁发掘古墓和遗址去？”

夏明若说：“恩师，您的政治信誉度简直是零，不对，是负数。”

其余人深以为然。

老头儿说：“这关政治什么事？”说罢，背着手走了。

学生们相视而笑，学着老头儿的样子，背着手穿过细雨小巷，踏上了往青麓茶场的归途。

只有夏明若在医院陪床。他爸在病床上僵直了好几天，吃喝拉撒都靠人服侍。医生说又来一个见血封喉中毒的，还说要派出工作小组去云南取经，看他们是怎么处理这毛病的。

后来夏修白终于复原，发誓再也不在老家呆，老家的医院把太平间放在住院部隔壁，还不锁门，于是他抛弃儿子，夹着尾巴逃走了。

夏明若就跑到茶场与老师同学汇合，发现楚海洋来了，还爬到他家老宅的阁楼上参观。夏明若也气急败坏地爬上去，怒道：“楚海洋，谁批准你上来的！”

楚海洋扔给他一枚钢镚儿说：“那我出个门票钱总可以了吧？”

夏明若说：“有什么好看的，都是祖宗牌位。”

楚海洋左瞧瞧，右瞧瞧：“哎别信，你们是不是拿牌位摆阵法了？我最近看到一个汉代……”

夏明若打断他：“问我爸去，我什么都不知道。”

楚海洋啧啧感叹：“你爸真是危险人物，亏得我还和他在一个大院里住了二十多年……嗯？那是什么？”

夏明若太公的牌位后面，有块紫红色的布帘，布帘后有东西微微蠕动。楚海洋正要去揭，一只虎斑纹大猫“嗷呜”扑出，蹿进他怀里。

“老黄？”楚海洋惊喜道，“你也真是危险猫物，亏得是我，普通人早被你吓死了。”

老黄收敛凶神恶煞，娇羞地在楚海洋胳膊上轻蹭，显得老猫依人。

“切！”夏明若不爽地扭过头去。

楼下有人喊：“别信，快下来啊！就等着你了，我们都玩儿两轮了！”

夏明若说：“来了来了！”

楚海洋爱抚着老黄问：“去哪儿玩儿？”

夏明若说：“去青麓河啊！现在不是河水暴涨嘛，我们坐在一只漏水澡盆子里从茶场这边开始漂，比谁漂得远，输的请赢了的吃一年食堂大肉包。听说史卫东最厉害，漂了二里多地呢！”

楚海洋说：“哦，上午我过来时，看见下游村庄的农民正在打捞一个溺水者，就是史卫东吗？”

“史卫东溺水啦？”夏明若瞪大了眼睛，“难怪没回来吃饭，还活着吗？”

“真遗憾，还活着。”楚海洋问，“我说你们是有病啊，还是有病啊，还是有病啊？”

夏明若说你管不着，噔噔就下了楼梯，脱了背心往大屋外跑去。

“我来啦！轮到谁啦？”

那边说：“轮到二柄了！这孙子不行，输定了！别信，下个就是你！”

“好嘞！”

楚海洋抱着老黄，慢腾腾地往楼下走，倚门望着夏明若之流的背影，叹了口气。

“老黄，我们去河流下游。”

老黄微微点头。

“赶着去打捞夏明若吧。唉，梅雨季节捞浮尸，真不让人省心……”

他把老黄放在肩上，撑起门边一把黄色的油纸伞，气定神闲往外走，远远看，就像是走进江南翠绿的细雨里去了。

江南细雨如绵，走出这片雨，便是明朗的、劳动的夏天。

（完）

后记

首先，本文纯属虚构。和外太空异形的UFO降落地球轰炸美帝，然后大战海军陆战队，其间空军一号返航，总统款款深情地发表电视讲话告诉全世界人民“美帝完蛋了世界毁灭了”这种故事是同一个类型。

其次，不能因为这本伪科学类型文败坏了考古工作的形象。历史的真正面目是“一种综合知识，任何文字记载，口碑传说，实物资料，正面记载和反面记载，包括一些破铜烂铁的东西”，都是历史。一切存在以及曾经存在的，发生以及曾经发生的，都是历史。

考古是对历史的追溯，是对史料的证明，是对过往的感知，是对时间的触摸。

历史于字里行间浸透了血泪，考古则在行走中风雨兼程。

再次，感谢人民，感谢所有催坑的同志们。送你们一句话，是我挺喜欢的熊培云说的：“自由在高处。”脚底下有坑时，抬头望天，这样才能准确地掉进去。

最后，感谢你们买这本书回去，少年。家里中老年人想看时，千万得藏起来，最好包个书皮。

PS. 烧火的话，请选用报纸。此书甚潮，恐点不着。

微笑的猫

2012年4月

微博：http://weibo.com/xiaomaosiji